KB273845

소련지역의 한글문학

-국외 고려인 문단 조사, 보고서 -

이명재 편저

국학자료원

소련지역의 한글문학

-국외 고려인 문단 조사, 보고서-

소련지역에서 출판된 고려인 문인들의 작품집 일부.
여기에는 개인작품집과 합동작품집들이 섞여있음.

1996. 10.10. 모국 방문중인 在러시아 文人들의 모습들.
(왼쪽부터 허진 극작가 내외분, 필자, 리진 시인)

시인(작가) 이정희
(2001. 2.12. 알마타에서)

평론가 정상진, 시인 양원식
(2001. 7.10. 알마타에서)

2002. 12.14. 중앙대 해외민족연구소와 한국문학번역원 주최 특별초청 강연
회 자리에서 만난 시인 리스타니솔라브(왼쪽), 소설가 김 아나톨리(중앙), 소
설가 김 알렉산드르(오른쪽).

카자흐스탄의 조선극장에서 성대히 가행된 고려 문학인 행사의 한 장면.
연성용의 70회 생신일 겸 창작 50주년 기념, 또한 이경희의 회갑과 창작
40주년 기념일인 1979년의 부부 모습.

1976년 동료(정상진)와, 함께한 한진 극작가(중앙)

1952년 평양 주변 이기영 선생의 전시 산간 저택에 함께 자리한 고려문인들.
뒷줄 왼쪽부터 정상진, 전동혁, 기석복, 보르세꼬(푸라우라. 조선특파원)에 이어서 앞줄
온쪽부터 통역, 박길용 부인, 이기영 선생, 박길용(조소친선협회 부의장)의 모습

2000. 6.23. 사할린에서 만난
허남령(로만 허) 시인의 모습(왼쪽).

2001. 2.11. 알마타 원동
식당서 만난 남철 시인.

우리 문학의 소중한 자료를 찾아

한국문학도의 한 사람으로서 대학에서 30년 가까이 한국문학사와 비평론을 강의해온 필자가 절실히 느껴온 바 있다. 그것은 무엇보다 분단 반세기에 걸친 북한문학을 모르거나 도외시한 처지에서 우리 문학을 학생들에게 가르쳐야 하는 곤혹감과 죄책감이었다.

그래서 필자는 나름대로 1980년대 후반 이래 북한문학 조사, 연구에 힘을 기울여 1995년에는 국내외 최초의 북한문학사전을 펴낸 바 있다. 이어서 필자는 지난 세기 말엽부터는 북한문학의 뿌리를 이룬 소련문학과 소비엣 지역 내의 고려인 문학에 대한 조사, 연구도 함께 해 왔다. 이런 연장선상에서 특히 러시아 연해주 내지 중앙아시아 지역에서 살아온 50여만 명의 고려인(在蘇韓人)에 의해 행해진 그곳 한글문단은 한국 현대문학사에서 결코 소홀히 해서는 아니 될 중요한 접근대상이었다.

2000년의 러시아 극동대학 강의와 2001년의 카자흐스탄, 우즈벡스탄 현지 탐방 등을 통해서 필자는 소비엣 한글문학의 실체를 확인, 수집하였다. 구한말 이래 오랜 세월 동안 그곳 동포들의 신문과 합동작품집 등에 실린 한글 작품들은 반사막처럼 넓은 소비엣 사회에서 마치 설중매나 진달래처럼 피어있는 민족문학의 꽃이었다. 특히 1937년에 원동(遠東)에서 중앙아시아로 강제이주 당한 후 알마타와 타슈켄트 등지에 인동초처럼 살고 있는 그들이 한사코 한글로 쓴 작품들을 우리는 결코 외면할 수 없다. 그들이 쓴 글 역시 그대로 소중한 삶의 기록이요 간절한 모국에의 향수가 어려 있는 우리 문학의 자산(資産)들이다.

따라서 필자는 현재 독립국가 연합이라고 지칭되는 구소련지역에서 행해져온 한글문학의 자료들을 수집, 정리하여 일종의 보고서(報告書) 삼아 내기로 했다. 지금까지 알려져 온 일부 지엽적인 고려인 문단 소개들로서는 실상 그 밑뿌리로 이어진 북한문학의 기본이해는 물론이요 앞으로 정립할 한겨레문학사 재료에는 제대로 활용되기 어렵다는 판단에 서였다. 그럼에도 불구하고 극히 일부이기는 하지만 여기에서는 자료 미확인으로 인해서 연성용 선집이나 한진 희곡집 등은 제대로 소개하지 못하였다.

필자는 이 책에다 이들 고려인 한글문학의 특수성을 제시해 보았다. 그리고 내용에서는 소련지역에서 활동해온 여러 고려인 문단인들과 그들의 활동무대를 이룬 일부 신문이나 작품집 소개는 물론 그들 문단의 일부 작품들을 부록처럼 원문(原文)대로 실어놓았다. 앞으로 고려인의 한글작품들은 좀처럼 대하기 힘들거라는 판단에서 그 대강만을 제시한 것이 여기에서 더러 본의 아니게 빠진 작가나 작품도 있을 경우를 양해해 주길 바란다. 또한 러시아어로 발표된 고려인 문학 작품들은 필자의 힘으로 다룰 수 없으므로 이 책에서는 할애했음을 덧붙여둔다.

실로 구한말 이후 소비에트 전역에서 이루어진 한글문학을 모두 아우르는 일은 너무 벅차서 미흡한 바가 많은 대로 필자는 그 기초작업을 한 셈이라 생각한다. 사회주의 국가의 특수성에서 오는 문단의 이질성과 정보의 제한성 내지 지역의 광범성 및 문단인의 모호성 등은 앞으로 보완할 과제로 남아있다. 구소련의 고려인 프로필 경우만 하더라도 일부 작품집 소개 내용이나 본인의 진술 및 현지 인사들의 증언 등에서 적지 않은 차이가 있어서 필자는 되도록 객관적으로 파악했음을 밝혀둔다. 물론 이 책에서 인용하거나 제시한 내용은 거의가 국내외에 걸친 여러 저서와 논문 및 정기간행물 등을 폭넓게 참고해서 활용한 결과임도 분명히 해둔다.

이 책에서 미흡한 부분은 앞으로 보다 심도있게 접근하여 또다른 학술서 등으로 확인, 보완되어야 할 것이다. 이들 소련지역 고려인 문단은 사실 북한문학의 밑뿌리인 동시에 멀지 않아 이룩할 한겨레 문학사의 귀중한 자산이기 때문이다. 아무쪼록 이 책이 우리 문학사의 지평을 넓히고 새 세기의 다문화(多文化)사회에 민족 정체성을 찾는데 다소의 참고가 되길 바란다.

끝으로, 이 책을 펴내는 데 도움을 준 한국문화예술진흥원과 국학자료원 관계자 여러분께 감사한다. 또한 여러 자료와 함께 생생한 증언으로 협조해준 알마타 현지의 동포 문학가 정상진 님, 양원식 님, 이정희 님께 감사의 말씀을 드린다. 이어서 자료수집에 편의를 제공해준 모스크바의 리진 시인과 블라디보스톡 극동대학교의 베르할략 학장, 코제먀코 교수께 뒤늦은 인사를 보낸다. 아울러 원고정리에 애쓴 김낙현, 김성현 원생과 한승우 석사, 진설아 원생에게도 고마운 마음을 전한다.

2002년 12월 중순에
흑석동 8층 연구실에서
이명재 삼가 씀

차 례

소련지역 한글문학의 위상과 특성 | 제 I 장

1

한겨레 문학사를 위하여

한국의 신문학 내지 현대문학도 개화자강기 이후 100여 년의 나이테를 헤아리게 되었다. 언어와 문자를 매재로 하는 문학예술의 속성상 민족문학 본연의 한글을 활용한 본격적인 한국 현대문학은 대체로 20세기 초엽부터 비롯되었다고 볼 수 있는 것이다. 따라서 새로운 세기를 맞으면서 통일시대에 임한 우리문학은 이제 남북한은 물론이요 중국조선족이나 소련지역의 고려인에 의한 한글문학을 포함해서 바람직한 한겨레 통일문학사를 정립해야 하는 과제를 안고 있다.

이런 민족사적 통일문학사 정립을 위해서는 이전의 우리 문학사들에서 도외시 해왔던 한반도 밖의 한국 동포들에 의한 한글작품도 포함시켜야 마땅하다. 특히 구한말 이래 우리나라와 역사적으로나 지정학적으로 밀접한 연관성을 지닌 두만강 건너 간도지방에서 형성된 연변조선족 자치주를 중심한 동북삼성지역의 중국 조선족 한글문학은 중요한 위치를 차지하고 있다. 그리고 아울러 두만강 너머 러시아 연해주 지역에서 형성되고 다시 1937년 소련 당국의 한국인 중앙아시아 강제 이주 이후 카자흐스탄 주변에서 이룩된 고려인들에 의한 한글문단은 주요한 가치를 지니고 있다.

그러므로 필자는 이 책에서 구소련권의 여러 곳에서 이루어진 한글문학의 실체를 탐색, 고찰해 보려한다. 다시 말하면 러시아의 연해주나 사할린을 포함한 중앙아시아의 카자흐스탄, 우즈벡스탄 등에서 행해진 한글문학 자료들을 조사, 분석하여 그 특성들을 파악해 보려고 한다. 사실 지금까지는 구소련 지역에 걸친 한글문학 분야에 대한 조사, 연구가 거의 체계적으로 이루어지지 않고 몇 사람의 단편적인 언급[1]이나 자료 제시에[2] 그쳤을 뿐이었다. 이에 대한 연구, 정리는 앞으로 보다 심도 있고 체계적으로 행해져야 할 것인 바 여기에서는 필자가 답사 확인한[3] 자료를 중심으로 그 서설 정도로만 제기해 두려한다.

2

고려인 문단의 형성과 특수성

구소련(현재의 독립국가 연합)지역에 한글문단이 형성된 역사는 한민족의 근대적인 수난사와 함께 한다. 구한말 무렵 한반도의 정치적 불안과 경제적 궁핍 및 일부 인사의 접근에 의해 변경 두만강 건너의 노령인 연해주로의 이주나 망명으로 비롯되었다. 당시 해삼위(블라디보스톡)는 러시아, 독일, 이태리, 미국, 일본, 중국 등이 각기 자국의 세력을 넓히기 위한 전진기지였다. 따라서 비교적 국제적 교류와 민족적 인식이 새로운 경제 및 정치의 공간인 이곳은 외세의 침탈을 받는 우리 국민들에게 좋은 탈출구로 다가온 것이다.

이런 성향은 다음 같은 사학자의 견해도 좋은 뒷받침이 되고 있다.

러시아 원동지역인 연해주는 러시아가 남하정책의 일환으로 청(淸)으로부터 점유, 개발을 시작한 1860년대 이래 한인에게도 국외진출의 '신천지'로 부상한 곳이다. 특히 조선 말기 민란으로 상징되는 대내적 모순과 제국주의 외압이 가중되는 상황에서 영세농을 비롯한 궁민(窮民)의 이주 개척이 집중되던 지역으로, 압록강·두만강 너머의 서북간도와 함께 국외 한인사회의 개척, 형성의 측면에서 중요한 의미를 가진 곳이다.[4]

소수 민족인 이주 한인들은 1920년대 무렵부터 불라디보스톡에 '新韓村'을 세우고 수많은 한인 학교와 조선 극장을 세우며 한글 신문 ≪선봉≫ 등을 펴내면서 국권 회복과 민족 지키기 운동을 계속해왔다. 우리 고려인들의 한글문학은 이런 기운과 환경 속에서 형성, 발전해온 민족문학의 한 지류이다.

구소련에서의 고려인 한글문학의 원조는 바로 1928년에 국외로 망명하여 이 연해주 지역에 살며 작품활동을 해온 포석(抱石) 조명희(趙明熙)[5]였다. 물론 신채호나 이광수도 중국과 한반도를 옮겨다니며 가끔 ≪선봉≫신문에 한글작품을 발표한 바 없지 않지만 작품의 수효나 역할 등에서 단연 조명희는 소련 한글문학을 연 개척자이다. 그는 소련땅에 와서 일제하에서 신음하는 한민족의 실상을 고발한 항일저항의 산문시 「짓밟힌 고려」를 시작으로 여러 한글작품을 발표하였다.

> 일본 제국주의 무지한 발이 고려의 땅을 짓밟은지도 벌써 오래다.
> 그놈들은 군대와 경찰과 법률과 감옥으로 온 고려의 땅을 얽어 놓았다.
> 칭칭 얽어놓았다. - 온 고려 대중의 입을, 눈을, 귀를, 손과 발을.
> (중략)
> 그리고 우리는 또 믿는다. -
> 죽음의 골짜기, 죽음의 산을 넘어 그러나 굳건한 걸음으로 걸어 나아가는
> 온세계 프로레타리아트의 상하고 피묻힌 몇 억만의 손과 손들이.
> 저 -, 동쪽 하늘에서 붉은 피로 물들인 태양을 떠받치어 올릴 것을 거룩한
> 프로레타리아트의 새날이 올 것을 굳게 믿고 나아간다.[6]

이런 글쓰기 밖에도 그곳 연해주 여러 지역에 사는 청년들에게 한글 문학을 알려주고 창작법을 가르치던 조명희는 손수 한글 신문 ≪선봉≫ 에 정기적인 문예 페이지를 만들어 구소련 전역에 걸친 고려인 한글 문단 의 토대를 마련했던 것이다. 후에 고려인 문단의 주축을 이룬 강태수, 김기철, 조기천, 연성룡, 김준 등도 포석의 제자들이다.

그후 1937년 가을 이후 행해진 소련 당국의 강압적인 중아아시아 지역 으로의 강제 이주로 인해서 고려인 한글문단은 한때 수난을 맞았었다. 하지만 그 이듬해 카자흐스탄 이주지 벌판에서 ≪선봉≫의 후신인 한글 신문 ≪레닌기치≫를 전소련권역에 펴내며 한글문학의 영역을 넓혀왔 다. 언론매체를 통한 한글문단의 명맥은 연해주로부터 중앙아시아에 걸 쳐서 오늘까지 80여년을 이어온 셈이다.

사실 이민족(異民族) 속에서 문화공동체를 이루어 살면서 고유한 모국 어(한글)를 지키며 지내온 문화적 의미는 실로 심대한 것이 아닐 수 없다.

이들 신문을 한글작품 습작과 문학의 못자리로 활용하여 민족의 정체 성을 찾으려는 노력은 점차 작품집의 단계로 발전해 나왔다. 연대별로는 단행본으로 출간된 구소련권의 작품집 수효가 1950년대와 60년대 각 1 권, 1970년대 2권, 1980년대 7권 1990년대 1권이다.[7] 1950년대 후엽에 첫 한글작품집이 나왔고 80년대에 가장 많은 실적을 보였다. 그러나 소연 방이 해체된 후인 요즈음은 그나마 거의 끊긴 편이다. 대부분 중앙 아시 아의 카자흐스탄 알마타에서 발행되던 이들 한글작품집은 이제 지어낼 문학가도 드물고 출판자금 부족은 물론이여 이들 한글 작품들을 사서 읽어줄 독자층도 차차 없어져가고 있는 것이다. 옛 소련지역 한글문단은 한국어의 보급, 사용과 매스컴을 겸비한 각종 문예지 발간이 활발한 중국 조선족 한글문단과는 큰 대조를 보이고 있다. 따라서 50만 명에 이르는 이들 고려인 한글문학과 앞으로의 대응이 문제점으로 떠오르는 과제가 되고 있다.

여기에서 다루는 일차적인 접근 대상은 한반도를 떠나서 구소련 전역에 걸쳐 살며 한글로 문학활동을 해온 한국동포 문인들과 작품들이다. 다만, 고려인 혈통을 지녔으면서도 러시아어로 작품활동을 해온 일부 문인들은8) 여기에서 참고사항으로 했음은 물론이다. 이 책에서는 고려인 문인들이 한국어로 신문이나 잡지 또는 작품집 등에 발표한 작품들을 국외 한글문학의 실체로 삼고 있다. 그런데 이들 고려인 문인들은 모국인 한국문학에 비하면 우리와는 상이한 몇 가지 특성이 발견된다.

1) 모국체험의 세 부류

우선 다음에서 열거한 바와 같이 고려인 문인은 세대나 모국 체험별로 살핀다면 세가지 부류로 나눠진다는 점이다. 먼저, 한반도에서 태어나서 연해주로 가 살다가 1937년에 중앙아시아로 강제 이주된 부류로서 조명희, 강태수, 김기철, 조기천 등이 이에 준한다. 또한 연해주나 사할린 등지에서 태어나 자라다 중앙아로 이주해 온 부류에 속하는 연성용, 김광현, 김두칠, 림하, 정상진, 태장춘 같은 경우이다. 나머지는 리진, 한진, 허진, 남철, 량원식 처럼 해방 이전에 북한에서 태어나 그후 소련에 망명하여 활동하는 부류의 문인들이다. 이들은 각기 고국이나 고향 내지 모국어에 대한 인식과 느낌이 상이함을 알아볼 수 있다.

2) 여러장르에 걸친 글쓰기

고려인 문인들의 경우를 살펴보면 대개 시와 소설 또는 희곡이나 수필에 이르도록 여러 장르에 걸쳐서 작품활동을 하고 있다는 점이다. 그들 태반은 시와 소설작품은 물론이요 수필도 발표하고 있다. 전업작가가 소설을 연재하여 생활을 보장받는 한국 등의 사정과는 다르기 때문이다.

모국어에의 향수와 뿌리지키기의 일환을 겸하여 다분히 민족적인 수난에 대한 하소연을 겸한 글쓰기 성향이 함께한 소지도 없지 않다. 여기에는 장르별로 나누어 그 기량을 갖춘 뒤 까다로운 등단의 여과과정을 거치지 않고, 비교적 손쉽게 한글신문인 ≪레닌기치≫등에 투고하여 활자화시킬 수 있다는 여건 역시 복합적인 요인이 될 수 있다.

3) 아마츄어적인 작품 수준

고려인 문단은 그 대뷔과정의 규제장치가 엄격하지 않은 편이라서 미숙한 문장들이 많다.

사랑하고 문학을 좋아하는 마음으로 한글 작품을 써서 '문예페 – 지'9)에 투고하거나 또는 신문사 친구들로부터 권유받아 습작품 정도의 글을 발표한 경우도 그렇다. 우리처럼 상품가치를 인정받아 베스트셀러 작가가 되는 일이 없는 공산권 체제하에서는 치열한 프로정신으로 창작에 임하는 일이 드문 문단여건도 아마츄어 성향을 키우는 요인이 된다.

거기에다 공산당과 정부 당국에서는 이념적인 데다 사회현장의 문제를 창작방법으로 제시하는 검열 역시 건조하고 단조로운 격정성으로 문학성을 떨어뜨리는 데 작용하고 있는 것이다.

평소 일상생활에서 모국어인 한글사용을 깔끔하게 지적받고 상찬받는 일이 적을 뿐더러 그 표현을 심도 깊게 지도받을 기회가 적은 현실 또한 마찬가지이다.

워낙 한글독자층이 제한되어 있을 뿐더러 문화여건이 열악하여 문학동인 활동은 엄두를 낼 수 없는 여건도 참고가 된다. 사실 대다수 고려인 문단인은 한글신문인 ≪레닌기치≫ 기자들로 이루어졌음도 흔히 직설적이고 단조로운 취약성 그대로인 아마츄어 수준을 짐작하고 남음이 있다.

4) 이념의 벽과 독자층 감소

또 하나 고려인 문단인의 특성으로서는 교육환경 등의 제약성에서 오는 폐쇄적 이념성과 독자층의 감소라는 점이다. 오랫동안 공산주의적 사회주의 체제 속에서 몸담아 왔기 때문에 이런 요소는 어쩌면 몸에 배어 있는 것이기도 하다. 그들 문단은 사회주의 리얼리즘과 프롤레타리아 계급 혁명이라는 것이 문학의 주된 문법을 이루고 있는 것이다. 하지만 정작 심각한 문제는 이들 현역 고려인 작가들의 자연감소와 함께 한글 인구의 격감으로 인하여 독자층의 격감현상이다. 원동인 연해주에서 이주해온 중앙아시아 고려인 문학가들은 거의 고령으로 작고한데다 그 빈자리를 메울 한글로 글쓰기 지망 청년들은 언어구사의 벽 아니면 글쓰기 선택을 외면하고 있어 이곳 한글문단은 고갈 상태에 접어들고 있는 것이다. 최근에 들어서만도 강태수 시인[10], 김광현 시인[11], 남철 시인이[12] 고령으로 작고한 바 있다.

3
소련한글문학의 특질과 과제

위에서와 같은 존재가치를 지닌 소련지역 한글문학은 다음 장들에서 제시할 현지 발행의 작품집들과 신문들에 발표된 고려인 문인들의 작품들은 아래과 같은 성격을 지니고 있다.

1) 모국어 사랑과 정체성 찾기

먼저, 오랜 세월동안 소비에트 사회주의 체제하에서 모국(한반도)과 모국어(한글) 문제에 대한 남다른 애착과 집념을 통한 모국어 사랑과 민족 정체성 찾기이다. 평소 통치 당국이나 당조직 등에서 고향, 민족, 뿌리 의식 등의 표현에까지 금기시 당해오던 고려인 문학자들의 곤혹감이나 갈등은 헤아릴 수 없을 만큼 컸던 것이다. 소연방 해체 이후는 더 자유롭게 풀렸다지만 그 이전에도 직접 간접으로 한글 신장과 배달 겨레로서의 민족의식과 스스로 고려인의 정체성에 관해 고뇌하는 면을 엿볼 수 있다. 한국 사람이면서도 소비에트 연방을 조국이라고 섬겨야하는 글쓰기 검열 과정에서의 에로점은 절실한 것이었다.

> 모국어
> 그의 품에 안길 때
> 그의 음향 속에 들 때
> 나는 활기를 펴노라
> 의젓히 영예를 느끼노라
>
> 나의 귀가에 쟁쟁거리고
> 나의 눈에 삼삼거리고
> 두뇌에 뜻을 두고
> 피방울 들끓게 하느니
> 진정 공덕의 선구자로다
> 이 밤도 늦어
> 새 금줄 종이에 박노라니
> 모국어는 나의 동반자
> 그러니 외롭지 않다
>   슬프지 않다
> 행복이 나를 쳐 든다
>
>   - 맹동욱, 「모국어」 전문[13]

　1973년 여름의 《레닌기치》에 발표 당시 바로 그 신문의 문학 담당 기자로 일하던 시인의 절실한 모국어 사랑은 당국의 감시와 이민족의 틈새 생활에서 가슴 뭉클한 감동을 준다. 당시 시인 자신이 일선 기자로 있던 터라 이런 정도의 내용을 발표할 수 있었으리라 짐작된다.

또한 다음과 같은 시도 시인이 평소 가슴 깊이 품고 있던 진심 토로임을 짐작하고 남는다. 시인의 민족적이고 역사적인 뿌리를 찾는 고려인 정체성 찾기인 셈이다. 김준 자신의 시집『그대와 말하노라』가운데 실린 것인데 외로운 시인의 마음을 이해해 줄 상대에게 향한 피맺힌 슬픔의 목소리이다.

    나는 로씨야 원동
    이만 강변 조선 사람이다
    백두산 신령이 먹이지 못해
    멀리 강건너로 쫓아낸
    할아버지의 손자로다
    로씨야의 '마마'보다도
    카사흐의 '아빠'보다도
    그루시야의 '나나'보다도
    조선의 '어머니'란 말이
    내 정신인 뿌리 더 깊다.

- 김준, 「나는 조선사람이다」에서[14]

2) 방랑의식과 향수

구쏘련권 고려인 문단의 특성 중 또 하나는 고국을 떠나서 이방을 떠돌아 다니는 방랑의식과 향수이다. 그 향수란 멀리는 원초적인 어머니 나라 한반도이거나 1937년에 강제로 떠밀려난 연해주 땅 그리워하기와 직결된다.

    조국이란
    고향집 문턱에서 시작되는가

대장부가 마흔 가까워
먼 추억이 식어가도
기쁠 때 그리운 건
내 자란 마음이요

괴로울 때 간절한 건
어머니 생각이어라
하여 조국을 어머니라 하는가
하여 조국의 품 어머니 품이런가

— 정장길, 「혈연」 전문[15]

어머니를 통한 고향과 조국 그리움이 뭉클한 감동을 자아내고 있다. 그리고 다음의 「아리랑」에서는 어릴 적에 익힌 민요를 부르지만 그 지향하는 고향에 갈 수 없는 정한을 노래하고 있다. 이국 땅을 헤매며 망향에 저미는 심사를 읊어내는 것이다.

/아리랑 아리랑/ 애타게 부르는/
그 고개 그 마루/ 남녘에 있는가/ 북녘에 있는가/ (1연)

/떠가는 기러기도/ 날아오는 제비도/
보고 듣지 못한 고개/ 진달래 피는가/
눈이 내리는가/ (3연)

/아리랑 아리랑/
그 고개는 별고개/
남녘에도 없고/
북쪽에도 없고/
찾을 곳 어딘가/ (5연)

— 강태수, 「아리랑」에서[16]

또한 고향을 떠나와 모스크바에서 유학한 뒤 소련땅에 망명해서 몇 십년을 지내는 량원식, 리진 시인의 곤궁한 처지를 읊은 시편도 간절함을 더한다. 먼 이국에서 살면서 오매불망 어머님을 통한 향수의 심정을 불러 일으킨다.

어제 보던 보름달이
류다르게 정다움은
수만리를 흘러와도
나를 따라왔음인가?

귀뚜라미 울고울어
오늘밤은 처량해도
잊지못할 고향산천
그 달 속에 그려졌나?

천진하던 그 시절의
그리움을 아시고서
다심하신 어머님이
보내주신 달인가봐

— 량원식, 「보름달」에서17)

그러나 오늘
우연히
안해의 눈귀의
주름살에 눈길이 가자
어머님 생각 갑자기 더욱
가슴에
치밀어 올라
같은 말이지만
다시 합시다 —

일 필하고 돌아가리다
다시 뵙게 될 날까지 부디
편히, 편히 계시소.
마당에 심으신 무도
내가 뽑아드리리다…

— 리진, 『어머님에게』에서[18]

3) 문화갈등과 적응노력

구쏘련권에서 활동하는 고려인 문학가들 작품에는 여러 군데서 문화적 이질성에서 오는 문제와 이를 탈피하려는 노력들이 적지 않다. 적어도 풍속과 역사, 인종 및 언어가 상이한 이민족 속에서의 생활에서는 심각한 당면사안들이게 마련이다.

먼저 고려인이 이국 땅에서 서양사람들과 더불어 살아가는 과정에서 필연적으로 문화적인 갈등에 마주치게 되는 경우들은 소설작품 여러 곳에 나타나고 있다. 보기로 든 서너 단편 소설에서는 문화 차이나 세대적인 갈등을 마무리 부분에서 화해로 푸는 구조로 끝맺고 있다.

서양 며느리와의 갈등문제를 다룬 단편으로는 김빠웰, 리정희 작품들을 들 수 있다고 생각한다. 김빠웰의 「쟈밀랴, 너는 나의 생명이다」[19]에서는 남편을 일찍 여의고 외아들 일남을 데리고 살던 어머니가 조선처녀를 며느리로 삼으려는 데서 생긴 갈등이야기이다. 중학생 때부터 사랑해온 이민족인 쟈밀랴와 혼인하려는 아들 사이에서 번민하다가 어머니가 양보하여 화해하는 줄거리이다.

또 리정희의 「선물」 역시 고부간의 갈등을 다룬 이야기이다. 일찍 전쟁터에 나간 남편을 잃고 키운 아들 샤샤가 러시아 여성인 알라와 혼인해서 손주딸 아뉴따를 오랜만에 시골집에서 맞이한 순희 할머니의 처지가 딱한 내용이다.

－아이, 참! 듣기 싫어. 오늘이야 좀 나갔다와도 괜찮지 뭐.

－알라, 제발 그만 두어.

허나 알라는 남편에게 지려고 하지 않았다.

더구나 시어머니 앞에서 지고 싶지 않았다.

어떻게 해서라도 이기고 싶었다.

－어머니와는 내일도 모레도 아직 날짜가 수태 있지 않아? 참, 샤샤, 그럴바에야 어머니더러 우리집으로 이사 가자고 해. 좋지 않아. 저녁에 어딜가도 아뉴따에게 적적하지 않고.

－ 리정희, 「선물」에서[20]

시 작품에서는 낯선 이국땅(중앙아시아)을 개간하고 가을철에 농작물을 수확하는 고려인들의 적응노력을 그리고 있다. 다음과 같은 「옥야천리 치르치크벌」이나 「쫄반의 봄」 등을 가까운 보기로 들 수 있을 것 같다.

여러 민족 화목하게
미풍양속을 꾸려놓고
일망무제 황무지를
랑전옥토로 개량하고
기계화도 화학화도
빈틈없이 실시하니
옥야천리 치르치크 벌에
건설의 노래소리 구성지네.

－ 조정봉, 「옥야천리 치르치크 벌」에서[21]

4) 정론적인 송가성향

끝으로 구소련권의 고려인 문단에서 문제되는 특징은 한글 작품들에 드러난 이념 뚜렷한 정론적(政論的) 글쓰기와 짙은 송가(頌歌) 성향이다. 물론 약소 민족으로서 공산권의 철권정치 아래서는 살아남기 위해서 어쩔 수 없이 따른 데서온 결과이다. 1917년의 볼쉐비키 혁명이나 시월혁명으로 인한 사회주의 국가 건설에 공이 컸던 주인공에 대한 찬양이 이전 고려인 작품에는 너무 많아 식상할 지경이다.

김능보의 시 「아침 거리에서」(1956), 「레닌묘 앞에서」(1957), 무산의 시 「레닌 릉묘로 통한다」(1981), 김준의 시 「레닌의 숨」(1979), 박 보리스의 시 「레닌적 친선의 노래」(1988) 등은 그 비근한 보기들이다.

　　　　산뜻한 햇볕이 비치어 오는
　　　　맑은 모스크바의 하늘 위로
　　　　은은히 퍼져 들려오는
　　　　붉은 광장 크레믈리 종소리 (1연)

　　　　정성스레 옷깃을 여미고
　　　　수백만의 들끓는 가슴과 함께
　　　　경애하는 수령 일리츠 앞에
　　　　나는 모자 쓰고 삼가 머리 숙인다. (6연)
　　　　　　　　　　　　　　－김능보, 「레닌 묘 앞에서」에서[22]

　　　　나에게 자유를 준 레닌의 숨
　　　　내 나라를 세우게 한 레닌의 숨
　　　　새 살림을 가르쳐 준 레닌의 숨
　　　　레닌의 사상은 나의 숨
　　　　레닌의 생애는 나의 숨
　　　　레닌의 당은 나의 당이다.
　　　　　　　　　　　　　　－김준, 「레닌의 숨」에서[23]

이런 인물찬양은 조영의 수필 「레닌은 우리와 함께 계시다」에서도 직설적으로 드러나고 있다. 글쓴이가 시월혁명 기념일을 생각하며 레닌박물관을 찾아간 소감을 기행문식으로 쓴 것이다.

그런가하면 그곳 한글작품에는 시월혁명에 대한 예찬글이 많아 직접 간접으로 레닌과 당 등의 공덕을 기리고 있다. 1970년대에 펴냈던 고려인 문인들의 공동작품집 『시월의 해빛』도 같은 성격인 셈이지만, 김광현의 시 「시월의 태양」, 강태수의 시 「시월의 밤」 등이 좋은 보기가 된다.

문제는 구소련의 문단풍토가 아무래도 경직되고 정론적인 송가성으로 흘렀다는 사실이다. 이렇게 특정한 인물이나 혁명에 치우쳐서 신성한 문학을 정치사회 권력의 시녀로 격하시킴은 중요한 모순이겠다. 그리고 사실 북한문학은 김일성 정권 수립기부터 소련 고려인을 평양에 파견했고 사실 그들을 통해서 문단을 통제, 조정했던 것이다.[24]

그런 지나친 이념적 정론성 작품 창작법이 결국 러시아 문학을 위축시켜 왔을뿐더러 중국이나 북한 문학에 그대로 전수되어 우리 민족문학 발전에도 저해를 가져 왔다고 생각된다. 북한의 특정인(수령) 기리기 송가문학은 레닌 칭송의 모방 그대로이다. 모스크바 유학생이 쓴 「레닌묘 앞에서」의 '경애하는 수령' 등은 북한문학에서 그대로 옮겨 온 셈이다. 「레닌은 우리와 함께 계시다」 역시 오늘의 북한문학에서 자주 대하는 그대로이다.

5) 통일문학사 정립을 위하여

위에서 살펴본 바, 구소련권의 고려인 한글문학은 중국조선족의 그것 못지않게 한국 민족문학의 귀중한 자산의 일부임에 틀림없다. 그것은 역사적, 지정학적으로 인접해 있는 지역에 사는 고루한 동포 의식에 국한된 단순한 이유에서만은 결코 아니다. 바야흐로 다문화(多文化)시대인 오늘날 우리 민족 고유한 한글문학을 통해서 중국문화 내지 세계문화 속에 융합하는 바람직한 소수문화 민족의 최후 보루요 자존심이기 때문이다.

비록 그 짙은 주제의식이나 직설적인 문장표현 등에서 다분히 습작품

같은 기교상의 투박성이 아쉬운 대로 모국어를 이국땅에서 지키는 노력이야 갸륵하고 소중한 일이 아닐 수 없다. 다만 김준, 김두칠, 연성룡, 박현, 한진, 박성훈, 김광현, 태장춘 등 중앙아시아 이주 1,2세의 시인 작가분들이 근년에 작고하고 해서 애석하지만 그 작품들이야 길이 남아야 할 것이다. 생각하면, 일찍이 그곳 카자흐스탄에서 ≪레닌기치≫ 문화부 기자로 일했던 조기천 시인도 새롭게 떠오른다. 그 시인이 해방직후 귀국해서 북한 문학의 역작인 장시 「백두산」, 「두만강」 등을 남기고 작고했다는 사실을 감안해도 그곳 고려인 문단은 한반도 문단과 밀접하다.

이상에서 살펴보았듯 그동안 고려인의 한글 문단 성과는 결코 적지 않았다. 비록 어려울지언정 앞으로도 중앙아시아 알마타 등에서는 작품 활동이 계속되길 바라는 마음 간절하다. 그것이 ≪도라지≫, ≪진달래≫, ≪은하수≫, ≪천지≫, ≪아리랑≫, ≪문학과 예술≫ 등의 문예지가 발행되는 연변 조선족 자치주보다는 열악한 여건이라 더욱 그렇다. 요즘에는 ≪고려일보≫마저 옛 ≪레닌기치≫ 시절과는 판이하게 구독자수가 줄어들어 폐간 위기에 놓여있다. 하지만 1930년대 말엽부터 이루어져 온 그곳 중앙아시아 한글 문단이 1990년대 이후 호화롭게 형성된 미주나 호주 등의 이민 1세 교민들에 의한 한글문학운동에 비할 바 아니다.

아무쪼록 구소련권 한글문학의 보루인 중앙아시아 문단을 부활시키는 데 함께 노력했으면 한다. 우리는 이를 실행하기 위한 한 방법으로 위에서 든 그곳 한글 문단 성과물들을 새 통일문학사에 편입시켜야 마땅하다. 또한 구한말과 중앙아시아 강제 이주 전의 연해주 한글 문학도 본격적으로 조사, 연구하여 식민지시대 항일문학을 밝혀야 한다. 이어서 구소련지역의 한글문학이 북한의 송가문학에 미친 영향도 검토, 연구해 볼 일이다. 그리고 이들 고려인 한글문학과 중국 조선족의 한글문학을 대비하고 그 진흥책도 모색해야 할 일들이 과제로 남는다.

□ 참조(後註)

1) 이에 관한 글은 다음과 같음. 장윤익,『북방문학과 한국문학』, 인문당, 1990. 채수영,「재소 교민 문학의 특징」,≪문화예술≫, 한국문화예술진흥원, 1990. 홍기삼, 재외 한국인 문학 개관 - 한국문학권의 영역문제와 관련하여, 평론집『문학사와 문학비평』, 해냄출판사 , 1996, 장실,「러시아에 뿌리내린 우리문학」,≪문예중앙≫, 1996, 봄호.

2)『캄차카의 가을』, 한국정신문화연구원, 1983.
   김연수 엮음,『소련식으로 우는 한국 아이』, 주류, 1986.
   김연수 엮음, 재소 한인 시집『치르치크의 아리랑』, 인문당, 1988.

3) 필자는 이 분야 자료수집을 위해서 3차례 현지 답사를 다녀온 바 있음. 2000년 2월~5월 러시아 연해주 체류, 여행과 2000년 6월 2주동안의 사할린 탐방, 그리고 2001년 2월 2주동안에 걸친 우즈베키스탄 타스켄트와 카자흐스탄 알마타 지역 답사, 여행 등.

4) 윤병석,「러시아 연해주 韓人社會의 민족운동」, 극동대 개교 100주년 기념 및 위암 장지연 선생 기념 사업회 창립 10주년 한러 학술회의록,『연해주에서의 한국민족운동』, 러시아 극동대학교, 1999.10.22, 11쪽.

5) 조명희(1894~1938)는 일찍이 동경 유학중 희곡『김영일의 死』(1921)를 발표한 후 첫 시집『봄 잔디밭 위에』(1924)와 망명 직전에 소설 창작집『낙동강』(1928) 등을 발표한 시인 겸 작가임.

6)『포석 조명희 선집』, 쏘련과학원 동방도서출판사, 1959, 443쪽, 446쪽. 인용구는 1928년 10월 작으로 적혀있는 이 산문시의 앞부분과 뒷부분임.

7) 구소련의 주요 한글신문의 명맥은 1920년대 연해주의 ≪先峰≫에 이어 1938년 카자흐서탄에서의 ≪레닌기치≫, 그리고 1990년 이후 구독자수가 격감된 채 개제되어 속간되고 있는 ≪고려일보≫까지를 이름.

8) 고려인이면서 구소련권에서 러시아어로 작품활동을 하는 사람들에는 작가 김 아나톨리, 시인 박 보리쓰, 시인 한 안드레이 등을 들 수 있음. 단, 사할린의 허로만(허남령)처럼 러시아말과 한글작품을 함께 쓰는 경우는 예외임.

9) 구소련 고려인 문학의 선구자인 조명희 시인이 1936년 편집하던 한글신문 ≪선봉≫에 '문예 페지'를 신설했는데 이것은 중앙아시아로 집단이주된 직후 창간된 ≪레닌기치≫신문에도 매주 <문예페-지>란을 두어 고려인 문학의 못자리 역할을 했음.

10) ≪고려일보≫알마다, 2001년 1월 12일자 '애도사'에 의하면 시인 강태수는 2001년 1월 5일에 카자흐스탄에서 93세를 일기로 별세했음.

11) 위 신문 ≪고려일보≫ 2002년 1월 4일자 기사에 의하면 김광현은 2001년 12월30일 알마따에서 작고했음.

12) 2001년 여름에 서울은 방문한 평론가 정상진, 시인 량원식에 의하면 남철 시인은 2001년 9월에 서울에서 별세했다함.

13) ≪레닌기치≫, 1973년 8월 7일자.

14) 김준『그대와 말하노라』, 98~99쪽.

15) 앞의 책, (『해바라기』), 204~205쪽.

16) ≪레닌기치≫, 1971년 4월 13일자.

17) 앞의 책(『꽃피는 땅』), 89쪽.

18) 리진, 앞의 책(『해돌이』), 66~67쪽.

19) 앞의 책(『해바라기』), 178~183쪽.

20) 위의 책, 150~159쪽.

21) ≪레닌기치≫, 1971년 1월 9일자, '문예페-지」에 실린 이 작품은 정추 작곡의 악보까지 곁들여서 널리 보급하고 있었음을 보임.

22) ≪레닌기치≫, 1957년 4월 10일자.

23) 김준, 앞의 책(『숨』), 14쪽.

24) 이런 사실에 대해서는 북한 정권 수립 이후 평양에 들어와 문예총 부위원장과 문화선전성 부상 등을 지낸 정율(정상진)옹이 2002년 여름에 서울에서 증언한 바도 있음. 또한 탈북작가인 최진이도 목원대 국어교육과 엮음, 『북한문학의 이해』, 국학자료원, 2002, 204쪽에서 "스탈린은 허가이를 통해 러시아 문학을 북한에 전파함으로써 북한의 소련화를 본격화하려고 계획하였다"라고 말한 바 있음.

1930년대 이후 현재까지 옛 소련지역에서 생활하며 한글로 작품을 써온 주요문인들은 상당한 숫자에 이른다. 이들 프로필은 공산권 국가의 특수성에서처럼 문인들의 학벌이나 경력 등을 잘 알리지 않는 특성상, 정확하게 알아보기란 쉽지 않다. 그렇지만 일부 합동작품집에 소개된 약력과 ≪레닌기치≫ 문예페이지 발표작품 목록 및 현지 작가 방문을 통한 탐문 등으로 작성한 바를 총괄해서 파악해 볼 수 있다. 편의상 신문과 합동작품집 등에 자주 등장하는 주요 문인들을 100명 안팎만 성명순서로 정리한 것이다.

또한 여기에서는 현재까지 구소련지역에서 러시아어로 작품활동을 하고 있는 고려인(韓人) 문인들도 참고로 제시해 둔다. 물론 본의 아니게 일부의 대상 문인은 누락될지언정 주요한 대상자들은 거의 포함되었으리라 본다.

1

한글로 작품활동을 하는 문인들

강태수 : 1908년 8월 26일에 함북 이원군 농촌에서 출생했다. 그는 1927
　　　년에 소련 연해주로 들어가 살았다. 청년 시절에는 하바로브스크
　　　등에서 작가 조명희와 가까이 지내면서 문학적 감화를 받았다. 마침

조명희 시인이 강제 구금되던 무렵에 그도 중앙아시아로 이주하기 전야 내무안전기관에 의하여 체포되어 일본 간첩 혐의로 10년 징역형을 받았다. 1937년 해삼위 조선사범대 문학부 재학중에 중앙아시아로 강제 이주 당하였다. 그는 1933년에 시 「나의 가르노」를 《선봉》신문에 발표한 이래 시, 서사시, 단편, 수필 등 200여 편 수준 있는 한글작품을 발표하였다. 그는 단편 「아바이」(1973), 「우정」(1978), 「그날과 그날 밤」(1991) 등도 써왔다. 그는 18년 동안 강제 수용소에 수감된 후, 크솔오르다 배전소에 근무하다가 2001년 1월 5일에 작고하였다. 그의 생전에 로어판 시집 『도중에서』(1981)가 소련 당국에 의해 번역 출판되었다.

계(게)봉우 : 1880년 8월 1일에 함남 영흥군에서 농민 아들로 태어났다. 그는 고향서 교편을 잡다가 1913년부터 북간도에 가서 여러 해 조선 청년들 교육에 종사하며 한국역사와 한글을 가르치면서 독립운동을 하고 시를 썼다. 그는 1919년 3·1 봉기에 참가하고 상해 임시정부 비서국장과 《독립신문》 기자도 지냈다. 저서로 『조선역사』, 『동학사』, 『조선문학사』, 『조선어문전』, 『함흥민요』 등을 남겼다. 문학작품으로는 시 「나의 느낌」, 「할아버지의 눈물」 등과 중편소설 「꿈 속의 꿈」 등을 발표하였다. 그는 일찍이 《선봉》 신문에 「한문 폐지냐? 한자제한이냐」(1929. 3), 「과거 고려의 평민문학」(1930. 5~6) 등을 연재했다. 그는 1959년 7월 5일에 카자흐스탄 크솔오르다에서 별세했다. 1995년 8월에 한국정부에서는 그에게 건국훈장 독립장을 수여하였다.

기석복 : 1913년 경 러시아 연해주에서 태어난 그는 평론가로 활동했다. 그는 해삼위 조선사범대학 문학부에 이어서 중앙아시아의 사마리칸

트 종합대 문학부에서 수학했다. 1940년대 중반에 평양에 들어가 재소련 고려인으로서 정부 요직을 두루 맡아 문화선전부 부장, 노동 신문 사장에 이어 군관학교 교장(육군 중장) 등으로 활약했다. 그러면서도 그는 「위대한 시인 마야꼬브쓰끼와 미국」(1953) 등의 문학평론 활동도 했다. 1956년 종파사건으로 중앙아시아에 되돌아와서 ≪레닌기치≫ 우즈벡스탄 특파기자로 일하며 ≪레닌기치≫등에 「금별이 반짝일 것을 기대한다」(1974) 등의 문학평론을 여러 편 발표하였다. 그는 1979년 타슈켄트에서 별세했다.

김광현 : 1915년 12월 27일에 러시아 원동에서 태어났다. 그는 타슈켄트 사범대 문학부를 중퇴한 학력을 가졌다. 카자흐 라디오 한국어 방송에도 종사했던 그는 ≪레닌 기치≫기자와 사장(1978년 전후)을 역임했다. 그는 소련 작가 동맹 맹원이었고, 1939년에 첫 시 「중국 형제들에게」를 ≪레닌기치≫에 활자화시킨 이후에 수많은 시와 서사시 『초옥』(1969), 『별들을 우러러』(1966), 단편소설 「해김」(1952), 「호두나무」(1963), 「새벽」(1968), 「명숙아주머니」(1971), 「반가운 기별」(1973) 등을 발표하였다. 또한 그의 시집『겨울의 꽃들』(1982)은 소련 당국에 의해 알마타에서 러시아어로 번역, 출판된 바 있다. 1986년에 그의 작품집『싹』이 알마다의 사수석 출판사에서 출판되었다. 무산이란 아호(필명)을 쓰던 그는 2001년 12월 30에 작고하였다.

김기철 : 1907년 8월 8일에 함남 단천에서 출생한 그는 러시아로 들어가 살던 연해주에서 연성룡과 함께 북간도 용정 대성중학을 졸업하였다. 그후 하바로브스크의 변강 출판사에서 함께 근무했던 조명희로부터 문학적 감화를 받았다. 그는 ≪레닌 기치≫기자를 지내며 많은 작품을 썼다. 그는 평소 홍범도 장군을 자주 뵙고 존경했지만 작품으

로는 쓰지 못했다. 1937년에 희곡 「동변 빠르치산」, 그후 「신부없는
잔치」외로 수준급의 단편소설도 발표했다. 1987년에 중편소설 「붉
은 별들이 보이던 때」, 「금각만」, 「복별」 등을 묶어서 소설집 『붉은
별들이 보이던 때』가 사수식 출판사에서 출간되었다. 그는 1991년
3월에 알마타에서 별세했다.

김남석 : 1899년 3월 2일에 함남 북청에서 출생한 그는 해삼위 조선 사범
대 어문학부를 졸업하였다. 그는 1957년부터 시 「평화를 위하여」,
「아, 까치야」 및 단편 「뚬구쓰 빠르치산」, 「청송」, 「어머니의 사랑」
등을 《레닌기치》에 발표하였다. 그는 주로 카자흐스탄 우스도베
등서 교편생활을 했다. 그는 또 사회주의 찬양적인 내용의 시 「레닌
의 기념비 앞에서」, 「쏘베트 헌법」, 「영광의 자서전」, 「청춘을 바처」
등을 눈에 띠게 발표한 바 있다. 또한 모국어(한글)를 쓰기 좋아하는
그는 「어머니의 사랑」, 「칭송」 등의 단편소설도 발표하였다.

김두칠 : 1914년 4월 27일 러시아 원동 우쓰리스크에서 태어났다. 그는
1936년 모스크마 인쇄전문학교를 졸업한 뒤, 1942년에 타슈켄트 법
률대도 졸업했다. 《레닌 기치》기자를 역임했던 그는 장막희곡 『론
개』, 『맹세』, 『복순』 등을 발표하였다. 김두칠은 희곡 말고도 시 「동
창생」, 「청춘」,(1972), 「갈매기」(1973), 그리고 행사적인 「게르찐의
무덤 앞에서」(1974) 등을 《레닌기치》에 발표했다. 특히 그의 장편
서사시 『송림동 사람들』(《레닌기치》, 1974~75)에서는 민족수난
사를 진지하게 다루고 있는 한편 단편소설 「꽃이 필거야」(《레닌기
치》1972. 4. 8)도 발표하고 있다. 그는 작품을 쓰면서 우즈베키스탄
타슈켄트서 변호사로 일하다 1983년 9월에 작고했다.

김세일 : 1912년 3월 14일 러시아 연해주(원동) 뽀시예트구역 박석골에서 태어났다. 러시아 이름으로는 세르게이 표도로위츠를 쓰기도 했다. 그는 러시아 원동 소왕령(우쓰리스크) 조선사범대를 졸업하고, 타슈켄트 사범대 수리학부를 중퇴하였다. 나중에 그는 카자흐스탄에서 소련공산당 중앙위원회 직속 고급 당 학교(통신과정)도 수료하였다. 또한 김세일은 ≪레닌 기치≫기자를 역임하였으며, ≪레닌 기치≫에 장편『홍범도』(1968~1969)를 연재하였다. 창작시「청춘 대지여」(1962), 「치르치크여」(1954), 「시월의 흐름」(1953) 등의 작품을 발표하였다. 그의 소설『홍범도』는 한국에서도 출판되었는데 후에 모스크바로 가서 생활하던 그는 1999년에 별세하였다.

김종세 : 1918년 1월 22일에 러시아 원동에서 태어났다. 진학을 했으나 대학을 중퇴한 그는 ≪레닌 기치≫ 등에 시「철수의 밤」(1955), 「칠순 노인」(1957), 「소설책 읽기」(1963) 등을 발표했다. 그는 우즈베크스탄 타슈켄트주 꼴호스에서 중학교 교편 생활을 하였다. 그는 그 밖에 러시아어 시집『즐거운 편지』(1961),『신기한 배』(1965) 등을 출판했고 또한, 신문의 아동문예 페이지 특집에 동화「한 개구리의 신기한 려행」(≪레닌기치≫, 1971. 5. 19)도 발표하여 눈길을 끌고 있음을 본다.

김증송 : 1918년 9월 11일에 러시아 원동 해삼에서 출생하여 국립 종합대 어문학부를 중퇴했다. 그는 1938년 첫 시작품을 ≪레닌기치≫에 발표하기 시작했으며 사할린에서 소련공산당 사하린주 기관지≪레닌의 길로≫(≪조선 로동자≫) 신문 문화부 기자를 역임했다. 러시아어판 시집『평화의 시행들』(1950),『아카시아꽃 필 때』(1956) 등을 출판했다. 그는 1970년에 작고했다.

김　준 : 그는 1900년 10월 4일에 러시아 원동에서 출생하였다. 원동국립 종합대를 거쳐서 모스크바 종합대 철학부를 중퇴하였다. 그는 소련 작가동맹원을 역임했고 1928년경부터 ≪선봉≫신문에 작품을 발표 한 시인 겸 작가이다. 그는 1930년 5월에 해삼위 노동학원생으로 노동절 노래 현상 모집에 응모한 시가 ≪선봉≫신문에 발표되기도 했다. 카자흐스탄 작가동맹 조선분과장을 역임했다. 그는 한국 고전 소양도 높게 작품들에 반영하고 있어 눈길을 끄는 문인이다. 그는 장편서사시 「마흔 여덟」, 중편소설 「지홍련」 등 시와 산문을 다수 발표하였다. 또한 그의 장편소설『조선 소나무』(1971), 시와 서정시 『저녁의 피리』(1981) 등은 러시아어로 번역, 출판되었다. 그는 한글 로 쓴 단행본으로 장편소설『십오만원 사건』(1964), 시집『그대와 말하노라』(1977), 유고시집『숨』(1985) 등 비교적 많은 작품을 남기 고 1979년 10월 17일에 작고하였다.

김창욱 : 1900년 함북 성진의 소작농집에서 출생하였다. 그는 독학으로 공부하여 1919년에는 향촌의 사립학교 교원 노릇도 했다. 1926년에 쏘련 이주 후에도 교편생활을 많이 해온 그는 ≪레닌기치≫ 등에 서정시를 발표하며 끼르기시야서 농업에 종사했다. 그는 ≪레닌기 치≫ 등에 시 「시월의 불빛」, 「팔월」, 「어머니」, 「시월은 영원한 청 춘」, 「갈매기」, 「내 푸르른 저 하늘을 사랑하오」 등을 발표하였다.

김해주 : 일명 김해운이며 시인 겸 연극배우요 희곡작가이다. 그는 소년 시절에 원동 해삼위에서 중학을 졸업했다. 태장춘 시인과 같은 연배 인 그는 1930년대 중엽 무렵 장편 희곡『동북선』을 ≪레닌기치≫에 연재하여 일본이 조선을 침략한 뒤 만주로 잇는 철도 부설 때 조선 노동자들을 혹사시키고 착취하는 현장을 고발했다.

남경자 : 1942년 사할린에서 출생했다. 그녀의 모친은 일본인이지만 조선
인의 도움 밑에서 커왔다. 그녀는 후에 중앙아시아 카자흐스탄으로
이주해서 남철 시인과 결혼했다. 본명이 김경자인 그녀는 알마타에
서 생활하며 가끔 시와 수필을 발표해 왔다. 그녀의 시작품에는 「기
념비 앞에서」, 「나는 나는 부러워요」, 「숨박꼭질」, 「상봉」, 「유치원
아, 잘 있거라」 등이 있다.

남 철 : 본명은 남해연(南海燕)이며 필명으로 남 안드레이 또는 남해봉
(南海峰)으로도 쓰였다. 그는 1933년 4월 1일 북한에서 출생, 사범대
학 어문학부에서 수학했으며 1970년대부터 시를 발표하였다. 북한
에서 나와 벌목공 통역이던 그는 1970년대에 귀국하지 않고 카자흐
스탄 알마타에 정착하였다. 그는 ≪레닌 기치≫ 신문사에서 근무하
며, 요직(1979~1981)을 역임했다. 그는 단편 「민들레꽃 필 무렵」
(1985), 「사랑의 힘」(1986), 「저를 누구신지 아십니까」(1986) 및 시
「영원한 모습」, 「지름길」(1987) 등을 발표했다. 또한, 그는 「봄은 오
는데」(1971), 「이 맘 때면」(1975), 「악불라크의 여름」(1985), 「오두산
까치봉 코스모스」, 「북녘을 생각하는 마음」(2000) 등의 시 작품도
발표했다. 1991년에 재쏘동포 모국방문단원으로 서울에 왔던 그는
2001년 9월에 서울에서 작고했다.

리상희 : 과작이지만 좋은 글을 남긴 그는 시인으로서 몇 편의 희곡과
평론도 썼다. 그는 카자흐스탄 크즐오르다에서 살던 주동일의 남편
이었다. 그는 ≪레닌기치≫에 시 「홍범도 장군 동상 앞에서」, 「기다
리는 마음」(1987), 「크레믈리 탑시계」, 「시」, 「말」, 「목소리」 등을 실
었다. 그는 또한 에세이 「문예페이지를 찬양하며」(1988) 밖에도 단막
극 「돌아온 남편」(1974) 등을 발표하였다.

리 와씰리 : 1914년 3월 23일 러시아의 원동 연해주에서 태어났다. 그는 사범전문학교, 소비엣 당학교, 농업 전문학교를 졸업하였다. 1964년에 첫 단편 「뜨락뜨르 운전수」를 ≪레닌기치≫에 발표한 그는 후에 소설「첫걸음」(1965), 「물싸움」 등을 발표하였다. 그는 알마아타 주 집단농장에 거주해 왔다.

리은영 : 1915년 4월 10일 황해도 사리원에서 출생했다. 그는 소년 이전이던 1920년에 쏘련 원동지방으로 이주하여 사범대 어문학부를 졸업했다. 1939년에 그는 처음으로 시「어머니」 등을 ≪레닌기치≫에 발표하였다. 그후 그는 ≪레닌기치≫ 신문사에서 기자로 일을 하였다. 그는 「달밤에」(1962), 「기다리는 밤」(1968), 「오늘도 나는 '아브로라'의 포성을 듣노라」(1967), 「부르고 싶은 노래」(1968), 「보름달」(1971), 「전승절」(1978) 등을 ≪레닌기치≫ 신문에 발표했다.

리　진 : 1930년에 함남 함흥에서 태어난 그의 본명은 이경진(李庚眞)이고, 필명이 이진(李眞)이다. 함흥고등중학을 졸업한 그는 김일성 종합대학 영문과 2년 재학 중 입대했다. 그는 1950~51 한국전쟁에 상위로 참전 중 모스크바 유학생으로 선발되었다. 그후 북한에 귀국하지 않고 무국적자로 러시아지방에서 거주해온 그는 1950년대부터 시인과 작가로 문단활동을 해왔었다. 그의 첫 시집 『해돌이』(1989)가 알마타에서 출판되었다. 1992년 한국문협 해외 문학상을 수상한 바 있다. 그는 모스크바에서 ≪쏘련 여성≫잡지 한글판 번역 및 편집일을 맡아 왔고, 한국에서도 『리진 서정시집』(1996)을 출판했다. 그는 2002년 3월 24일 모스크바에서 작고했다.

림　하 : 1911년 4월 8일에 원동 러시아 연해주에서 출생했다. 해삼위에

서 중학을 졸업한 그는 1933년에 소왕령 조선사범전문학교를 졸업
했다. 그후 그는 타슈켄트 사범대 통신 어문학부 4년을 중퇴했다.
여러 해 ≪레닌기치≫ 기자로 근무하던 그는 1940년 후반에는 조기
천과 더불어 평양에 가 활동하면서 시, 소설, 희곡 등을 썼다. 그는
한 동안 창작희곡 「항쟁의 노래」를 상연하고, 단편소설 「불타는 키
쓰」, 「꾀꼬리 노래」 및 「시월동의 회상」, 「달밤」, 「강 건너 천리길」
등의 시 작품이나 또는 가사를 발표했다. 그는 1945년 이후 한때
북한에 가 있으면서 창작활동을 하는 한편 비세의 오페라『칼멘』을
번역하여 평양국립극장에서 공연하였다. 1950년대 중엽 그는 카자
흐스탄에 돌아가 ≪레닌기치≫ 문화부장 등을 지내다가 알콜중독으
로 1971년에 별세했다.

맹동욱 : 1931년 함북 명천에서 출생하였다. 그는 모스크바 극장대학을
졸업하고, 소련국립 조선극장에서 연출가로 활동했다. 또한 그는 18
년 동안 알마타 청소년 극장 감독을 지냈다. 그는 일찍이 김준 – 맹동
욱 – 한진 – 박 미하일에 이어지는 쏘련 작가동맹 카자흐스탄 공화국
조선분과 회장을 역임했다. 그는 나중에 주로 모스크바에서 활동하
고 있다. 그의 시집『영원한 동행자』(1980)는 러시아 당국에 의해서
러시아어로 번역, 출판(알마타)된 바 있기도 하다. 그는 「섣달의 밤」
(1962), 「모국어」, 「삶의 뜻」(1973), 「순간」, 「나팔꽃」, 「그대」 등의
시를 ≪레닌기치≫ 등에 발표했다. 희곡에서 그는 특히『북쪽 길』
(1967),『막둥이의 출세』(1977),『아리랑 고개』(1982) 등 10여 편을
발표하거나 상연하였다.

명　철 : 본명은 명월봉(明月峰)이다. 1911년 러시아 연해주에서 태어난
그는 중앙아시아로 강제이주된 이후 카자흐스탄 고려사범대학을 졸

업하였다. 그는 시, 소설 등을 써서 ≪레닌기치≫ 등에 발표하기 전에 평론적인 글부터 발표하였다. 1948년부터 북한에서 김일성대학 노문학부 교수로 일하면서 그는 「쏘베-트 詩文學에 있어서의 쓰딸린 스승의 형상」(1950), 「위대한 조국 전쟁시기에 있어서의 쏘베트 문학의 역할」(1950) 등을 ≪조선문학≫에 발표하였다. 그런 다음 1957년에 종파사건 이후 카자흐스탄으로 돌아온 그는 시 「샘물」, 「목화라고 불러보면」, 「평화를 지키자」, 「로씨야 봇나무」, 「충성의 참뜻」, 「벼 이삭」(1987), 「조국의 품」(1983), 「수양버들(1988) 등을 발표했다. 또한 그의 소설에는 「그들의 운명」, 「마을 사람들」, 「자책」, 「어머니들」, 「흠집의 사연」등 여러 편이 있다. 1958년~61 사이 타슈켄트에서 고등당학교를 졸업한 그는 오래 ≪레닌기치≫의 기자로 일하다가 1981년에 별세했다.

박성훈 : 1905년에 연해주에서 태어났다. 그는 사할린 라디오 방송국 기자출신의 시인으로 희곡 등을 발표하였다. 또한 소설 「살인귀의 말로」도 발표한 그는 주로 키리키스탄 비슈켓에서 활동했다.

박　일 : 1911년 원동 연해주 태생이다. 그는 카자흐스탄 종합대학 철학 교수를 역임하고 철도운수 대학 명예교수를 지냈다. 그러면서도 그는 한국문학에 많은 관심을 가지고 활동한 소련작가동맹 회원이다. 그는 1958년에 카사흐 국영 문예 서적출판사에서 펴낸 『조선시집』을 편찬했는데, 이 책에서는 고대 조선 문인(남구만, 황진이 등)과 김소월 등의 현대조선 시편 및 태장춘 등 쏘련 거주 고려인 시들을 실었다. 그는 2001년 5월 9일에 알마타에서 작고했다.

박　현 : 본명은 박영준, 또는 박예브게니로 불리우는 시인으로서 1936

년 평양에서 출생했다. 김일성 종합대학 문학과에 다니다가 두만강
을 건너와 소련에서 한글시를 쓰던 그는 ≪레닌기치≫ 문예부 기자
를 역임했다. 그는 시작품 「강변에서」, 「처녀」, 「장미」, 「과수원에
서」, 「가을」, 「제 아무리 행복해도」, 「땅에 대한 생각」, 「네가 그리는
그림에…」, 「산속의 처녀」, 「달밤에」 등을 발표하였다. 또한 시조
「그대는 병사」, 「병사의 길을 더음으며」, 「붉은기빨」(≪레닌기치≫,
1978) 등도 발표했다. 카자흐스탄 고려말 라디오 방송국 해설위원도
지냈던 그는 1998년 1월 7일에 작고했다.

양(량)원식 : 그(梁元植)는 1932년 5월 19일 평남 안주군 남철리 출생이
다. '원일'이라는 필명도 쓰는 그는 한국전쟁 후(1953~1958)에 모스
크바 전연맹 국립영화대학을 수료했다. 그는 대학 졸업 후 평양에
돌아가지 않고 소련에 남아서 1958~1960년 사이에는 TV 스튜디오
서 카메라맨 영화감독, 1960~1984년에는 카자흐스탄 알마타 국립
영화촬영소 감독으로 일했다. 그러다가 1984~1991년에는 ≪레닌
기치≫문학예술부장과 1994~2000년에 ≪고려일보≫사장을 역임
했다. 그는 시 「마음의 보금자리」, 「달편지」, 「카자흐들의 미풍」, 「어
머니」, 「보름달」 등 100여편의 시와 소설 「소나기」, 「낙엽이 질 때」,
수필 「녹색거주증」 등을 발표했다. 쏘련 작가 동맹 맹원, P.E.N.클럽
회원, 카자흐스탄 작가동맹 고려분과장 일을 맡아왔다. 2000년의 해
외문학 대상(미국)도 수상했으며, 2002년에는 서울에서 첫 한글시집
『카자흐스탄의 산꽃』(2002년)을 출판하였다.

연성용 : 1909년에 러시아 원동 연해주 신한촌에서 농민아들로 출생했다.
블라디보스톡에서 9년제 학교를 마친 그는 북간도 대성중학도 김기
철 등과 함께 다녔다. 그는 모스크바 루나차르스끼 극장대학에서

공부하다가 중퇴하였다. 해삼위에서 1932년에 설립된 연해주 조선 극장 시절부터 연극을 하고 초창기부터 러시아 고려인 연극계를 이 끌어온 그는 정열적인 고려인 연출가 겸 시인, 작가로서 쏘련 작가 동맹 맹원이다. 1927년 소련 원동 변강 희곡연예 작품 경연대회에 희곡 「승리와 사랑」이 1등 당선된 이후 소련 고려인 희곡계와 연극 계를 이끌어왔다. 1934년에 그가 쓴 가사 「씨를 활활 뿌려라」와 「급 행열차」 등은 요즘까지도 널리 불려져왔다. 그는 「장편동의 홰불」, 「올람피크」, 「불속의 조선」 등의 희곡을 창작하고, 『춘향전』『양산 박』 등을 각색한 카자흐스탄 공훈 예술가이다. 그의 부인 이경희도 연극계에 몸바친 배우이다. 그의 희곡 『지옥의 종소리』는 20여년 동안 공연된 명작이다. 그는 1930년대부터 서정시들과 가사, 단편소 설을 발표했다. 그의 시, 산문, 희곡을 모은 연성용 선집 『사랑의 노래』(알마타 출판사)와 『연성용 작품집』(알마아따, 오네트 출판사, 1981) 시와 단편소설 등을 모은 『행복의 노래』(1983) 등이 있다. 그는 알마타에서 1995년 9월 11일 작고했다.

우제국 : 소련 이름으로는 '우가이 제국' 또는 '우 보리쓰'라고 불리는 그는 1920년 러시아 연해주 원동에서 태어나 그 곳 대학을 중퇴했다. 그는 오랫동안 우즈베크스탄 공화국 중앙 통제국에서 근무했다. 그 는 시 「제비」(1957), 「레닌아버지」, 「이슬」, 「바늘과 실」, 「조국땅」 등의 작품은 물론이요, 아동문학적인 우화 「발명가 귀뚜라미에 대한 이야기」(1988) 등도 써 냈다. 또한 한글 시작품 외로도 러시아어 작품 을 신문, 잡지 등에 발표한 그는 로문시집 『아침해』(1965), 『한 피물 고 난 형제』(1970), 『두 순간』(1975)과 함께 시, 서사시, 동화집인 『날 개를 가진 행복』(1983) 등이 소련 당국에 의해 출판되기도 했다.

윤수찬 : 1943년에 사할린에서 출생했고 시, 소설을 발표하며 ≪레닌기
치≫부주필을 역임했다. 그는 가끔 자신의 아들이름인 '일환'을 필
명으로 쓰기도 했다. 그는 시 「두 강물줄기」, 「생활의 진가」, 「벗이
란」, 「정적 속의 무늬」, 「콩나물」, 「한상욱 선생을 그리며」등을 발표
했다. 그는 1998년(?)에 작고했다.

이(리)정희 : 1946년 9월 5일 러시아의 사할린에서 출생했다. 어릴 때부
터 할머니와 부모로부터 한국말을 익힌 그녀는 청년기에 중앙아시
아로 와서 카자흐스탄 국립사대 러시아 문학과를 졸업했다. 1966~
1989년 사이에 ≪레닌기치≫기자생활을 거쳐 5년간 문학예술부장
을 역임하였다. 그녀는 ≪레닌기치≫에 단편 「아름다운 심정」을 발
표한데 이어 「차칸에서」와 「상봉과 리별」 등을 계속 써냈었다. 고려
극장 문예부장(1984~90)도 지냈던 그녀는 「푸대접」(1971), 「검은
룡」, 「소나무」(1989) 등 단편소설 14편을 발표했다. 또 그녀는 희곡
「계월향」(1998)을 쓰고 러시아 소설 「빨간 수건 쓴 포풀라」도 번역하
였다. 1990년대 중엽에는 그녀가 서울 단국대학서 재소한인 희곡연
구로 문학 석사 학위도 받았다.

장영진 : (張永津)시인. 그는 1918년 5월 19일 러시아 원동 변강에서 태어
났다. 그는 1937년에 우쓰리스크(소학령) 고려어 사범전문학교를 졸
업하였다. 중앙아시아로 강제 이주된 뒤에 우즈벡스탄 타스켄트 근
처 고려인 협동농장에서 교편을 잡았던 그는 1957년 4월에 시 「정든
벗」을 ≪레닌기치≫에 발표했다. 그후에 신문 등에 작품을 발표하지
못한 대신 그는 시 「니부루스명절」, 「비참한 가을」 등의 수준급 한글
시 10여 편 원고를 소장하고 있다. 그는 1940년대 후반 이래 협동조
합 중학 교편을 잡고 1950년대 전반기에 교장을 지내다 퇴직한 후

그는 현재 타슈켄트 시내에 거주하고 있다.

전동혁 : 1910년 11월 23일에 러시아 원동 연해주에서 태어났다. 그는 우쓰리스크 조선사범 전문학교와 타슈켄트 사범대 어문학부를 졸업했다. 그는 1928년에 시 「봄」을 ≪선봉≫에 발표한 후 「벼 베는 처녀」, 「보초병」 등의 시와 단편 「아들의 선물」(1971), 「탈주자」 등을 창작, 발표하였다. 또한 그는 단편소설 「강에 있는 일」, 「천연배필」 등의 작품도 발표한 바 있다. 해방 후 평양에 입성했던 그는 외무성 참사관(북한)으로도 일했다. 1961년 북한에서 소련으로 추방당한 이후에 그는 더욱 창작에 임하여 「삼동서」등의 시를 많이 발표하였다. 그는 쏘련작가동맹 맹원으로서 ≪레닌기치≫신문사에서 기자로 일했다. 희곡『모란봉』을 써 냈고, 러시아의 희곡 여러 편을 한글로 번역하였으며 번역시집『소련시인집』(1947)도 펴낸 바 있다. 1985년 8월에 그는 작고하였다.

정상진 : 본명(鄭尙進)보다는 정율(鄭律) 또는 정석이란 필명을 많이 쓴 그는, 1918년 5월 5일 러시아 원동 블라디보스톡서 출생했다. 그는 중학 졸업후 중앙아시아로 강제 이주하여 1940년 코슬오르다 사범대 어문학부를 졸업하였다. 1945년 해방 직후에 그는 소련 진주군과 함께 북한에 들어와 원산의 시집『음향』의 발행인 등, 문단의 주요 역할을 맡았다. 그는 문예총 부위원장(1946~1948), 김일성 종합대학 외국문학부장(1948~1950), 문화선전부 부상(1952~1955)으로서 북한 문예 정책의 중심에서 주요업무를 관장해 왔다. 그러다가 1957년에 종파분쟁의 소용돌이에서 벗어나 그는 카자흐스탄으로 돌아갔다. 그는 1941년 ≪레닌기치≫에 첫 시작품을 발표한 이후 「시인과 현실」, 「인민창작에 대하여」, 「로만찌슴에 대하여」, 「민병균의 해방

도 해설」등 여러 평론을 발표하였다. 여러해 동안에 걸쳐 ≪레닌기치≫서 근무했으며, 현재 알마아타에서 평론가로 활동하고 있다. 그는 최근 서울에서 발행되는 ≪통일문학≫에 1950년대 전후의 문예계 증언을 수기로 연재하고 있다.

정장길 : 시인 겸 산문가이다. 1943년 2월 15일 남 - 사할린시에서 출생한 그는 1991년 카자흐스탄 종합대학 신문과를 졸업했다. 그는 1977～83년 ≪레닌기치≫신문기자도 역임한 다음 현재 카자흐스탄에 살고 있다. 그는 시 「금무늬를 수 놓고서」, 「눈내리는 공원에서」, 「그리운 할머니께」, 「혈연」등에서 조국과 모성애를 읊었다. 1999년 해외동포 문학상(단편)도 받았다. 그는 2002년에 사할린 출신 고려인 적십자 단원으로 한국을 다녀가기도 했다.

조기천 : 1913년 11월 6일 러시아 연해주 스파스크 시에서 태어났다. 그 후 우쓰리스크 조선사범전문학교를 졸업한 그(趙基天)는 1938년에 러시아 옴스크 사범 대학을 마치었다. 졸업한 그 해에 그는 연해주에서 중앙아시아 지역으로 강제이주 당한 고려인들이 카자흐스탄 크졸오르다 시에 개설한 조선사범대학 문학부에서 강의도 했다. 1937년 고려인의 중앙아시아 강제 이주 초기에 그는 카자흐스탄에서 한글신문 ≪레닌기치≫문예부장을 역임하였다. 그 후 1946년에 평양으로 들어간 그는 소련 군정기관지 ≪조선신문≫문화부장으로 활약했다. 그는 북한에서 서정시 『두만강』(1946), 장편서사시 『백두산』(1947)으로 문명을 날렸고 시 「조선은 싸운다」, 「조선의 어머니」도 썼다. 그는 평양에서 조선 문학예술총동맹 부위원장을 지냈다. 1950년 6월에 작가동맹 위원장으로 임명된 그는 한국 전쟁 당시 1951년 7월 31일 미군기폭격으로 숨을 거두었다. 조기천은 누구보다

도 국내외를 넘나들며 민족의식과 민족어를 통해서 배달겨레의 정
체성을 세웠다. 그만큼 그는 한겨레 문학과 러시아적인 소련문학을
접맥시켜서 사회주의 사회의 고려 민족문학을 구현시킨 민족시인의
위상을 지니고 있다.

조명희 : 본명이 조명희(趙明熙), 호는 포석(抱石)인 시인은 1894년 8월
10일 충북 진천군 벽암리에서 태어났다. 1913년 서울 중앙고보 졸업
뒤 3·1운동 이후 1923년까지 동경 동양대학 동양철학과에서 수학
하며 극예술협회 등에서 희곡「金永一의 死」등을 비롯한 시, 소설을
쓰며 문예활동을 폈다. 귀국 후에 그는 1925년 카프 결성에 가담하고
시, 소설, 희곡, 평론 전 장르에 걸쳐서 활발한 프로문학 작품활동을
계속하였다. 1928년 봄에는 소설집『낙동강』을 발간한 뒤, 그 해 여
름에 그는 소련으로 망명했다. 1934년에 소련 작가동맹 맹원이 된
그는 신문 ≪선봉≫지의 문예 페이지 편집등을 맡아 일했다. 그러나
1937년에 KGB에 체포되고 1938년 5월에는 일본 첩자라는 죄목으로
그는 하바롭스크 감옥에서 총살형을 당했다. 그는 소련에 망명한
뒤로 연해주 여러 곳에서 작품 창작과 한글 신문 편집 등으로 고려인
한글문학의 선도자 역할을 해 왔었다. 시「짓밟힌 고려」(1928),「10월
의 노래」,「볼쉐비크의 봄」(1931),「맹세하고 나서자」(1934),「까드르
여, 너의 짐이 크다」(1935) 등의 작품 발표도 함께 했다. 그 뒤 1959년
12월에는 소련과학원 동방도서 출판사에서『조명희선집』이 출판되
었다. 1988년 12월에는 유족들에 의해 우즈벡스탄 타스켄트 문학
박물관에 조명희 기념실이 마련되고 1992년 5월에는 타슈켄트시에
조명희 거리도 생겼다.

조정봉 : 시인, 작가. 연해주 태생인 그는 해삼위 사범대학 문학부에서

수학하였다. 우즈벡스탄 타슈켄트에서 농업을 하며 살던 그는 주로 ≪레닌기치≫에 많은 시 작품과 단편소설들을 자주 투고하여 발표해 왔다. 그의 작품에는 시 「나는 중국 처녀」(1954), 「인간의 긍지를 느끼며」(1956), 「옥야천리 치르치크벌」(1971), 소설 「도노르」(1969), 「의사부부」(1971), 「신한촌 아가씨」(1971), 「동토대」(1971), 「첫 순정을 못잊어」(1992) 등이 있다.

주동일 : 시인이며 이(리)상희 시인의 부인이다. 본디 한반도 강원도 출신인 그녀는 19세에 연해주로 건너가 살다가 다시 중앙아시아의 카자흐스탄으로 이주해 크졸오르다에서 생활했다. 그녀는 「봄 향기 풍기여라」, 「우리 신문」, 「친구를 사귀라」등의 시작품을 발표하였다.

주송원 : 주 알렉세이라고도 부르는 그는 1909년 12월 26일에 함남 영흥군 장양리에서 태어났다. 소년 시절 소련으로 옮겨간 그는, 우쓰리스크 조선사범전문학교를 거쳐 레닌그라드 사범대학을 졸업했다. 그는 1940년대부터 시, 소설 등을 ≪레닌기치≫신문 등에 발표하였다. 그는 시집『나의 금선』,『조선사람의 목소리』(1952 로문판, 1957 조문판)도 발간했다. 쏘련작가동맹 맹원인 그는 오래도록 모스크바에서 출판사 일에 종사하였다. 주요 작품인 그의 시 「흰 돛단배」(1946), 「단풍잎 편지」(1953), 「신기한 별」(1962) 등과 가사 「친선의 노래」(1952), 「내조국」(1965) 등이 공동작품집에 수록되어 있다.

주영윤 : 그는 1932년에 한반도 함경도에서 태어나서 1934년에 사할린에 이주하여 성장했다. 일찍이 하바로브스크 라디오 방송국 기자생활을 할 때부터 그는 시를 많이 썼다. 그는 1970년대 초엽부터 시를 쓰기 시작하여 3백여 편의 작품을 써 냈다. 시 「별」, 「사랑의 계절」,

「하바롭스크의 밤」, 「시인의 눈」, 「세월」, 「숙고」, 「인생」, 「기념탑」, 「사랑」, 「연놀이」, 「추억」 등을 발표했다. 그는 「어린 시절을 보내던 고장」, 「아무르강」 등의 소박하고 쉬운 서정성의 시를 써보이고 있다. 그는 오래동안 연해주 하바로브스크시에서 살아왔는데 1970년대 중엽에는 ≪레닌기치≫문학상을 받았다.

차원철 : 1910년에 러시아 연해주의 변강 농촌에서 태어났다. 그는 우쓰리스크 사범전문학교를 졸업한 후 여러 해 교편 생활을 하였다. 그는 1939년에 다시 코슬오르다 사범대학 어문학부를 졸업하고 또 교원 생활을 하였다. 대학생 때부터 ≪레닌기치≫기자로 일한 그의 작품에는 「시월의 불길」(1955), 「승리공원」(1957), 「글을 쓰라」(1959), 「렬사비」(1964), 「승리절」(1966), 「봄노래」(1967) 등의 시편들이 있다.

채 영 : 본명은 채계도이고 희곡작가 겸 연출가이다. 그는 1906년 한반도 경기 이천군에서 출생했다. 서울 경신중학을 졸업한 그는 소년 때 러시아로 향하였다. 그는 아르촘노동학원을 거쳐서 해삼위의 스탈린 구락부 출신으로서, 모스스크바 영화대학 연출학부를 졸업하였다. 1933년 희곡『만주농민』을 중국어로 발간했으며, 희곡『동트는 아침』, 『무지개』등을 발표하였다. 그는 한국전통적인 고전작품인 『심청전』, 『아리랑』, 『팔선녀』 등을 각색하였다. 또한 그는 원산 부두 노동자들의 삶과 파업사건을 다룬 희곡 「동해의 기적」도 썼다. 소련작가동맹 맹원이던 카자흐스탄 조선음악 연극극장 총연출가도 역임했다.

최영근 : 희곡 작가인 그는 1939년 8월 8일 사할린에서 태어났다. 그는 그곳에서 사할린 사범대학 언어문학과를 졸업했다. 그후 중앙아시

아로 옮겨간 그는 1972년부터 1984년 사이에 ≪레닌기치≫신문 기자생활을 했다. 1984년부터 최근까지 카자흐스탄 고려말 라디오 방송국장을 지낸 그는 2002년에 창작희곡「젊어서 죽지마라」등을 고려극장에서 상연한 바 있다. 그는 현재 알마타 고려극장에서 문학부장으로 일하고 있다.

태장춘 : 1911년 9월 10일에 러시아 원동에서 출생했다. 그는 조선극장 조직 초기부터 조선극장 배우 겸 문학부장으로 일했던 희곡작가이다. 만년에 홍범도 장군을 조선극장 등에서 자주 만난 그는 장군과 친교가 깊었다. 그는 「우승기」(1937), 『홍범도』(1942), 「생명수」(1945), 「해방된 땅에서」(1948), 「충돌」(1948) 등의 희곡과 「아동공원」, 「소원과 실천」, 「잘 있거라」, 「김만삼에게 대한 노래」 등의 시, 단편소설들을 발표했다. 1944년부터 쏘련 작가동맹 맹원이었던 그의 희곡 「38선 이남에서」(1950)는 소련 당국에서 러시아어로 번역, 출판하여 유명한데, 그는 1960년에 작고했다.

한상욱 : 1919년 9월 12일에 러시아 연해주 니꼴라옙스크 마가촌에서 태어났다. 그는 농업기계화 대학 중퇴의 학력을 가지고 있다. 처녀단편 「출생」(1918)을 ≪레닌기치≫ 신문에 발표한 그는 이후 「옥짜나」, 「향촌의 불빛」 등 여러 편의 소설을 발표하였다. 그는 한글신문인 ≪레닌기치≫ 신문사에서 일했으며, 단편 「보통사람들」, 「경호아바이」 등의 소설 작품을 종합 작품집『시월의 해빛』에 싣고 있다. 또한 몇 편의 문학 평론도 남긴 그는 1982년에 작고했다.

한 아나똘리 : 시인인 그는 1911년 9월에 함북 길주군에서 태어나 자라다가 1916년 러시아 연해주로 이주하였다. 우쓰리스크(소왕령)조선사

범전문학교를 중퇴한 그는 후에 레닌 그라드 사범대 문학부 과정을
통신으로 수학하였다. 그는 원동에서부터 처음으로 ≪선봉≫신문에
시「공청맹원」을 발표하여 조명희 선생의 작품평을 받기도 했다.
이어서 그는「사랑스러운 사랑」(1933),「뜨락또리쓰트의 노래」(1934),
「두 소원」(1937), 장편서사시「김만냐」(1937) 등을 발표하였다. 또한
푸시킨 등의 시 작품을 많이 번역하던 그는 1940년에 작고하였다.

한 아뽈론 : 본명이 한병길인 그는 1932년 9월 19일에 러시아 연해주의
우쓰리주에서 태어났다. 그는 뻬제르브르그(레닌그라드)제일 국립
외국어 사범대학 영어학부를 졸업했다. 그후 그는 우즈베키스탄에
서 교편을 잡았었다. 1950년대 말부터 그는 한글신문 ≪레닌기치≫
타스켄트 주재 기자를 지내며 적지 않은 한글시를 발표해 왔다.「가
을」,「나는 언제든지 살아있으리」,「오늘의 이봄」,「어머니에 대한
생각」,「유리창 불빛을 보고」,「황혼」,「오늘은 잠자고 있다」 등의
작품들이 전해지고 있다.

한　진 : 본명은 한대용이며 1931년 8월 17일 평양에서 태어났다. 김일성
대학 노문학부를 2년 수료할 무렵에 그는 인민군에 입대하여 참전하
였다. 한진은 희곡작가 한테천의 아들이다. 그는 1951년 리진, 허진
등과 더불어 모스크바 전연맹 국립영화대학교 씨나리오 학부에서
유학하다가 평양에 귀국하지 않고 망명하면서 활동했던 희곡작가이
다. 중앙아시아의 소련국립 조선극장에서 많은 작품활동을 했던 그
는『한진희곡집』(프린트판),『산부처』(1981),『의붓어머니』,『양반
전』,『너 먹고 나 먹고』,『나무를 흔들지 말라』(1987) 등 희곡이 있
고 단편소설도 발표했다. 단편「공포」와「그 고장의 이름은?」등에서
작가는 모국어의 중요성과 한국문화의 깊음을 강조하였다. 그는

1993년에 위암으로 작고했다.

허 진 : 본명이 허웅배인 그는 1928년에 중국 만주지역에서 항일 의병장
인 허왕산의 후손으로 태어났다. 해방 직후 귀국한 그는 선조의 고향
인 경북 달성국에 정착하려 하다가 월북하였다. 그는 1950년대 초의
한국전쟁 때는 북한군 정치보위부 소좌로서 서울에 진주하여 문화
예술 담당 책임자 역할도 맡았다. 휴전 후에 그는 모스크바 영화대학
에 유학하여 리진, 한진 등과 더불어 씨나리오과 졸업 후 러시아에
체류했다. 1950년대초 문단에 데뷔한 그는 희곡『계월향』을 발표한
이후 수많은 시조와 시 작품도 썼다. 그의 시집『공상가인 나는 사랑
한다면』(1962)은 타슈켄트에서 러시아어로 번역출판되었다. 그는 한
진, 리진과 다르게 활발한 사회활동 속에서 작품을 발표하여왔다.
한동안 타슈켄드 사범대에서 강의하고 1959년 이후 모스크바로 이
주하여 살다가 그는 1997년에 모스크바에서 별세했다.

2

러시아어로 작품활동을 하는 문인들

강 게느리에타 : 여성 아동 소설가. 러시아어로 아동문학 작품을 쓰던
그녀는 알마타에 있던 ≪레닌기치≫에서 기자로 일하던 중 1990년
대 초에 카자흐스탄에서 작고했다.

강 알렉산드르 : 소설가인 그는 40대 중반의 현역으로 활동하고 있다.
1960년 1월 21일에 한반도 평양에서 태어난 그는 1988∼1993년에

모스크바 고리키 문학대학을 졸업하였다. 한동안 카자흐스탄의 ≪고려일보≫사에서 근무한 그는 『가정의 세기』(1993), 『꾸지 않은 꿈』(1994)을 소설로 펴냈다. 그는 2002년 겨울에 한국번역원의 초청으로 서울을 처음 방문한 바 있다.

김 로만(Roman Kim) : 추리작가. 1899년에 러시아 블라디보스톡에서 출생한 로만 니톨라예비치 김은 어린시절에 일본에서 살았다. 그는 일본에서 게이오 대학을 졸업한 후 1917년에 러시아로 돌아와서 실화와 역사를 바탕으로 쓴 추리소설과 역사소설로 유명하다. 일본에 관한 연구 권위자인 그는 모스크바에서 일본간첩 혐의로 인권부의 지하감옥에서 갇혀 2차대전 중 역사소설인 『민비의 암살』도 집필했다. 그는 주로 1950~1960년대에 많이 활동했다. 대표작으로 『히로시마에서 온 처녀』(1950년대 후반), 장편 『순천에서 발견된 수기』(1960년대)가 있으며 일본에서는 러시아 문학 연구와 번역 관계 대학자로 대우를 받았다. 그는 1960년대 말에 작고했다.

김 부르트 : 1948년에 우즈벡스탄의 타슈켄트에서 태어난 그는 1976년경부터 러시아어로 소설 10여 편을 발표한 작가이다. 일찍이 ≪레닌기치≫ 타슈켄트 주재기자를 지낸 그는 현재 같은 신문인 ≪고려일보≫ 주필로 있다.

김 블라디미르 : 소설가인 그는 1930년 9월 16일에 러시아 원동에서 태어났다. 1963년에 러시아 북방 마가단시 사범대학 영어학과를 졸업한 그는 오랫동안 신문기자 생활을 하면서 창작을 했다. 그는 ≪마가단쓰가마 프라우다≫ 신문사와 그 곳 TV방송국 주필로 근무하면서 글을 쓰는 현역이다. 장편소설 『피의 소용돌이』, 『검은 용의 비밀』

(2001)과 단편 다수를 러시아어로 발표한 그의 장편『바다가제555호』(2000)는 한국에도 번역, 소개된 바 있다. 그는 1988년 이후 알마타로 옮겨서 살고 있다.

김 블라디미르 드미뜨리예비츠 : 1933년 9월 24일에 원동 블라디보스톡에서 태어난 그는 현재 우즈벡스탄에서 활동하고 있는 실록 작가이다. 그는 1962년에 타스켄트 국립법률대학을 졸업한 변호사로서 법학박사이며 아카데미 회원이기도 하다. 그는 역사적인 장편 실록을 세 권이나 러시아어로 우즈벡스탄에서 펴내고 한국에도 번역, 출판한 바 있다. 1920년대에 일어난 연해주의 빨치산 운동을 다룬『두만강은 국경을 흐르는 강이다』(1994), 그리고 연해주의 한인추방과 중앙아시아의 이주 역사를 기록한『제58호 열차』(1995) 및『반세기를 지난 진리』(1999년 출판) 등이 그것이다. 그는 우즈벡스탄 작가 동맹 회원으로 있고 한국에도 너덧 차례 왕래한 바 있다.

김 빅또르 : 소설가인 그는 1929년 9월 17일에 러시아 원동 블라디보스토크에서 태어났다. 1959년에 알마타 국립종합대학 법률학부를 졸업한 그는 알마타에서 변호사로 근무했다. 1993년에 카자흐스탄 작가 동맹 회원이 된 그는 근년에 러시아말로 쓴『충청도를 떠나는 사람의 운명』,『가장 긴 밤』등의 고려인 이주 비극을 다룬 소설을출판하였다. 그는 지금 알마타에서 연금으로 생활하고 있다.

김 아나톨리(Anatoly Kim) : 유명작가. 1939년에 카자흐스탄 공화국에서 출생한 그는 소련 극동지방과 사할린 한인촌에서 성장하였다. 그의 조부는 1906년에 가족을 버리고 러시아로 가서 재혼하여 3명의 자녀를 낳았는데 그 둘째가 아나톨리의 부친이므로 김 아나톨리는 고려인 3세인 셈이다. 김 아나톨리는 고리키 문학대학에서 공부하여 1971년 최우수 성적으로 졸업했다. 한때 화가지망생이기도 했던 그는 1960년대 말부터 습작하여 1973년에 문예지 ≪오로라≫에 단편 「묘코의 들장미」, 「수채화」를 발표한 이후 중편, 희곡, 비평 등으로 인정받고 1984년에 장편『다람쥐』로 평가받아 유명해졌다. 극동에 사는 고려인의 신화적 세계를 특징적으로 작품화하고 있는 그는 장편『아버지의 숲』등을 발표했다. 초기 작품들은 「해녀」, 「남매」, 「앙갚음」, 「약초캐는 사람들」에서는 주로 연해주나 사할린 등에 사는 소련 고려인들의 삶을 다루고 있어 인상적이다. 그는 1991~95년 동안 한국에 체류하며 집필하기도 했다. 본명이 아나톨리 안드레예비치 김인 그는 현재 러시아의 대표적 문예지인 ≪신세계≫ 편집인으로서 모스크바에 살며 활발한 작품활동을 하고 있다.

김여춘 : 평론가인 그(金麗春)는 1928년 한반도 함경남도에서 태어나 자라다가 함흥사범 재학 중 소련에 유학하였다. 그 후 톰스크 대학 노문학부 입학 후 로스토프 대학으로 전학하여 졸업했다. 한국전쟁 직후 수년 간 평양에 와서 외국어대학 노문학부 교수도 지냈다. 한때 일본 법정대학 객원교수도 역임한 그는 현재 러시아 과학 아카데미 세계문학 연구소 교수로 있는 문학박사이다. 1960년부터 「톨스토이와 조선문학」 등의 평론을 발표해온 그는 한글 평론도 능숙하지만 주로 러시아어로 비평활동을 하고 있다. 1985년부터 소련 작가동맹 평론분과 회원인 그는 현재 모스크바에서 활동중이다.

김 율리(Yuli Kim) : 본명이 유 미하일로프인 음유시인. 1936년에 러시아 하바로브스크에서 태어난 그는 소련지역뿐 아니라 미국이나 이스라엘 등의 자유진영에서도 반체제 민중시인으로 유명하다. 그는 한때

「나의 어머니 러시아」라는 노래로 학생층의 우상이었으며 재치와 풍자에 넘친 작품을 지니고 있다. 그는 밀고자에 대한 긴 연작시도 쓰고 소련 사회의 정신적 지주 등을 신랄하게 조소하고 있다. 그는 일찍이 한인계(고려인) 가수로 인기를 모으다 15년전에 작고한 빅토르 초이 버금가는 인기를 지닌 바 있다.

리 드미뜨리 : 산문 작가인 그는 1920년대 말엽에 러시아 원동에서 태어났다. 주로 러시아어로 작품활동을 하던 그는 오래도록 정부기관에서 문화관계 공무원을 지냈다. 원동에서 외무장관을 지낸 김 딸께예비치에 관한 실명소설을 발표했던 그는 10여 년 전에 작고했다.

리 스타니슬라브 : 1959년 12월 27일에 카자흐스탄 우즈토베에서 태어난 그는 1981년에 알마타 기술공정대학을 졸업하였다. 그는 러시아어를 주로 사용하면서 카자흐스탄에 사는 현역 시인으로서 활동하는 40대 중반의 고려인 문학가이다. 그는 시집『이랑(그랴다)』을 10년 전에 출간했고 이 시집을 한국에서도 번역해 낸 바 있다.

박 미하일 : 작가 겸 화가인 그는 1949년에 출생하여 우즈벡스탄 타슈켄트에서 많이 살았다. 그는 카자흐스탄 두산에서 미술대학을 졸업한 화가이기도 하다. 카자흐스탄에서 작가동맹 고려인 분과 회장 등으로 활동하다가 러시아 모스크바로 옮겨가서 살고 있다. 현재 소련 작가 동맹 조선분과 회장인 그는 주로 러시아어 소설을 쓰고 있다. 그는 첫 작품「야광 빛을 뿜어내는 백양나무」(1986)이후 주목되는 소설 작품을 발표해왔다. 그의 장편『해바라기 꽃잎 바람에 날리다』(전성희 역, 새터, 1995)가 한국에 소개되었는데 이 작품에서는 주인공 월국과 윤이를 통해서 조선조 말엽에 조국의 가렴주구와 빈곤으

로 인해서 연해주로 야반도주한 초창기 고려인 이주자들이 정착하
여 러시아인으로 동화되어가는 과정을 그리고 있다.

박 보리쓰 : 시인이며 소련 작가 동맹 맹원이기도 하다. 그는 본디 레닌그
라드 노동자집 출생으로 야간노동청년 학교서 공부했다. 일찍이 선
반공 등으로 일하거나 신문잡지사 편집일을 하면서 시를 창작, 발표
하였다. 러시아 말로 발표한 책만도 시집 12권과 아동서적이 있다.
『사랑은 싹튼다』,『별들을 따라 걸어가는 너』,『길짱구』,『별나라의
백조』,『동방에 뚜드』 등. 그는 주로 우즈벡스탄의 타슈켄트에서 생
활하면서 가끔 「사랑의 봄」, 「조국땅이여」(1988) 등의 한글시도 발표
하였다.

손 라브렌띠 : 그는 1941년에 카자흐스탄 우즈토베에서 태어나서 살다가
1962년에는 모스크바 국립영화대학 시나리오과를 졸업하였다. 카자
흐스탄 작가 동맹 회원인 그는 영화감독으로서 시나리오를 쓰는 현
역 단편 소설가이다. 단편 「삼각형의 면적」이나 희곡 『추억』(1998)
등을 발표한 그는 카자흐스탄 우즈토베 등을 거쳐서 현재 알마타에
서 살고 있다.

우 브라디미르 : 1920년대에 러시아 원동에서 태어난 그는 80세 정도의
평론가이다. 카자흐스탄의 크졸오르다 사범대학에서 문학강의를 하
던 그는 ≪레닌기치≫에도 「구상과 실현」(1971) 등 여러 편의 평론을
발표했다.

이 왈렌찐 : 1930년 생인 그는 일찍이 레닌그라드 종합대학을 졸업하였
다. 세계문학 연구 상임 연구사로 일한 바 있는 그는 현재 모스크바

문학대학 교수로 있다.

이 웨체슬라브 보리쓰비치 : 이영광이라는 한국명을 지닌 그는 1944년에 우즈벡스탄 타슈켄트에서 태어나 러시아어로 작품활동을 하는 시인이다. 모스크바 국립사범대학 노어학과를 졸업한 그는 ≪레닌 기치≫ 타슈켄트 주재기자를 지냈다. 1966년 이후 러시아 시 작품 1백여편을 발표해온 그는 우즈벡스탄 교포 시인으로서 2002년에 처음 열린 대구 세계 문학제에 참가한 바 있다.

인 알렉산드르 : 제2차 대전 이후 사할린에서 태어났다. 대학 부설기관에서 한글 강사 등을 지내면서 러시아로 소설도 써서 발표한다. 그는 현재 모스크바 대학교 부설 한국학 국제 학술센터에서 한국소설을 러시아어로 번역하는 일을 하면서 러시아어로 소설창작도 함께 하고 있다.

허 로만(Roman Hur) : 시인인 그의 한국식 이름은 허남령(許南寧)이다. 1949년에 사할린 토마리 시에서 교포 2세로 태어난 그는 현재 유즈노 사할린스크 시에 살면서 시 창작 활동을 하고 있다. 청년 시절부터 ≪레닌기치≫에 「보름달아 밝아라」, 「싸할린 날씨」, 등의 한글시도 발표한 그는 역시 한국말에 서투르고 러시아어 구사에 능통하다. 그는 러시아어와 한국어의 대역판으로 된 시집 여러 권을 냈다. 『우는 조가비』(1984), 『연분, 또는 나비의 도약』(1996), 그리고 1991년에 러시아 자유시 협회 회원이 된 데 이어서 2000년부터는 러시아 작가동맹 회원으로서 드물게 사할린에서 활약하고 있는 고려인 시인이다.

주요 자료집 소개 제 Ⅲ 장

　소련지역에서 행해진 한글문단의 발판이 되는 것은 무엇보다 문학 실체로서의 작품을 발표하고 읽을거리를 만날 수 있는 정기간행물 출판이 전제되어야 한다. 그래야 시인, 작가들이 작품을 쓰고 존재가치를 인정받으며 젊은 문학지망생을 키울 수 있기 때문이다. 그리고 이런 신문이나 문예지에 발표한 것을 한데 묶어서 작품집을 만들게 되는 단계에 이르게 마련이다. 그러나 소련지역에 사는 고려인(한인)들의 경우는 몇 개의 신문 외로 군소잡지들은 창간되었다가 대개 얼마 안 있어 소멸되고 말았다.

　따라서 해당 지역의 한글로 된 단행본들은 거의가 ≪레니기치≫신문에 발표한 것들을 모아 일부 지역의 당 기관에서 출판해낸 성과물이다. 그것도 개인 작품보다는 여러 문인의 작품을 한데 묶은 종합작품집 형태인 것이다. 이들의 구체적인 간행물이나 실적물을 살펴보면 다음과 같다.

1

한글신문

지금까지 소련지역에서 발행된 고려인 신문도 적지 않았다. 구한말 무렵부터 러시아 쪽이던 해삼위(블라디보스톡)로 건너가 살던 한인들이 여러 신문들을 간행하고 있었다. 그중에는 이를테면, 1908년에 몇 달 간행된 ≪海潮新聞≫(1908. 2~5월)이나 수년동안 속간된 ≪勸業新聞≫(1912~1914) 등이 포함된다. 또한 1922년의 ≪붉은기≫, 1930년대의 ≪노동자≫, ≪문화≫, ≪새세대≫, ≪적선≫, ≪스탈린의 길≫ 등도 추가될 수 있다.

하지만 그 가운데서도 비교적 영향력 있는 한국어 신문으로서 오늘까지 계속 출간되는 정기간행물을 살펴보면 다음과 같다. 이들 신문에는 당시로부터 현재까지 소련사회주의 사회에서 소수민족으로 살아오며 겪고 느낀 남다른 정감과 민족의식이 깃들어 있다. 뿐만아니라 특히 이 신문지상을 통해서 고려인의 한글문단이 이루어지고 발전해 왔던 것이다.

여기에서는 이들 주요 신문에 대한 여러 해설기사와 해당신문사에 근무했던 분들의 증언 및 필자가 직접 확인한 것들을 모아서 정리, 소개해 둔다.

□ 선봉(先鋒)

사회 혁명의 선봉(아방가르드)에 선다는 이름을 딴 이 정기간행물은 1923년 3월 1일에 러시아 블라딕보스톡에서 연해주 거주 한인들이 창간한 한글신문이다. 전동맹공산당 기관에서 창간한 당시 명칭은 ≪三月一

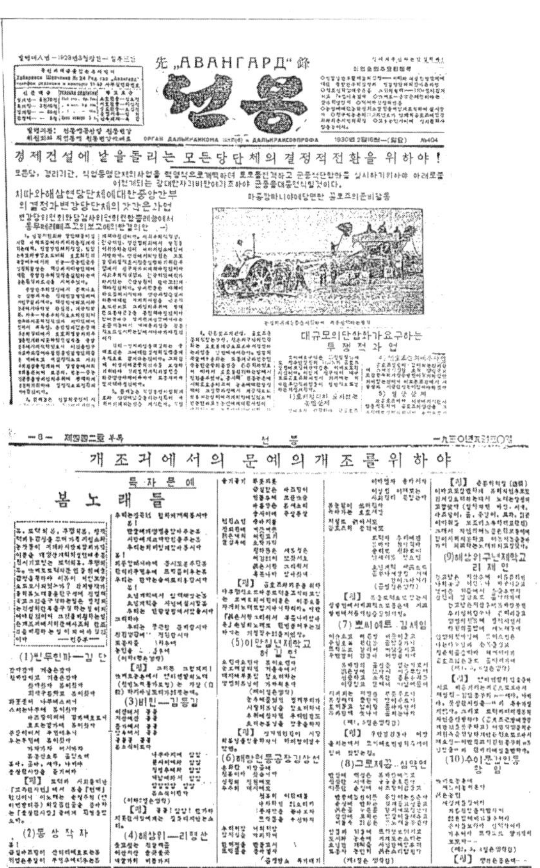

日≫로 되어있고 석판에 등사한 벽신문 형태였다. 편집자는 한반도의 지사출신으로 출판업에 종사하던 이백초, 이성, 오성묵, 이괄, 김홍집 등이 자주 바꾸어 맡았다. 발행부수는 1926년 현재 3 권 부 정도였고 기자는 70 여명이었다고 전한다. 이 신문 본사는 처음에 블라딕보스톡에서 시작하여 1929년에 하바로브스크로 옮겼다가 다시 1930년대 중엽에는 블라딕보스톡으로 되돌아왔던 바 있다.

정기간행물인 신문형태지만 발행사정이나 경영면은 매우 열악한 처지였다. 창간 초기부터 1925년에는 주 1회, 그 후 1929년 사이는 주 2 회, 1930년대에 들어서야 겨우 격일로 간행되었다. 이렇게 어려운 처지에서도 계속해서 한글신문을 내온 것은 역시 12만 고려 주민의 귀와 눈이 되고 소비엣 혁명사업에 동참하여 소수민족으로 사는 고려인의 권익과 민족전통을 지키는 일을 맡아야 했던 때문이다.

지면은 대개 1면에 사설, 조선국내의 소식 중 주로 사회주의운동기사, 주요 세계혁명소식이 배치되고 2면에는 상단에 세계 각지 소식, 하단에 극동지역 단신과 문화면이 배치되었다. 3면에는 당 사업보고, 강령, 지시, 각 기념식 연설문, 당의 결정서 등이 실렸다. 또 4면에는 정치, 경제학 강의, 신경제안의 해설, 노동법 해설 등이 게재되어 있다. ≪선봉≫신문 문화면에 '문예페이지'가 개설되기는 1925년 무렵인데 처음에는 투고자가 적어서 존폐를 거듭했었다. 그러다가 1928년을 전후하여 연해주 지방에 망명해 온 포석 조명희에 의해 '독자문예' 등의 이름으로 문학작품 발표가 활성화되었다. 1928년 가을(9월 8일)에는 러시아 작가 고리키가 고려인 작가들에 보낸 편지도 ≪선봉≫지에 게재된 바 있었다. 이 문예란은 사실 오래도록 소련지역 고려인 한글 문학의 못자리 구실을 해 온 편이다.

그러나 이 ≪先鋒≫신문도 역시 1937년 가을에 강행된 스탈린 정권의 중앙아시아로의 한인 강제이주 정책에 의해서 그 해 9월 중순에 폐간되기에 이르고 말았다. 폐간까지의 지령은 14년 동안에 걸쳐서 1,644호를 기록하고 있었다. (이균영,≪선봉≫해설참조)

□ 레닌기치

전 소련지역에서 가장 오래도록 많은 발행부수로 간행되어 온 ≪레닌
기치≫는 사실 원동에서 발행되던 ≪선봉≫신문의 후신이다. 예의 ≪선

봉≫이 스탈린 정권의 고려인에 대한 중앙아시아로의 강제이주 정책에 의해 사실상 폐간되자 다시 재창간한 한글 신문인 셈이다. 그래서 ≪레닌기치≫는 ≪선봉≫의 법통을 이어서 2003년 3월에 창간 80주년을 앞두고 있는 고려인 최대의 한국어 신문인 것이다.

소련의 볼셰비키 혁명을 성공시킨 레닌의 깃발(기치)이라는 명칭을 지닌 이 신문은 한인들이 낯선 땅으로 이주 당한 바로 이듬해인 1938년 5월 15일에 카자흐스탄 공화국의 크솔오르다에서 창간되었다. 규격은 A4 크기의 2쪽 짜리로 한 달에 15회분을 찍어 6천부쯤 배포했다. 처음에는 일종의 지방지 성격을 띠고 있다가 1940년에는 주 단위 신문, 1956년 경부터는 카자흐스탄 공화국 간행, 발전해 나갔다. 즉, 카자흐스탄 공산당 중앙위원회 기관지가 된 ≪레닌기치≫는 정치, 경제, 사회, 문화 전반에 걸친 고려인의 생활정보와 이상을 담고 커가고 있었다.

사세(社勢)가 확장되자 ≪레닌기치≫는 1978년에 본사를 공화국 수도인 알마타로 옮겼지만 인쇄시설은 강제이주때 원동에서 가져온 낡은 인쇄기를 사용했다. 그 무렵에는 ≪레닌기치≫가 판매부수 1만 5천을 넘고 소련전역과 북한 및 중국 지역에까지 배포되고 있었다. 규모 면에서도 본사기자 60명 밖에도 타시켄트, 알마아타, 사마르칸트, 두산베 등의 각 지방 주재기자 6 내지 7명 정도에 이르렀던 것이다. 신문사 조직도 당 생활부, 공업부, 농업의 선전 및 보도부 문화문예부, 서한부 등을 갖추고 있었다. 역대 주필은 서재욱, 남철, 송진과 김중길, 김광현, 한 인노겐치, 조영환, 맹원식, 차유리 등이다. (양원식 시인과 이정희 시인 등의 증언)

주2, 3회 4면 이상의 신문에는 특히 매월 두 세 번은 문예페이지를 마련하려 한글문학 진흥에 크게 이바지하였다. 여기에는 한국고전 소개와 러시아 문학 등의 번역 작품은 물론 특히 고려인 문인과 독자들의 투고작품도 자주 실었다. 실로 ≪레닌기치≫신문은 오랫동안에 걸쳐서 소련 지역의 한글문학을 키워온 터전이 되어왔다. 김세일의 장편소설

『홍범도장군』연재를 하는가 하면 사할린이나 우쓰리스크, 하바로브스크 등지에서 보내온 문학지망생의 습작시와 소설, 수필, 아동문학, 희곡 등을 발표해왔다. 이 신문을 거쳐나온 문인만도 조기천, 연성용, 김광현, 전동혁, 정율, 림하, 박현, 맹동욱, 양원식, 이정희 등 고려인 엘리트들이 즐비하다. 가끔씩 북한문학 작품도 실어서 조선과 소련 문학의 유대와 영향관계를 강화하는 역할을 겸해왔음은 물론이다.

하지만 이 《레닌기치》 역시 1990년 이후 들어서는 소련의 붕괴와 연방의 해체로 인하여 위축 일로에 처하였다. 신문의 배포지역이 중앙아시아 주변으로 대폭 좁아졌을 뿐더러 한글 해독 인구마저 크게 줄어들어 쇠퇴기에 접어든 처지이다. 구독자 수효가 적어짐과 동시에 신문사의 경영난 등으로 위기에 이르게 마련이다.

이런 추세 속에서 《레닌기치》는 1991년부터 또다시 《고려일보》라는 이름으로 제호(題號)를 바꾸어 자유신문으로 간행하고 있다. 그러나 이렇게 옛 이념의 굴레에서 벗어난 명칭에도 불구하고 날로 위축되어가는 상황에서 탈피하기 위해 관계자들은 몇 가지 자구책을 쓰고 있다. 신문의 판형을 다브로이드 크기로 줄이고 기사 또한 한글과 러시아로 대역판이나 별도 기사로 다루는 것이다. 1990~92년 중반까지는 1주일에 한글판 4번을 내면서 그중 한 번은 노어판 부록을 끼워 넣었다. 그러다가 1992년 말엽부터는 1주일 1번 16면을 내왔다. 더구나 최근에는 역설적으로 한글판 4면, 러시아판 8면 꼴의 상태로 한글지면보다 러시아어로 된 지면을 더 많이 내서 3천부이상의 구독자를 확보해가고 있다는 궁여지책을 쓰는 지경이다.

지금까지 카자흐스탄공화국 문화출판 사회화합부와 현지의 한국교육원 또는 고려회협회의 제정적 지원을 받으면서도 원활한 한글 신문의 역할을 제대로 못하고 있는 것이다. 우리는 최소한 한겨레의 민족 정체성과 한글문학의 명맥을 지켜내기 위해서라도 모국의 뜻있는 단체나 정부

차원의 지원이 절실하다. 내년 봄은 바로 우리 고려인들이 척박한 소련
땅에서 살아오며 모국어로 지켜온 ≪선봉≫, ≪레닌기치≫, ≪고려일보≫
창간의 80 주년이 된다.

□ 새고려신문

　　현재 러시아 지역의 유일한 한글신문으로서 그 역사와 현황은 다음과
같다.

현주소 : 러시아국 사할린주 유즈노사할린스크시
　　　　콤무니스치체스키 프로스펙트, 28번지
전화 : 3 - 75 - 21, 3 - 44 - 94, 3 - 50 - 85

사장 : 안춘대(Ан Чун Де), (여, 58세)

러시아 사할린출생, 사할린국립사대졸업, 신문사에 1974년부터 근무. 본사 사장의 직위는 임명이 아니라 신문사내 선거에 의한 직위임. 임기 3년. 안춘대사장은 1994년 2월 1일, 1997년 2월 1일, 2000년 2월 1일에 사장의 직위에 3회 선거되었다.

"새고려신문"(타브로이드판 8면)은 사할린주 사회정치 신문이며 사할린 주한인회 기관지로 등록됐으나 주한인회는 자금부족으로 본사를 지원하지 못하고 있다.

인원 : 기자 3명을 비롯해 지원 7명.

구독자 계층 : 1세 노인들과 요새 한글을 배우는 젊은이들.

발행부수 : 2000부. (현재)

신문보관 : 이전 신문은 화재로 불타고 1961년 이후부분만 남아 있다.

신문사 연혁과 변모

1949 · 6 · 1 – 신문창간 "조선로동자"신문 (소련공산당기관지)

1961년 – ≪레닌의 길로≫로 개칭 (소련공산당기관지)

1991년 – ≪새고려신문≫으로 개칭 (사할린주 기관지격 사회정치신문)

한국일보가 기증한 인쇄기계로 본 신문을 발간중이다.

사할린동포를 위한 사업

사할린에서 사멸되어 가는 한민족 문화의 명맥을 새세대들에 이어주고 있다.

사할린동포들의 생활상 각 문제들을 반영.

이산가족 찾기운동 전개.

사할린한인들(현재 4만여명) 친척찾기운동을 1988년부터 시작하여 지금까지 계속하고 있다. 한국과 사할린의 이산가족 뿐만 아니라 중국, 북한의 친척을 찾는데도 도우려고 쓰고 있다.

1990년도부터 사할린 동포들에게 한글을 가르치기도 함. 그러나 초기에는 교재가 없어서 신문사사원들의 힘으로 한글교과서를 만들었으며 그 교과서로 주내 학교와 강습소들에서 2년간 한글을 가르쳤다. 다음 신문지상을 통해 한글학습을 실시하여 지금까지 계속하고 있으며 신문사 내에 한국일보사의 도움으로 한글학교를 조직하여 3년째 운영하고 있다.

한민족의 긍지와 동포애를 고취시키고, 민족전통문화에 대한 자랑과 보람을 일깨울 목적으로 한국통일원 지원하에 "무궁화"문학콩쿨을 6회 실시하여 훌륭한 성과를 거두었다.

한국과의 문화교류발전에 기여.

1990년 7월 신문사가 발기자로 나서 사상 처음으로 한국인기가수 사할린 위문공연을 실현하였다. 가수, 음악가 40여명이 참가한 2일간의 공연에 근 3만명의 관람자들이 왔었는데 하바롭스크와 블라디보스토크에서는 전세기를 타고 왔었다. 이때 사할린 상공에 처음으로 태극기가 게양됐었다.

KGB의 허락도 없이 신문사가 전적 책임을 지고 태극기를 게양했음. 이 태극기를 보고 많은 노인들이 눈물을 흘렸다.

북한의 진실을 밝히는 재료들을 게재.

사할린에 북한 영사들을 지지하는 사람들이 있는 조건하에서 북한에 관한 기사를 싣는다는 것은 쉬운 일이 아니었다. 그러나 신문은 6·25전쟁의 진실에 대하여 이야기하며, 북한의 낙후한 정치, 경제의 어려운 형편에 대하여 독자들에게 알리고 있다.

재정상태

신문사의 운영은 광고수입으로 충당되어야 하나 한글의 불모지였던 러시아에 한글을 아는 사람들이 별로 없어서 독자들의 수가 늘어나지 않고 있는 상황에서 신문사는 재정난을 겪고 있다. 50년 역사를 갖고 있는 신문을 유지하자는 단 한 마음으로 사원들이 노력하고 있다.

현재 주 행정부에서는 신문사 부지제공과 함께 다소의 재정지원을 하고 있다. 한국정부에서도 그 동안 연 3만불, 현재는 연 1만불 정도 재정지원. 또한 한국의 해외교류재단에서도 해마다 재정지원중이다.

「조선로동자」 1951. 5. 16.자 및 본사 보관분은 화재로 손실되어 「레닌의 길로」 1961. 12월분 이후 현재분까지는 재래식의 신문철로 엉성하게 케비넷에 보관하는 정도뿐이다.

앞으로 편집체제도 일신하고 젊은 세대의 기자로 개편 바람직하다.

작품집

지금까지 소련지역에서 발간된 고려인(조선인, 한인)의 문학 작품집들은 10여종에 이른다. 여기에는 개인의 시집이나 선집, 소설집 또는 장편소설들이 섞여 있다. 또한 중요한 것은 사회주의 사회의 특성상 당 기관에서 여러 문인들의 작품을 한데 묶어서 낸 공동(합동)작품집들이 많은 것이 특징이다. 이 분야 연구에 많은 참고가 되길 바란다.

□ 박일 편『조선시집』, 크솔 오르다, 알마타, 카자흐 국영문예서적출판사, 1958.

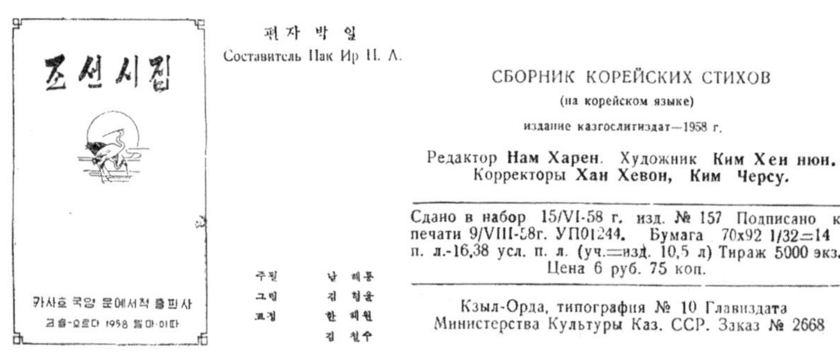

반국판형에 모두 448쪽으로 이루어진『조선시집』은 타스켄트에서 열린 아시아 · 아프리카 작가대회와 모스크바에서 열린 카자흐 예술문예주간을 기해서 출판되었다. 주로 조선인 독자를 위해서 한국의 고전과 현대 시문학에 걸친 주요작품들을 시대적인 순서로 수록해 놓았다. 대체로 유명시인의 작품 두, 세편씩을 엮은 교양적인 성격의 시집으로서 모두 3편으로 나누어 있다.

먼저 '고대조선문인시편'에는 남구만, 리이, 리황, 정몽주(단심가), 황진이, 정철, 윤선도, 림제 등의 고전 시조 50여편을 싣고 있다. 이어서 '고대녀류시가선집'에서는 리옥봉, 허난설헌, 작자미상의 작품 등 50편을 실었다. 또한 박연암, 정다산, 김삿갓 시 등의 한시를 번역하여 40편 가까이 싣고 있다. 여기에 덧붙여 「호랑장군」, 「종달새」, 「단풍닢」 등 구전동요 10편에 나물캐기(민요)를 수록하고 있다.

다음 '현대조선문인시편'에는 김소월 시 11편, 리상화 시 3편, 조명희 시 7편 등의 작고시인들 작품을 실었다. 그리고 북한에서 활동하는 시인 김창술 시 2편, 류완희 시 4편, 조운 시 6편, 박팔양 시 5편, 박세영 시 3편, 조기천 시 6편, 그 외 시인들 시편 12편을 수록했다. '현대조선문인시편'도 '고대조선문인시편'처럼 대개 시집 전체분량의 3분의 1을 차지하고 있는 것이다.

끝으로 '쏘련조선인작가시편'은 당시 현역으로 활동하고 있던 소련지역 거주 고려인 문인 30여명의 시작품을 게재하고 있다. 계봉우 시 2편, 한아나똘리 시 2편 , 김준 시 3편, 연성용 시 3편, 태장춘 시 4편, 주송원 시 3편, 조정봉 시 2편, 림하 시 3편, 김증손 시 2편, 김광현 시 3편, 리은영 시 3편, 강태수 시 3편, 김남석 시 2편, 그리고 이름이 덜 알려진 18명의 시 한편씩이 수록된 것이다.

편집 기준의 객관성에서나 기술상의 미흡성 및 다소의 오식 등이 없지 않은 이 시집은 그런대로 당시 소련권에 살고 있던 고려인들에게 한국시의 윤곽을 이해시키는데 긴요한 역할을 할 수 있었다. 아울러 이 시집은 우리에게 중앙아시아를 포함한 소련권의 당시 한글시단을 파악하는데 중요한 자료가 되고 있다.

□ 김준 장편소설 『십오만원 사건』, 알마아따, 1964.

정사각형의 특국판 크기에 358쪽으로 된 실명소설로서 쏘련권에서는 보기 드문 장편이다. 저자의 말에서 작가 자신은 "조선민족해방운동의 한 토막인 1919년 간도 십오만원 사건. (중략) 그 사건의 주동인물 중의 한 사람인 최봉설동무가 나에게 그 사변의 전말과 인물들을 말해주고 그 때의 활동지대들을 그리여주었습니다."라고 밝히고 있다.

1955년 초에 시작하여 1960년말에 탈고했다는 이 소설은 극적이고 리얼하다. 일제 강점기에 우국 청년들이 조국광복운동에 나서서 싸우는 중에 독립군의 무기구매자금을 마련하기 위해 일본은행 돈을 훔친 투쟁 이야기이다. 최봉설, 준희, 상호 등이 일제의 길-회 철도부설비 30만원을 운반하는 호송대 일행 습격으로 탈취한 실화 중심 작품이다.

□ 종합작품집 『시월의 해빛』, 알마아따 작가출판사, 1971.

러시아의 10월혁명을 기리는 제목을 단 이 책은 구소련권에 살며 한글 작품을 써온 문인들의 글을 한데 모은 종합작품집이다. 4·6판 크기에 359쪽 분량의 이 책에는 모두 25명에 걸친 시인, 작가, 평론가 등의 시, 소설, 희곡, 평론 등 139편의 작품들이 실려있다. 특히 해당문인의 글

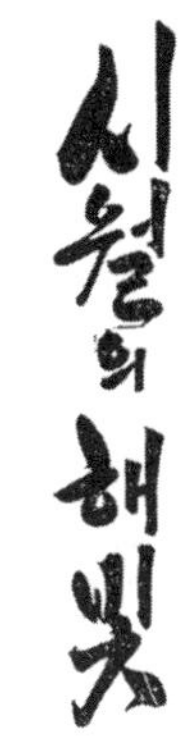

ПОД СОЛНЦЕМ ОКТЯБРЯ

(Сборник стихов и рассказов корейских писателей)

Издание издательства «Жазушы» — 1971

Составитель Тэн Дон Хек
Редактор Сон Дин Фа
Художник Ким Хен Юн
Техн. редактор Хан Хе Вон
Корректоры Пак Чу Ок, Тен Сун Хи.

Сдано в набор 19/III-1968 г. Изд. № 320. Подписано к печати 15/XI-1970 г. УП01040. Формат 60×84¹/₁₆=22,5 п. л. 20,93 усл. п. л. (Уч.-изд л. 21,95). Тираж 10 000 экз. Цена 1 р. 56 к.

Заказ № 1786. Набрано и отматрицировано в типографии № 12 Кзыл-Ординского облуправления по печати. Отпечатано в Полиграфкомбинате Главполиграфпрома Государственного комитета Совета Министров КазССР по печати. Алма-Ата, Пастера, 39.

앞에다 드물게 간단한 프로필을 써놓아 일부 소련지역의 고려인 문인 약력을 알아보기에 참고가 된다.

시인 조명희 시 4편, 한 아나똘리 시 5편, 조기천 시 4편, 그리고 김준 시 1편, 단편소설 2편 순으로 이어진다. 전동혁 시 8편, 소설 2편, 김증송 시 9편, 주송원 시와 가사 5편, 연성용 시와 가사 10편, 김광현 시 4편, 단편소설 1편이 실려있다. 또한 태장춘 단편소설 1편, 강태수 시 5편, 김기철 단편소설 1편, 김세일 시 10편, 한상욱 단편소설 2편, 차원철 시 8편 등이 계속되고 있다.

또한 림하 단편소설 2편, 리은영 시 7편, 우제국 시 9편, 김종세 시 5편, 리와씰리 단편소설 1편, 김창욱 시 7편, 김남석 시 5편이 게재되어 있다. 이어서 리정희 단편소설 1편, 김두철 시 5편, 한 아뽈론 시 6편, 채영 희곡 1편, 정상진 평론 1편이 실려있는 것이다. 끝으로 책의 뒷장에는 7쪽의 수록문인과 작품목록이 적혀있어 참고가 된다.

□ 김준 시집『그대와 말하노라』, 알마아따 사수싀 출판사, 1977.

반국판 크기에 239쪽으로 되어있는 개인시집이다. 서문이 없고 주제별 시대별 구분없이 218편의 시를 싣고 있다.

　일찍이 한반도에서 새 삶의 터전을 찾아온 조상들 자손으로서 연해주에서 태어나 자라온 설움과 추억 및 중앙아시아로 강제 이주해와 사는 민족적 자각과 정체성을 한국 전통적인 정서를 살려 쓴 내용들이다. 「조선의 자장가」, 「너의 방안 백일홍이」, 「조국」, 「쑤아푼 강」, 「순임금」 등.

□ 김준 시집『숨』, 알마아따 사수싀출판사, 1985.

반국판 크기에 191쪽으로 이루어진 이 시집은 지은이 사후에 펴낸 시집인 만큼 김준의 일부 유고도 포함되어 있다. 소련작가동맹 작가로서

카자흐스탄 조선분과장 등을 역임한 공로 등
으로 그곳 작가동맹에서 펴낸 것이다.

그런 이유로 이 시집은 그 전 시집『그대와
말하노라』에 비해서 정론적이고 이데올로기
적인 내용이 많이 실려 있다.「레닌의 숨」,「살
아있는 영웅들」,「마흔여덟 사람」 등이「도승
산」,「석천폭포」,「금강산」 등의 작품보다 더
많이 나타나고 있다.

《사수쇠》 출판사
알마아따, 1985년

□ 종합작품집『해바라기』, 카자흐스탄 사수쇠 출판사, 1982.

국판크기에 207쪽의 분량을 지닌 이 책은 21명
고려인 현역 문인의 시·소설·수필 등을 모은 종
합작품집이다. 강태수의 장편서사시「시월의 밤」
과 서정적인 시「봄기운」,「이른봄」, 량원식의 서
정시「마음의 보금자리」,「봇나무숲」, 김세일의「
네와강」 등이 실렸다. 김두칠의 서사시「송림동
사람들」이 민족적 수난을 담고 있어 눈길을 끌고
리은영의 소박한 시「좀」도 수록되어 있다. 소설
작품들은 거의 짧은 단편이다. 한진의「녀선생」, 김기철의「복별」, 연성
용의「영원히 남아있는 마음」, 리정희의「선물」, 김빠웰의「쟈밀랴, 너는
나의 생명이다」 등이다. 이밖에 조영의 수필「레닌은 우리와 함께 계시

다」가 있고, 장윤기의 실화 「자매」도 함께 수록되어 있는 것이다.

□ 김광현 작품집 『싹』, 알마아따 사수긕출판사, 1986.

　이 책은 반국판 크기에 모두 272쪽으로 이루어진 한 사람의 작품집이
다. 시, 단편소설, 서사시 작품들이 섞여있음을 표지에서도 밝히고 있다.
하지만 당의 눈치를 보았음인지 「시월의 태양」이란 맨 앞 시작품이나
「당은 우리 곁에서」 등에서처럼 이념성이 짙은 성향의 시들이 두드러
진다.
　서사시 「초옥」(1969)에도 이념성이 강하게 배어 있고, 위의 시나 서사
시 밖에 단편소설 「새벽」도 수록되어 있다.

□ 김기철 소설집 『붉은 별들이 보이던 때』, 알마아따 사수긕출
판사, 1987.

　이 책은 작가 김기철이 ≪레닌기치≫에 발표했던 중편소설들을 모아
서 펴낸 아담한 작품집이다. 「붉은 별들이 보이던 때」, 「금각만」, 「복별」

이 그것이다. 사회주의 투쟁 등, 비교적 이념성이 많이 드러나 있다. 하지만 대체로 소설적인 작품형상화는 수긍되는 셈이다.

「붉은 별이 보이던 때」는 1941년 독일군이 러시아를 침공했을 때 소련 땅에서 철수 모자가 겪은 파란만장한 이야기이다. 「금각만」은 원동서 쏘비엣정권을 수립하기 전후의 1920년대초 신한촌에 살던 지게꾼 박만수가

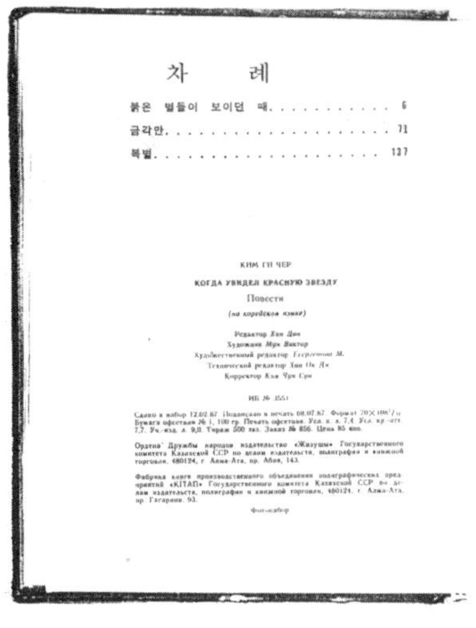

일본 헌병 등에 겪는 투쟁을 내용으로 삼고 있다. 또한 「복별」은 1921년에 연해주에서 적군과 백군파가 싸우던 것을 다루고 있다.

□ **공동작품집 『행복의 고향』**, 알마아따 사수싀출판사, 1988.

국판 143쪽인 이 책은 당시 고려인 현역 작가의 소설을 골라 모은 공동작품집이다. 이들 단편소설들에서는 대체로 낯선 나라에서 이민족 간에 겪는 삶의 애환과 갈등 및 원동에서의 추억 등을 다루고 있다.

김광현의 「명숙아주머니」는 중앙아시아로 강제 이주되기 전 연해주의 이웃농촌에 살던 친구누나가 정년해서도 콜호스의 모범여성으로 사는 이야기를 그렸다. 김광현의 「반가운 기별」은 일찍이 남편과 자식마저 잃고 외롭게 사는 영희할머니가 곱게 키운 의과대생인 손녀(영희)가 제 약혼자와 모스크바에서 급행열차로 내려와 마중간다는 내용이다. 그런가하면 량원식의 「낙엽이 질때」는 팔순 가까운 홍노인이 아들 왈렌찐부

부로부터 겪는 노년의 외로움을 다루고 있다.

그리고 이정희의 「소나무」에서는 어릴적부터 천둥이로 커온데다 병신 남편한테 시집가서 고생하면서도 오남매 자녀들로부터 보람을 느끼는 여인의 삶을 그리고 있다. 그런가하면 남철의 「민들레꽃 필 무렵」에서는 일찍이 삼일운동때 경우를 다루고 있다. 즉, 일경에 쫓겨 두만강을 건너와 사회주의 투쟁하다가 연해주에서 백파장교들에 남편을 잃고 어렵게 키운 아들(마이)이 박사학위를 받고 오는 비행장에 나가는 해금이할머니의 이야기를 쓰고 있는 것이다.

□ 종합시집 『꽃피는 땅』, 카자흐스탄 알마타 사수싀출판사, 1988.

이 책은 구소련에서 작품활동을 했거나 현재 시작활동을 하고 있는 고려인 시인 20명의 시작품 190여편을 모은 것이다. 반국판 크기의 휴대용으로 된 222쪽 분량의 아담한 시집이다. 서문이나 발문 하나 없이 시작품만 실은 종합시집이다.

대상시인에는 일제 강점기에 소련 연해주에 망명하여 고려인 한글문학을 개척하다 작고한 조명희 시인부터 시작되고 있다. 또한 중앙아시아에서 작품활동을 하다가 해방이후 북한에 귀국하여 작품을 써온 조기천도 포함되어 있다. 조명희의 「시월의 노래」, 「동요3편」, 조기천의 「수양버들」, 「휘파람」, 「시월」 등이 그것이다.

ЦВЕТИ, ЗЕМЛЯ!

Сборник стихов

(на корейском языке)

Редактор *Ян Вонсик*

Составитель *Пак Ир*
Художник *Тен Тяхон*
Художественный редактор *Б. Аканаев*
Технический редактор и корректор *Нам Х. Б.*

ИБ № 4158

Сдано в набор 06.07.88. Подписано в печать 11.08.88. Формат
75×90¹/₃₂. Бумага офсетная № 2, 100 г. Гарнитура «Литературная». Пе-
чать офсетная. Усл. п. л. 8,75 Усл. кр.-отт. 9,07. Уч.-изд.л. 7,80
Тираж 1000 экз. Заказ № 1271 Цена 1 руб.

Ордена Дружбы народов издательство «Жазушы» Государствен-
ного комитета Казахской ССР по делам издательств, полиграфии
и книжной торговли. 480124, г. Алма-Ата, пр. Абая, 143.

Полиграфкомбинат производственного объединения полиграфических
предприятий «КITAП» Государственного комитета Казахской ССР
по делам издательств, полиграфии и книжной торговли. 480002,
г. Алма-Ата, ул. Пастера, 41

《사수쇠》 출판사
알마아따. 1988년

　그리고 나머지 대상시인으로는 한 아나똘리, 강태수, 김광현, 남경자, 남철, 량원식, 리진, 리길수, 리상희가 이어진다. 거기에 명월봉, 맹동욱, 박보리쓰, 박현, 정장길, 주영윤, 연성용, 우제국, 윤수찬이 포함되어 있다. 이들 시인의 한글시를 각기 10여편 안팎씩 싣고 있는 것이다.

　ㅁ 리진 시집 『해돌이』, 알마아따 사수쇠출판사, 1989.

　한진 편집으로 이루어진 국판크기 225쪽의 이 책은 북한에서 소련에 유학하고 무국적자로 소련에서 작품활동을 해온 리진의 첫시집이다. 책의 지질이나 장정 등에서 볼 때도 이 무렵 소련에서 간행된 시집으로서는 퍽 호화판스런 면이 없지 않다.

　차례를 보면 Ⅰ.《줌가르산 시초》 20여편, Ⅱ.봄가을에도 160여편, Ⅲ. 이야기시 6편의 방대한 분량이다. 그만큼 다양한 제재와 시적 소재를 지닌 채 적지않은 실험성도 보이고 있다. 대체로 이념적인 것은 극히

ЛИ ДИН

КОЛЬЦА ГОДИЧНЫЕ

Стихи

(На корейском языке)

Редактор Хан Дин
Художник Мун Виктор
Художественный редактор М. Есергепова
Технический редактор Ли Хва За
Корректор Хан Ольга

ИБ № 4482

Сдано в набор 28.03.89. Подписано в печать 12.09.89. Формат 84×108¹/₃₂
Бумага офсетная, 100 гр. Гарнитура литературная. Печать офсетная
Усл. печ. л. 13,44. Усл. кр.-отт. 13,74. Уч.-изд. л. 10,83. Тираж 500 экз
Заказ № 4136. Цена 1 р. 40 к.
Ордена Дружбы народов издательство «Жазушы» Государственного коми-
тета Казахской ССР по печати. 480124, г. Алма-Ата, проспект Абая, 143
Фабрика книги производственного объединения полиграфических пред-
приятий «Kitap» Государственного комитета Казахской ССР по печати.
480124, г. Алма-Ата, пр. Гагарина, 93.

적어 특이한 특장점을 이루고 있기도 하다. 무엇보다 이국적 서정 속에서 짙은 향수와 고독과 더불어 민족적인 정체성을 찾는 휴머니티 성향을 띠고 있다.

□ 종합작품집 『오늘의 벗』, 알마아따 사수식출판사, 1990.

소련(소비에트 사회주의 연방)의 거대한 연방체제가 해체되기 전에 마지막으로 출판된 고려인 문인들의 한글 종합작품집이다. 4·6판 198쪽으로 이루어진 이 작품집은 그 내용이나 편집체제 및 지질면에서도 가장 세련되고 알찬 책으로 파악된다. 시 작품을 제외한 산문만을 실은 이 책에서는 현역의 작가 소설작품을 주로 하고 있다. 이 작품집에서는 한진이 쓴 머리말에서 소련 고려인 문학의 역사와 중요성을 담고 있어서 그 값을 더한다.

ИБ № 4480

Сдано в набор 08.01.90. Подписано в печать 22.11.90. Формат 84×108¹/₃₂. Бумага офсетн. № 1—120 гр. Гарнитура «Литературная». Печать офсетная. Усл. п. л. 10,50. Усл. кр.-отт. 10,90. Уч.-изд. л. 15,23. Тираж 500 экз. Заказ № 487. Цена 1 р. 30 к.

Ордена Дружбы народов издательство «Жазушы» Государственного комитета Казахской ССР по печати, 480124, г. Алма-Ата, пр. Абая, 143.

Фабрика книги производственного объединения полиграфических предприятий «Кітап» Государственного комитета Казахской ССР по печати, 480124, г. Алма-Ата, пр. Гагарина, 93.

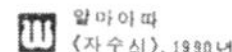

서문에서는 쏘베트 조선문학의 출발을 ≪선봉≫신문이 창간된 1923년으로 잡고 '한글은 고려인 문화의 기념비인 한국어'임을 강조하고 있다. 그리고 머리말을 쓴 한진은 단편소설 「공포」와 「그 고장 이름은?」에서 손수 익숙한 모국어로써 그 중요성을 시범해 보이고 있다. 이어서 김 알렉싼드르의 단편소설 「놀음의 벗」과 손 라브렌찌의 단편소설 「삼각형의 면적」, 그리고 리진의 단편소설 「살아나는 그림」을 싣고 있다. 또한 박 미하일의 중편소설 「밤샐 무렵」을 발표하고 있다. 뿐만 아니라 여기에서는 여느 작품집에서와는 달리 부 뾰뜨르의 '실화'와 리수의 조선극장 '회상'은 물론이요, 리진의 문학에 대한 '리론'이라는 글도 싣고 있어 이채로움을 보인다.

□ 황동민 편, 『조명희선집』, 모스크바 쏘련과학원 동방도서출판사, 1959.

이 책은 일찍이 1928년에 러시아에 망명하여 소련 고려인 한글문단을 개척한 포석 조명희의 문학적 업적을 기리기 위해서 소련작가동맹 내에

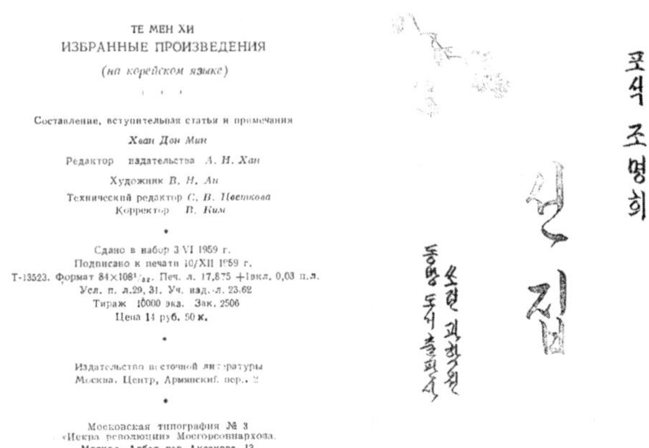

조직된 조명희 문학 유산위원회가 조명희 탄생 65주년을 기념하여 출판한 작품선집이다. 양장국판으로 된 호화판 종이에 570쪽의 분량을 이루어 당시로서는 특별하게 고급으로 출판된 단행본이다.

내용면에서도 포석 조명희의 거의 모든 작품을 통틀어서 싣고 있을 뿐더러 작가 조명희에 대한 삶과 문학에 걸친 작가 인척(황동민)의 서문과 리기영, 한설야, 강태수 등의 조명희에 대한 회상기도 부록으로 싣고 있다. 말하자면 사회주의 종주국을 찾아 연해주로 건너가서 작품활동을 하던 작가(조명희)를 1937년에 고려인 중앙아시아 강제 이주 직전에 일제와 내통했다는 누명으로 사형시킨 스탈린 사후 조명희 작가의 명예를 회복시킨 무렵에 출간된 한글판 선집이다. 따라서 소련작가동맹의 지원하에 이 선집은 전소련지역에 널리 배포된 것이다.

제 1부에는 조명희의 시집 '봄잔디밭 우에'에 실린 초기의 시들을 실었다. 제 2부에는 '락동강'을 위시해서 망명 이전에 한반도에서 발표한 산문들(소설, 수필, 희곡)을 싣고 있다. 제 3부에는 '시월의 노래' 등 소련 망명 후에 그곳에서 발표한 시편들을 모았다. 제 4부에는 '아동문예를 낳자' 등 소련에서 발표한 정론, 평론, 소품, 서한 등을 싣고 있다.

이 선집은 그 후에 북한(조선)의 대표작가 작품(이를테면, 리기영 장편
소설『고향』, 상·하권, 모스크바 쁘르그레쓰출판사, 1966)이나 또는 리
기영 다부작『두만강』, 모스크바 쁘르그레쓰출판사, 1966~1967) 등을
소련에서 한글로 출판한 사실보다 더 짙은 의미가 있다.

제Ⅳ장 주요 고려인 문학 작품

1. 시문학 작품(초)
2. 산문문학 작품(초)

위에서 열거한 바 한글을 써서 문단활동을 하는 고려인 문학가(이들
중 태반은 소련이나 카자흐스탄 작가 동맹원임)들이 발표한 작품들을
소개하면 다음과 같다. 수많은 문인들의 작품을 일정기간 안에 조사, 편
집하다보니 정확하게 골고루 게재하기 어렵지만 이 분야에 관심있는 분
들을 위해서 싣는다.

참고로 여기에 게재한 작품들은 거의가 앞장에서 제시한 한글신문들
과 한국어로 된 작품집(장편포함)에서 일부만 초(抄) 형식으로 따온 것임
을 밝혀둔다. 그리고 글의 표기(表記)는 이들 작품들이 발표된 원문(原文)
그대로 옮겼음을 밝혀둔다.

시문학 작품(초)

ㅁ 강태수 시편

공장 가는 길

가도 가도
가고 싶은 길
걸어도 걸어도
다 못 걷는 길

꿈에도 못 잊고
죽은들 어찌 잊으랴,
아버지 거닐던 이 길을,
형님이 다니는 이 길을..

나도 아침 저녁
이 길 밟으면서
마음이란 마음은
예서 통털어 놓네.

두 웃음

함박눈이 내리는 날

터벅터벅 걸어가는 두 사람

속눈섭에 매달린 네 방울
눈물인가 눈물인가……

웃는 입술보니
아마도 눈물이지

함박눈이 내리는 날
젊은 두 웃음 귀엽기도 하네.

내 심장에 새겨진 레닌

내 심장에 새겨진 일리츠는
항상 우선우선하십니다.
그러나 나는 그의 앞에서
고개를 푹 숙입니다.
무슨 죄지은 어린이처럼
말이자 밤낮 일리츠처럼
일하고 살겠다고 하면서
그의 절반의 절반, 또 절반의
절반도 못 하고 부끄러워서,
너무나 마음에 죄송하여.

내 심장에 새겨진 일리츠는

맑은 하늘 같이 푸른 눈으로
멀리 바라보시며 손들어
우리의 앞길을 가리키십니다.
그 길을 얼마쯤 걷고선
뒤돌아 보며 이미 큰 일한듯이
만족의 그늘에서 쉬려는 자들을
그는 아주 미워하시며
오직 꾸준한 걸음만 좋아하십니다.

내 심장에 새겨진 일리츠는
늘 백성들과 한 자리에 앉아
실눈을 가늘게 띄시고
남의 말을 즐겨 듣기도 하시며

뾰족한 수염을 흔들면서
공장 이야기, 농사 이야기로
어찌면 더 잘 할것을 가르치십니다.
만일 그의 지혜에 탄복하여
누가 "우리의 수령!"하고 웨친다면
응당 그는 크게 노하시고
손빨리 웃음을 가시며
일어나 자리를 떠나시리라.

정말 다시 살아난다면
우리는 어이 할터인가?

두말 없이 이를 악물고
땀을 쥐여 짜면서
순간을 다툴터이지
가버린 그들도 그들이지만
이 땅에 살아 있는,
또 살게 될 저들을 위해.

당의 마음을 참으로 헤아릴 때
파내는 한 가래의 흙도
도는 기대의 한바퀴도
과연 귀하고 중하며
하루가 아니라 순간이
우리의 량심을 일깨우나니.

카사흐쓰딴

가을이 무겁게 실린 논밭은
멀리 하늘과 맞대고
해는 하루길이 하도 멀어
지평선에 쉴자리 찾을제
방향잃고 헤매던 여린 바람은
나무가지 타고 망을 본다네

목화송이 희고 희여
검은 구름마저 희여가고

바야흐로 무르익는 들과 산은
풍년을 아로새기며
양떼 소떼 뚱기적뚱기적
목장에서 돌아온다네

참으로 동서가 어딘가
남북이 또한 아득하여
벌판은 드넓기 바루 하늘
그리고 그대의 품속에
있을것은 죄다있고
없는것은 하나도 없어라

여기로 살려온 사람이라면
살림살이 꾸려주고
찾아오는 손님이라면
차부터 권하여 후대하니

그대의 마음은 쬴빤꽃이며
기질은 떳떳하기 알라따우라네

그대는 누구든 다같이 보살펴
먹여주고 입혀주며
품에 안아 사랑하니
어찌 우리의 보금자리 아니랴
그대를 위하여 땀을 흘림은
응당 그럴수 밖에

하늘아래 이런 땅이 있어
만일 어디나 이런 딸이라면
세상사람들이 얼마나 행복하랴!
카사흐쓰딴이여! 억만 목숨을 위하여
사막에도 꽃들이 곱게 필 때까지
기껏 떨쳐나서라.

숲속의 아침

솔잎들이 방울방을
이슬을 꽂아 들면
소롱소롱한 바람은
흔들어 흔들어 떨구네

숲속의 풀밭은
아직도 한밤인가 하는데
눈치묻인 산새들은
성가시게 조잘조잘

개울물 소곤소곤
간밤의 꿈이야긴가
새날맞이 약속인가
또는 또는 사랑을 나누는가…

낮게 벋어진 가지들은

큰 얼게빗인양
뛰여가는 토끼잔등
잘도 빗어줄 때

아침의 첫 해살은
쏜살같이 숲을 헤치면서
벌거벌건 얼굴로
그냥 달음박질이라네

□ 계봉우 시편

나의 느낌

조선은 조선 사람의 조선이니
언제던지 독립한다던 아버지의 말슴이,
쏘베트 군대의 위대한 힘으로
해방을 얻은 오늘에 와서
신통하게도 맞았고나!
그때에 나의 아버지는
삼일운동에 만세를 부른 죄로
공중에 달리어 "춤"을 추고,
코에 붓는 고초물에 기절하고…
놈들의 악형을 그렇게 받고도
삼년의 증역사리를 또 하다가
바루 출옥하던 그날 밤에

나의 머리를 어르만지면서
그런 신념있는 말슴을 주엇섯네.
나의 아버지는 증역만 츠렷지만
보성 전문학교에서 공부하던 나의 언니는
독립단 본부의 한 사람으로서
독립 신문을 비밀히 박아내다가
놈들에게 붙잡혀
발길에 채워 갈비가 불러지고,
방망이에 맞아 두골이 부서저
입에서까지 흐르는 피도 싳지못하고
그만 눈을 감고 말앗섯네.

* * *

나의 집에는 그일뿐이 아니다,
수원 제삼리에 시집간 나의 누이는 애국부인 회의 명의를 띄고서
독립운동 후원금을 모집하다가
례배당에 몰아넣은 사람들속에서
총창에 찔리운 어린애를 끌어안고
살 한점, 뼈한 조각도 남김없이
불의 연기로 되고 말앗섯네.

* * *

독립을 예언하신 나의 아버지
온흘까지 계시엇더면

당신의 말슴이 꼭 맞았다고
얼마나 기뻐하엿으랴?
그리고 언니와 누이도
이제꺼ㅅ 숨만 붙엇더면,
해방시킨 쏘베트 군대의 공덕을 위하여
찬송의 노래를 남만저 들엇으리,
나혼자 이 날을 기념하오니
가슴을 만지면서 느끼고 있노라

할아버지의 눈물

대야머리 나의 할아버지
추풍의 어느 원호집에서
몇해나 아재비로 있엇던지?
나에게 이야기 하실때에는
멸시와 모욕에서 얻은 한숨
길게 – 길게 내쉬면서
열손가락이 불둑갈구리 되도록,
밤낮으로 벌럿지만
그래도 굶주리고 헐버섯더니,
네아비 – 내뉘에 와서야
즐거히 잘살게 되엿구나!
레닌의 은덕으로,
그가 지도하신
시월혁명의 성공으로 해서

             * * *

눈보래치는 그날 아침에
돋보기 쓰신 나의 할아버지
신문을 들고 보시다가
맥없이 무르피우에 놓으시며
하, 이 어룬이 사망하엿구나!
우리를 잘 살게한 이 어룬이
그렇게 애달픈 말슴을 던질 때
웃깃에까지 떨어진다.
돋보기 밑으로 흐르는 눈물이

             * * *

나는 그때에 철모르는 아해엇다.
그러나
할아버지의 눈물에 겨운 말슴
나에게 닞지못할 인상을 주엇다.
해바다 이 날에는,
검은기 달인 이 날에는
돌아가신 할아버지의 말슴
다시 – 다시 추억하면서
눈으로 또한 보는듯해라,
할아버지의 흘리시던 눈물.
그러나 그 어룬 사망되지않앗다,
우리가 그의 길로 나아가기 때문에

씨르다리야

천만년 흐르고 흘러
익달한 길로 서슴 없이
줄곧 달음치는 씨르다리야!
이 봄에 철철 차고 넘을듯
태산이라도 망그지를듯
기운이 북바쳐
언덕을 뜯어 가며 흘러 가다도 정든 모래'가 살뜰히
만지작 거리는 너 –
거만하고도 사랑스러운
씨르다리야!
고향의 넓은 벌 마음껏 돌아보려거던
오늘 너 힘껏 흘러라! –
참다운 생활의 시인은
이리저리로 네 앞길 닦아 주리라.
***
네 무에라 수뚜어리느냐? –
옛말이냐?
그래…옛날엔 너
벌어진 저 벌판 그리워 했으리라.
그 때는 노예의 시절이어니
너의 숙망 이루어 지지 못 했으리라.
가슴이 저리던 일이어니 –

어찌 잊어지랴!
글쎄…그 때의 노예
바이놈이 널고 널다 개를 주자고
집어 던진 뼈ㄱ다귀 얻어 쥐고
그것조차 입에 대여 보지 못 한 채
몰강스런 놈한테 들키여
살이 즐커지는 란매인들
몇 번이나 맞았으랴?
바이놈의 양무리 몰아 가다도
너를 보면 막 달려와
오로지 네 사랑 빌어 마른 목 축이며
매양 자유롭게 노니는 너를
눈물 어린 눈으로 바라 보며
부러운 맘에 얼마나 하소연했으랴?!
아니야, 오늘은
그 옛날이 아니야! –
그 때의 노예가 이 시절에
너 같이 자유로운,
행복을 누리는 이 –
향토의 참다운 주인이 되여
너와 함께 활발히 기꺼움 나눈다.
복리의 싹을 가꾸어
건설의 노래 세차게 부른다!
이 좋은 시절에
씨르다리야, 기뻐하여라,
흐르고 흘러라!

자유론 사람들은 넘치는 힘 뭉쳐
저기, 저기에 제방을 쌓고
살뜰히 안아 너를 높이 들어 놓고
너한테 새 길을 가리켜 주리니
너는 일망 무제의 향토로
줄기줄기 흘러 나리며
천만년 지니고 온
선한 맘 베풀어 보리라
그러면 저 별에 또 하나.

어머니 나라의 별들

우리 나라 사람들이
세상에 자랑할 것
어제도 많았고
오늘도 많으나
이다지도 기쁘고
이다지도 자랑스러운 일
어디 더 있으랴?! -
평화의 별
과학과 기술의 별
우주에 새로 떴거니
우리 유성 안고 도는
이 크나 큰 별들의 반짝임으로 하여
요즈음 하늘은 더 밝아지누나.

별나라 -
가고 싶어도 못 간다던
신비한 나라 가는 길
가가린이 개척한 길 -
이 길을 찌또브도 날았고
오늘
안드리얀 니꼴라예브,
빠웰 뽀뽀위츠
날고 있구나
이들은 -
당의 가리킴을 따라
인민의 뜻 가슴속 깊이 간직하고
어머니 - 땅덩어리를 돌거니
이것은 -
광명한 앞날 -
인류의 행복을 위함이라.
그러기에 세상이 기뻐하고
그러기에
천만대에 빛날 이 날을
모두다 자랑하며 노래하누나
세상에 영예를 떨치는
자유의 형님 나라
미더운 아들 -
날랜 용사들에게
인류가 박수하거든
이 어찌 장한 일이 아니랴,

이 어찌 자랑이 아니랴!
거룩한 이들-
동생들이여!
그대들의 용감한 날음으로 하여
우리 나라 팔월의 아침 더 빛나고
이 땅의 강산 더
아름다워 지누나
내 고향의 아들-
뛰여난 영웅들에게
고향 사람들이 박수하고
인류가 환영하거니
력사의 큰 페지 빛내는
우리의 영광
이 땅의 자랑
노래를 날개로 하고
세기의 준령도 준령도
세차게 넘으리라!

애향가로 들린다

새 날이 기여드는가
가로등은 으스름
포장도로 그린다.
숲속의 꾀꼬리
전광을 반기며

목청을 닦는다.
꾀꼬리 노래는
애향가로 들린다.

맘속에 심는가

밝은 달,
맑은 별들을
사람마다
지켜보는가,
우주의 맑음,
세기의 밝음
사람마다
맘속에 심는가?
그 맑음,
그 밝음
사람마다
바라는가,
지키는가?

가시풀

모래판의 가시풀은
모진 가물과 열풍을
용히 견디네.

사막의 임자는
물없는 먼길을
끈지게 걸어오는
락타떼 기다린다
락타을 위하여
제 희생 앞세웠거니.

가슴에 뿌리를 둔채

나는 처녀를 보는듯-
연연한 얼굴색,
따스한 미소를…

지금도 내눈에 선한
창문가 그 모습은
가슴에 뿌리를 둔채
청춘시절을 이끌어가요.

□ 김남석 시편

레닌의 기념비 앞에서

연분홍 백일홍 곱게 피고
아름다운 장미화 미소하는

휴양소 화단 한 복판에
거연히 서 계시는 위대한 레닌이시여.

당신은 꽃 피고 새 우는 시절에도
사나운 눈바람 불어치는 그 때에도
가혹한 제정의 류형지에서도
인민의 행복을 위해 싸운 위훈

오늘 당신의 눈앞에 이루어진 락원
사막엔 대강이 흘러 록음이 무성하고
황막한 초원엔 오곡이 무르익고
궁벽하던 마을에 도시가 일떠서
행복의 노래와 웃음 소리 요란하나니다.

오늘 이 휴양소 야자수 그늘 밑에
머리에 서리'발 비낀 늙은이들
쌍쌍이 앉아 웃음꽃 피우는 젊은이들
끝없이 행복한 이 생활이 어찌
당신의 뜻을 말하는 한 폭 그림이 아니리오!

장엄히 서 있는 당신의 동상 앞에
머리 숙여 이 노래 삼가 부르노니
달이 가고 해가 가 억만년 가도
위대한 당신의 성스러운 위업
행복한 후대들의 심장에 살아 있으리다.

영광의 자서전

행복으로 빛나는 나의 자서전
기쁨에 충만된 나의 세월
오늘의 영광을 한자한자 뚜렷이
시월의 혜택과 은공을 찬양하련다.

빈궁에 시달리며 천대에 눌리던
내 아버지는 살'길을 찾아
궂은 비 내리는 만주벌도
눈보라 날리는 씨비리 밀림도

오, 아버지의 청춘의 세월을
한숨과 설움의 세월
길섶에 돌맹이처럼 채우며
인간의 대우란 모르던 그 때

때는 왔다, 시월의 홰'불은
루만의 암담한 앞길 밝혔노니
내 아버지도 로씨야 동무들 따라
총'대 잡고 해방의 길 – 싸움에 나섰다

그는 씨호떼알린 밀림 속에서
눈보라 안고 적설을 헤갈며
손발 얼구며 쪽잠 그리던 밤
오, 굶주리며 잣송이 찾던 밤이여!

올리가 포구에 무서운 포연 속에서도
이만 정거장 외로운 싸움에서도
혁명에 몸바쳐 앞으로만 나가며
백파를 무찌르던 밤, 그 몇 해 였드냐!

내 아버지는 시월의 하늘 아래에서
소작농의 갖은 학대 벗어 버리고
한 평생 원이던 인간의 자유
웃음꽃 피는 즐거운 생활에서
새 나라 첫 오개년 계획에 이바지했었다.

의지로 단련되고 투쟁으로 공훈 세운
공산당의 아들로 된 영예로운 몸
당이 주는 영광의 사명을
한 치 한 분인들 어길소냐

내 맏아들은 쏘베트의 수의
내 둘째 아들은 쏘베트의 건설 기사
내 셋째 아들은 쏘베트의 병사
내 막내 딸은 유치원에서 춤추며 노래한다.

혁명이란 이 얼마나 영예로운 것이냐?
이런 자서전은 천으로 만으로 센다.
쏘베트 해'발의 50 년 동안
이 땅의 물을 마시고 떡을 먹는 감을
어찌 이루 다 말하며 노래하랴!

꽃 피는 내 조국의 땅우에서
사람과 사람이 참된 삶이여!
오늘과 래일의 영예를 위하여
우리는 평화와 친선 속에서
벅찬 로동으로 행복을 지어 내노라!

교원의 한 평생

백양나무 가로수의 십자골목 지나서
맑은 도랑 끼고 뻗쳐 있는 이 길은
아침 저녁 되풀이하며 밟는 길
집에서 학교로 오고 간 평범한 길

꽃 피는 시절에도 눈 내리는 시절에도
하루 같이 한 평생, 걸어 온 이 길
돌맹이도 내 발길에 다슬었고
풀포기도 내 발길에 자라지 못 했어라

걸음마다 새 말마디를 고르며
자국마다 새 방법을 찾는 동안
어린이들 명랑한 웃음 소리에
움칫 내 발길은 멈추었어라.

날마다 내 세계는 한 방 교실
정겨운 친구란 소년들 뿐

말로 글로 그림으로 손짓으로
어린이들 눈과 귀를 열어 주었노라.

교문을 나오면 다시 적적한 몸
무엇을 잃은듯 내 마음 허수했으나
밤마다 학생들 필기장을 펼치면
또렷이 씌여 있는 그 이름들이 날 위안했어라.

눈보라가 창문을 두드리는 겨울 밤
문 밖엔 전선'줄이 엉엉 우는데
한 자 한 자 소년들의 지혜를 담은 글에
보배나 얻은 듯 내 맘 기뻤어라.

한 방 교실은 내 세계라도
한 평생 살아온 이 세계에서
눈 뜨고 씩씩하게 자라는 소년들과
우주의 진리를 찾아 함께 걸었노라,

백골이 춤추며 눈보라 아우성 치는 곳에서
수천년 잠 자던 초원에 곡과가 치는 곳에서
맑은 글월의 글구마다 보람찬 생활엔
오늘 새 세대들의 씩씩한 모습이 아로 새겼어라

한 평생 내 심장의 가르친 진리!
농사'군이 밭갈고 씨뿌린 후
곡식 포기마다 알뜰한 손'길 많이 갈수록

곡식 알이 더 잘 여물 줄 알았어라.

한 평생 살아 온 내 생활 회고하며
내 거둔 열매를 생각하노라
만일 청춘의 생활을 또 밟을 수 있다면
내 일생 걸어 온 이 길을 되풀이하고 싶노라.

이른 봄에

맑은 해'살 가슴에 받으며
이른 봄날 과원에 나갔네.
연한 바람 내 가슴 씻어 주며
살구 복숭아꽃 피여 아름답네.

비둘기 떼 파란 공중 훨훨 나니
이 내 몸에도 날개 돋친 듯 날고 싶네
대지엔 푸른 새 싹 돋아 나니
내 정신도 한결 산뜻해 지네.

로력으로 행복 짓는 내 조국에서
내 나이 반백의 고개 넘는 것 아쉽네.
세월도 좋고 시절도 하 좋아서
무엇 하나 좋은 것 이루고 싶네.

□ 김두칠 시편

　　　장시 송림동 사람들

－나는 조선사람이다
그러나 쏘련공민이다
내가 난곳은 원동이다
내 조국은 쏘련이다
제정시절엔
조선사람이란
이름조차 없었고
　　　(중 략)
　　　＊　＊

제정시절엔 조선글
조건없이 엄금했으나
쏘련에선 조선글
헌법으로 허가했다.
그때엔
　　　(중 략)
　　　＊　＊

　　　(전 략)
오, 조국이여!
그대의 배려는
하늘보다 높도다.
나도 조국이 준
조선글로

이 시편을 쓰노니
나도 쏘련시인이라
소리쳐 자랑한다.
위대한 조국이여!
　　(후 략)

　　　　　　　　　　　　－ 머리시에서

아버지와 어머니도
나와 누이동생도
이 단간 초가집에서
나서 살고있다.
이 집을
누가 세웠던가?
　　(중 략)
집은 제집이라 해도
땅은 제땅이 아니었다.
지주의 땅이였다.
우리는 소작인이였다.
　　(중 략)
게딱지같은 집을
아까워할건 뭐요?
땅없는 제나라를
아까워할건 뭐요?
－ 그래도 이곳에
　　(후 략)

　　　　　　　　　　　　－ 선조의 고향집에서

빈궁에 시달린 나
내가 난 집도 고향도
조국의 강산도 하늘도
다 버리고 떠나는 나
        (중 략)
최씨는 그만
상앞에 엎드려서
땅을 치며 통곡했다
애도 같이 울었다.
이 통에 상룡이도
주먹으로 눈물 씻고
— 여보 그만해요.
상룡은 짐지고
최씨는 아들 업고
정든 고장 버리고
타향길 떠나는데
이 집 바둑개도
그들을 따라나섰다.

— 리별에서

오늘은
갑진년 5월 단오날
언제나 조선사람들은
이 명랑한 명절날
(중략) 다니건만

이주민들인
상룡이네 세집 식구들은
곯는 배 움켜안고
먼길에 시달려
비틀거리며
서글픈 만주벌에 나타났다.
        (중 략)
- 남의 애 봐서는 뭘해
- 어서 떠나가!
상룡이와 최씨는
아들 청송이와 작별도 없이
눈물을 주먹으로 훔치며
타향길 떠났다.
        (후 략)
        *   *

- 돌아갈 길 없네
갈곳은 로씨야뿐
일행의 울음소리는
산천을 놀라게 했으며
        (후 략)

                        - 만주벌에서

정말 로씨야는
좋은 나라구나
보라!

이 살진 땅이
그저 묵어나는구나
　　　(중 략)
　　*　　*

이사해온 이듬해 봄
소도 말도 없는
이주민들은
괭이로 삽으로 땅을 뛰져
제때에 파종했다.
종자는 꾸기도 하고
사기도 했다.
　　　(중 략)
　　*　　*

십년이란 세월은
꿈같이 지나갔다.
그동안 이주민들은
이곳 저곳에서 살다
한곳에 모였다.
이곳이
바로 송림동이다.
높은 산우엔
소나무가 무성하고
　　　(중 략)

　　　　　　　- 로씨야 땅에서

그들은
카자흐쓰딴에서
우스베끼스딴에서 -
쏘련 여러곳에서
벼밭에서
목화밭에서
공장과 광산에서
대학과 연구소에서
빛나는 업적을 거두면서
꽃피는 생활을 자랑한다.

- 맺음시에서

봄

봄 실은 내 마을 도랑물 소리
해마다 해마다 들려 올 때
어린애 웃음처럼 정다워라

봄 춤에 흥겨운 실버들가지
살근살근 내 목을 안을 때
처녀의 손'길처럼 부드러워라

옛 동지 찾아 온 구제비가
재절재절 봄 소식 전할 때
목화밭 또락또르 소리가 요란하여라

1963.

사랑의 노래

만 사람 앞에서 맹세합니다
백년을 언약합니다, 다짐합니다
뜻 깊은 사랑을 맺으렵니다.

웃음의 평생을 약속합니다
하루 같은 일생을 담보합니다
먹은 맘 변치 말자 다짐합니다
삼빠주, 포도주 두엇사오니
모인 여러분 드시기 바랍니다
우리의 영원한 사랑을 위하여!

봄'비

이 밤에 누구 은근히 내 창문을 두드릴가?
문'보 들고 내다 보니 손님은
간데 없고 눈물만 남았구려
그래도 내 마음은 반갑기만 하여라!

오 봄'비는 나와 수작을 거는가?
그러면 은근히 내릴건 무엇인고?
번개쳐 어두운 밤 밝히려무나
소낙이 울어 세상을 깨우려무나
한여름 소낙비가 아니라, 봄'비라오

말 없는 사랑에 무젖은 내라오
사과나무, 살구나무 손쳐 들고 날 기다리오
그들의 품속에만 안겨도 내 사랑 크다오

봄 손님 – 봄'비를 웃으며 맞으리라
기뻐서 춤추는 농민의 거동 봐라
풍년을 아는 듯 흥타령만 하누나
처녀 본 총각처럼 웃기만 하누나
풍년을 실은 봄'비야 행복을 실은 봄비야
살구꽃도 사과꽃도 함뿍 피게 하라

1964.

□ 김세일 시편

영생의 일리츠에게 불멸의 영광을

매일 같이 이른 아침이면
수천의 서로 안면 없는 사람들이
약속이나 한듯 서둘러 모여든다
새 세상의 찬연한 력사가 깃든
의젓한 옛 크레믈리 성벽 곁에
세기의 흐름을 정로에 들여 세운
인류의 영재 일리츠를 찾아 뵈려고.

오늘은 나도 그들 속에 끼였다.
그이를 뵈옵고 인사 드리려고
그의 가르침 받아 우리 행복 꾸며 주는
위대한 볼세위크 당의 장엄한 새 지령 -
더 휘황 찬란한 미래를 불러 오는
일리츠의 거룩한 교시 받드는 기쁨으로

인류의 숭고한 숙망인 공산주의 -
평화, 로동, 평등, 자유의 락원에서
길이길이 행복 누릴 우리 어찌
그이에게 뜨거운 감사 드리지 않으리오!

우리는 나란이 줄 지어 서서
그의 다니던 발자취 찾기나 하는듯
붉은 광장 포석도를 굽어 보며
그의 계신 붉은 대리석 집을 향해
말 없이 머리 숙여 천천히 걸어 갔다.

일리츠가 영면하셨을 때
우리 부모들은 모진 비애에 잠겨서도
그의 영생을 믿어 그의 고결 하신 몸
해'빛 없는 땅속에 맡기기 애닯아
이 대리석 집을 지어 그이를 모셨다.
그의 뜻을 우리 이루어 놓을 적마다
그이를 먼저 찾아 인사 드리고 보고한다.
그러면 그이는 안심하고 잠드신다.

누가 일리츠의 영생을 믿지 않으리
그의 육체 우리와 함께 계시고
그의 말씀 언제나 우리 듣고
모를 것은 그이하고 언제나 물어 알며
그이 가르침을 언제나 받으니
그이는 우리와 함께 살아 계시다.

우리는 일제히 모자 벗어 쥐고
고요히 잠들어 계신 일리츠를
깨우지나 않을가 마음 졸리며
발끝으로 걸음 옮겨 그이 한테 다가 갔다.

호젓하게 누워 있는 일리츠에게
달빛 처럼 부드러운 수정색 불'빛도
조바심치며 삼가 비쳐 준다.
나는 그이 상냥한 얼굴
총명한 머리, 이마, 슬기로운 눈, 손을
그리운 시선으로 바라 보며 묵상했다 :

우리의 은인이신 일리츠여!
당신의 덕에 내 부모 노예의 멍에 벗고
누더기 벗은 나는 붉은 수건 목에 걸고
삐오네르란 이름 지니던 그 시절부터
자유로운 행복한 사람이 되여
하늘 같이 높고 빛나는 당신의 이름을
언제나 늘 가슴 속에 고이 간직하고 있노라.

어려선 소년 레닌녜츠
이팔 청춘엔 레닌 공청 맹원
인젠 레닌 당 당원의 영예 지녔노라
세월이 흐를수록 당신이 더 그립고
당신의 이름은 더욱 찬연해 지나이다.

우리의 스승이신 일리츠여!
당신이 하신 말씀은 틀림 없이 맞아 가고
당신이 가리킨 길은 옳바르고 옳바르며
당신의 거룩한 뜻은 해'빛보다도 더 밝아
인젠 온 세상 만백성이 거의나 다
그 뜻을 따라 그 길로 나가나이다.

당신은 남먼저 모든 것을 아시였고
남보다 더 깊이 더 멀리 내다 보셨으며
남보다 더 바르게 나갈 길 가르켰으니
당신이 어찌 만인의 스승이 아니리요
당신을 스승으로 모신 우리
어찌 슬기롭지 않으리요!

공산주의 종족의 시조이신
일리츠여!
당신의 제자들은 한 없이 영명하시고
당신들의 후손들은 슬기롭고 지혜로워
당신의 옳바른 필승의 교시 높이 받들고
공산주의 락원을 알뜰히 이룩하리니

일리츠여! 안심하고 잠드시라
당신에게 불멸의 영광이 있을지어다!

아프리까는 말한다

식민주의자들아!
너희들은 자유의 천사라 자칭하며
공산주의는 나쁘다 하면서도
우리가 자유를 원한다고
우리를 공산주의자라 하는구나!
허나 너희들이 부르짖는 그 "자유"에
우리는 루세기를 시달렸노라
허기에 각성하는 아프리까는
진정한 자유를 찾노라!

오늘의 아프리까는 어제의 그가 아니다.
일본의 히로시마, 나가사끼를 본 아프리까,
조선, 월남, 애급, 꾸바를 아는 아프리까,
자기의 참된 아들 루뭄바를 너희들 손에 잃은 아프리까,
쏘련의 평화 위성, 우주 비행선을 본
오늘의 아프리까는 각성했노라
참된 자유를 위해 일어 나노니
아프리까는 자유로우리라!

때문에 아프리까는 말한다 :

해방, 자유, 평화를 사랑하는 마음 -
동경하는 마음이 공산주의라면
우리는 서슴지 않고 공산주의자 되련다.

식민주의 압박, 착취 없는
자유로운 생활을 원하는 마음이
공산주의 지향이라면,
앙골라, 남 아프리까 련맹
노예 제도를 없애라
부르짖는 뜻이 공산주의라면
우리는 호소하리라, 아프리까 사람들에게
공산주의로 지향하라고
두 팔을 벌려 그를 반색하라고
아프리까는 웨치리라!

내고향 원동을 자랑하노라

내 고향 원동은 참 좋기도 해요
내 살던 고장은 더 훌륭하지요
그 곳 떠난지 스물 다섯해건만
잊을래 잊을 수 없는 그 고장이
생시면 맘 속에 숨어 있다가도
꿈이면 나타나 보이군 합니다.

고향 원동을 난 잊을 수 없어요

신기하게 아릿다운 산천 경개
구슬 물'결 눈부시는 바다 풍경 –
지금도 기억에 새로운 그 모습이
생시면 맘속에 숨어 있다가도
꿈이면 나타나 보이군 합니다.

어머니 젖 먹으며 자라던 시절
죽마 타고 놀던 "송아지" 동무들
내 청춘까지 두고 온 정든 고향
아, 부모 맞잡이를 어찌 잊으리
생시면 맘속에 그려 두었다가도
꿈이면 찾아가 반가이 봅니다.

우리들이 꾸미던 옛 보금자리
선렬들이 성전에 피 흘린 성지
우리 로력의 영예 꽃 피던 동산
아, 황천에 간들 내 어찌 잊으리
생시면 맘속에 그려 두었다가도
꿈이면 찾아가 반가히 봅니다.

언제나 없이 웅장한 건설의 대지
나날이 알뜰히 꾸며지는 원동 –
이 나라의 들끓는 정열 속에서
행복의 꽃 피여 오르는 내고향
꿈이면 나는 반겨 찾아가 보곤
생시면 남들하고 자랑합니다.

우리는 새 땅에 살아요

우리는 새 땅에 살아요
우리의 조상들이
꿈에도 생각 못 하던
거칠던 벌판에 살아요.

억만년 다져지고
억만년 굳어진 땅을
레닌당이 준 보습으로
갈아 번지고 살아요.

뜨락또르 보습날에
뒤집힌 기름진 땅 속에
행복의 씨앗을 심으는 때
우리는 거룩한 희망에 살아요.

굴착기의 커다란 바가지
흙을 파 던지면
운하 되고 생명수 흐르는 때
우리는 더 없는 기쁨에 살아요.

우리 밟고 나간 발자국에서
황금 오곡이 무르녹고
아름다운 꽃향기 풍기는 때
우리는 새 땅을 노래하며 살아요.

낮이면 일터에서
웃음 소리 울려 오고
밤이면 사랑 노래 들려 올제
우리는 행복을 느끼며 살아요.

치르치크 풍년벌

고이핀 백금송이
무르익은 황금이삭
치르치크 넓은 벌에
또 풍년이 들었네
백금송이 이 땅을 수놓았고
황금이삭 이 땅을 수 놓았네.

탐스런 풍년벌의
아름다운 가을모습
지나가던 길손들도
걸음 멈춰 구경해
백금송이 이 땅을 자랑하고
황금이삭 이 땅을 자랑하네.

옷차림 좋아지고
살림살이 늘어가니
이 풍년벌 사람들은
이 세월이 고마워

마음씨도 솜처럼 부드럽고
말씨들도 솜처럼 부드럽네.

ㅁ 김종세 시편

허물치 마시라

허물치 마시라,
내 그대를 찾아 봤다고!
내 그대를 찾아 본 것은
그대는 청춘도 생명도 바쳐 싸운
조국 전쟁의 한 병사였기 때문이외다.

가혹한 전쟁은 그대의 몸에서
다리 하나를 잘라 갔지만
그 무엇으로 흐리울 수 있으리까!
언제나 그대의 얼굴에 피여나는 웃음꽃,
샘물인 양 솟아 나는 그대의 기분을!

그대는 나하고 말했나이다
어디가 편치 않느냐고
그 순간 나는 보았나이다
그대의 눈동자에서 평화의 새 별을…
인간의 높은 지성과 정성을

나는 알고 싶나이다, 그대의 마음을
나은 듣고 싶나이다, 그대의 념원을
나는 부러워 하나이다, 그대의 보람찬 일손을.
나는 그대와 나누려 하나이다,
그대의 순결하고 검박한 삶의 노래를.

허물치 마시라,
내 그대를 찾아 봤다고
만일 그대에게 애인이 없다면
내 서슴없이 그대를 키쓰하리다.

젊은 기쁨

공장 문을 차고 들어서는
선반공 젊은이
얼굴에 피여 난 웃음꽃
숨기지를 못 하네.

지난 밤에 젊은이
딸애를 보았다네
아버지란 그 고상한 이름이
젊은이 가슴 파고 듭니다.
기대도 모또르도 반기는 듯
온세계가 기쁨에 쌓여 속삭이는 듯
모두다 젊은이를 맞아 주는 듯

기쁨과 행복이 뿌듯이 안겨 옵니다.

핸들을 힘있게 틀어쥔 젊은이
부풀은 가슴에 온 넋을 담아 일하네
얼굴에 구슬땀 철철 흘러내려도
젊은이 기쁨은 가시지를 않는다네.

가을에 피는 꽃

가을에 피는 새하얀 꽃
방긋 웃는 어린애인 양
아침 해'빛에 고운 얼굴 자랑하노니
이는 보람찬 로력의 대'가여라.

백금 천지인 들'가에
수천 명의 번쩍이는 손'길,
어디서나 들려오는 노래'소리
생활의 행진곡은 울려 퍼지누나.

세상에 고운 꽃 많지만
어이 이 꽃과 비기리
가을에 피는 새하얀 꽃
우스베끼쓰딴의 자랑이라네.

나는 조선사람이다

나는 로씨야 원동
이만 강변 조선사람이다.
백두산 신령이 먹이지 못해
멀리 강건너로 쫓아낸
할아버지의 손자로다.
로씨야의 "마마"보다도
카사흐의 "아빠"보다도
그루시야의 "나나"보다도
조선의 "어머니"란 말이
내 정신엔 뿌리 더 깊다.

어 시를 제 자라난 둥지에 되앉치고
고기를 날라먹이는 까마귀새끼 –
조선 금강산에 팔만구암자라.
삼정방 출입문에 밤에도
자물쇠 걸리지 않은 것 –
조선 박달나무밑 샘물이라.

조선 산천의 십장생
산수지일록 운학죽구송 –
조선사람의 하느님이라.

(후 략)

첫말의 탄생

검은 하늘 기슭에
물마른 동뚝 길게
황룡으로 서리운 때
북방 하늘 우뢰소리
첫말을 낳았더이다 :
나는 나는 말하게 됐다.
내 심령의 불활살이
검은 구름을 뚫고
흰 햇볕을 껴안았다.
산비탈 조약돌마다
산호구슬인 흙을 나는
첫 칠현금줄로 낳고저
어제날 아픔, 기다림을
내 피의 샘물에 잠구었다…
밤의 마지막 그림자
불타는 연기속에서
전에 없은, 전에 없은
어머니의 뜨거운 손이
싸움과 죽음을 거더
이 땅에 이슬로 뿌리네…
날음의 불길에 나타난
나의 그슬인 무쇠손이
월계수를 뽑아내여
항아의 월궁을 짓는구려.

레닌의 숨

나에게 자유를 준 레닌의 숨
내 나라를 세우게 한 레닌의 숨
새 살림을 가르쳐준 레닌의 숨

레닌의 사상은 나의 숨
레닌의 생애는 나의 숨
레닌의 당은 나의 당이다

우리 땅

세상이 알고있는 알라따우
눈산과 함께 있는 알마아따

철산이 기계내는 쌔미르따우
밀곡과 솔밭늪인 꼭체따우

초원이 알곡내는 카사흐땅
각이한 민족들의 즐거운 땅

□ 김증송 시편

싸할린

커다란 석비 – 산신비
길'바닥에 나자빠졌기에
벌목공하고 물었더니,
– 싸무라이들이 넋잃고
예서 도망치다보니,
일본 산신이 굶어 죽은지
"스믈 두 해가 된다"하더라.
· · ·
"웨르흐네" 호수에 올라
님하고 배노리하며
보름달 둥근달
물 우에 뜬 달물
두 손으로 훔켜 마시니,
사랑도, 달도 죄다 마신 듯
내 마음 씨원하더라.

버들개지 꺾어다
봄 소식 알려 주던 애야,
어느새 또 은방울꽃
나더러 사라 하니
어느덧 여름이 완연쿠나

가을에 단풍들면
네가 팔 것 뭐이겠니?
초목이 시드는 가을에
단풍도 꽃 대신 될거니
그 때면 한 묶음 또 묶어
내가 지나 가을적
잊지 말고 불러다오.
. . .

산'길을 걷노라니,
구름나무꽃이
내 머리 우에 떨어 진다
향기의 꽃이니, 내 어찌
머리 빗고 님차져 가리오
허큰 대로 갈테니
님이여, 내 머리칼
고히고히 쓰다듬어 주소.
. . .

달이 구름 타고
이 호수에 내렸구나.
우리도 달하고 구름 우에
둥실 떠
은하수로 흘러 가는 듯
친구야 달을 다치리라
노를 고이 들어라.

마가목 거리에

단풍이 들어
석양에 오가는 사람들
분홍색 띤다.

못조록 날마다 석양에
님 데리고 내 산보 올테니,
오가는 사람들이여,
우리 님의 얼굴
눈여겨 보지 마소.
. . .

내'가에 푸른 버들 보니,
어린 시절 눈앞에 다시 온다.
버들가지 타고 그네 뛰는
물새야, 네 다시 울어 다오.
내 불던 피리 소리
그 아닌가 하노라.
. . .

우리 님이 새로 든집
가다 들'가? 오다 볼'가?
한 시라도 못 보면
그리울 얼굴이려니
가다도 들려 보고
오다도 만나 보리라.
. . .

어둠 속에서 얼어 내기란,
침묵 속에서 얼어 듣기란.

그리 쉬운일은 아니로되
남이 못 보는 것
남이 못 듣는 것
내 먼저 남보다 찾고저
밤중이면 눈감고 시를
엮노라.
. . .
솔나무 숲 속에
한가히 누었노라니,
떼'닭이 울고 벅국새 노래하니,
나도 노래하고 싶으나
처량한 새소리
좇을가 두려워 하노라.

기념비 앞에서

조선 사람들이여!
이 무덤 - 기념비 앞을 지나 갈제
걸음을 잠시 멈추고
모자 벗어 고개를 숙이라.

그대들의 삶을 건져주려
죽엄의 길을 택한
이 낯 모를 영웅 - 전사들
부대 추모하고 지나 가라.

단오면 례절 대로
절도 좋고,
추석이 오면 한 줌의 흙으로
묘를 올리고
8.15 해방절이면 꽃다발로
이 무덤 고이고이 가꾸라
조선 사람들이여, 이 곳이
가까운 친척의 산소마냥
한 방울의 눈물을 오늘
먹음고 가기를 잊지 말라!

□ 김창욱 시편

어머니

예로부터 이날 이때까지
아니 앞으로도 길이길이
세상에서 가장 귀중한 존재는 어머니.

요람으로부터 학교에 이르기까지
잠 바로 이루지 못 하는 어머니,
예전 뼈 굵어 자라 갈제도
온갖 걱정 근심이 얼굴에 피는 어머니.
세월이 흘러 같이 늙어 갈세도
사랑이 어린 시선으로 바라보는 어머니.

이렇듯 영원한 잠’자리에 드시는 날까지
가슴에 무르녹는 사랑이 끝간 곳은 모를레라
내가 한 평생 살아 오면서도
어디다 비길 데 없는 그이의 깊은 사랑을
그야 말로 비록 절반이라도
왜 받아 안을 줄 몰랐는고?!

아 태산 같은 그 은혜를 무엇으로 갚으랴?
사랑이 가득 핀 얼굴에 뺨을 비빌텐가,
세상에서 가장 귀중한 존재는 어머니건만
고마운 그 은혜 갚지 못 하는구나!…

허나 상냥스런 어머니와 마찬가지로
영생의 어머닌 조국의 몰골에
시월의 별빛’속에서 번쩍이거니,
내가 가볍게 숨 쉬는 이 세상에서
오직 착한 생각과 착한 일로
어머니 사랑을 늘 깨끗이 품고 있으리라…

시월은 영원한 청춘…

(레닌 탄생 95주년을 맞이하여)

시월은 영원한 청춘…
시월의 태양이 훈풍을 몰고와
로씨야의 눈과 얼음을 없애 버리고

천지가 왼통 푸르른 이 달은
위대한 레닌의 탄생으로서
인류 력사에 영원한 청춘이로다.

아 서른 신세의 사람들이
이 봄의 때를 얼마나 기다렸으랴,
녜크라쏘브가 애타게 시를 쓰던
커다란 월가강변 마을에서
새 세상의 거룩한 개척자 –
선동이 로씨야 이 땅에 탄생하섰도다.

로력 인민의 운명을 결정하는
고난의 세월은 흘러흘러 몇 춘추였는고,
철창, 류배, 망명으로부터
필랸드 정거장에 나타나시는 날까지
력사는 흐른다, 세기는 바뀐다,
어찌 손'바닥으로 태양을 가리울소냐.

참말로 로씨야는 오래오래
푸르른 이 봄의 테제를 무척 기다렸다.
뻬쩨르부르그는 그야 말로 바다처럼
사람으로 들끓는 파도를 이루어
우렁찬 환호의 "우라"소리로
시월의 영재를 반겨 맞이했다.

로씨야의 컴컴한 밤 하늘에 동터 오고

지평선에 아침 노을이 불타오를제
대대 손손으로 허리 굽은 아들 딸,
류배지와 철창의 선구자들이
우렁찬 목소리로 새 날을 맞응 가고
마침내 이 봄 이 하늘을 떠이고 일떠섰네.
력사는 어김없이 제법 대로 전진하여
"아브로라"가 서광의 포성을 울리고
녜와강 우에 붉은 해 솟아 올라
세계적 시월은 새 기원을 열었더라
아시야와 아프리까에도
라틴 아메리까와   자본의 왕국에도

주림과 짓밟힘의 세월은 얼마나 흘러갔노,
푸르른 이 봄 - 영생의 봄빛이
송백과 대숲의 나라 나라에서
력사적 숙망의 순풍을 타고
세상에서 여기 저기에서 흘러 흐르누나.

벅차 흐르는 세월의 이 봄'빛은
달 나라까지도 별 나라까지도
천심을 뚫고 세차게 흘러가누나
우리의 위대한 스승 - 어지신 아버지는
어디서나 늘 우리와 같이 움직이고
어디서나 늘 우리와 같이 살아 계신다…

내 푸르른 저 하늘을 사랑하오

내 푸르른 저 하늘을 사랑하오 —
검은 티 없이 깨산 저 하늘을…
예가 낳자란 고장은 아니로되
시월의 하늘이기여 못내 정들어서라오

이 나라 이 사람들의 평화의 심정이
구만리 저 하늘에 푸르게 어리여선가
해는 한나절 창공에 둥둥 떠서
가난을 모르는 이 복지를 덮히어 준다오.

여보소, 오년의 걸음을 재우치는 사람을,
황금 나락과 백과들 한 품에 안은 이 땅도
저기 저 아득한 지평선'가에서
정겨워 저 하늘 글안고 입을 맞추오.

저것 보소, 시월의 하늘을 파수하는 쇠수리개
달나라 별나라 길에서 싱그러이 번쩍이요
사나운 지랄바람이 검은 구름 휘몰아쳐도
시월의 어머니 이 땅엔 불'비가 못 내린다오.

아 시월의 하늘이여, 조국의 하늘이여!
고향이 따로 있나, 예가 내 고향이애요.
그대 푸른 우리 밑에서 오래오래 잘 살고 싶소.
그대 푸른 우리 밑에서 실컷 노래 부르고 싶소,

내 푸르른 저 하늘을 사랑하오 -
검은 티 없이 깨산 저 하늘을…
예가 낳자란 고장은 아니로되
시월의 하늘이기여 못내 정들어서라오.

숨박곡질

하나, 둘, 셋, 넷…
우리 누나 눈을 감고
문기둥에 기대서서
날 빨리 숨으라고
자꾸자꾸 재촉해요

어디에 가 숨을가고
두루두루 살펴보니
우리 엄마 날보고
지완밑에 숨으라고
눈짓으로 가리켜요

지완밑에 숨어서
쥐죽은듯 잠잠하니
우리 누나 날찾아
이구석 저구석 다닐 때

쏜살같이 내달렸어요

뚝딱뚝딱 뚝딱뚝딱
누나 날 찾지못했지
내가 다시 숨을테요
재미나는 숨박곡질
나는 정말정말 재미있어요

상봉

굵은 주름잡힌 얼굴
서리발 선 머리건만
나는 알아보았노라, 그이를
천진했던 우리들 심정에
희망을 심어주고
랑만을 키워주신
생로의 은인, 우리 선생님을

삼십년세월 짧다할수 없으니
≪선생님!≫ - 나의 부름 들으시고
말문마저 막힌듯 놀라움과 기쁨에
주름살마저 펴지는듯
한결 젊어보이시는 선생님

기억에도 아득해진 청춘시절

그리도 그리워 애달파하시는가
몰라보게 변한 제자를 지켜보시며
념려하실 것 있으시랴!
내 심정에 선의가 흐른다면
그것은
정녕 선생님의 정성
선생님의 기대가 헛되지 않았답니다

유치원아, 잘 있거라

친선의 웃음꽃 피고 또 피는
정든 유치원의 즐거운 생활
이제는 우리와 헤여진대요

교양원의 따뜻한 보살핌속에
유치원 앞마당의 붓나무처럼
우리들도 무럭무럭 자랐답니다

해빛도 따사로운 ≪졸업식≫ 날
목청을 돋구어 시도 읊고요
즐거운 노래도 불렀답니다

명절차림 고운 옷 모두 입고서
교양원, 부모들의 나란히 서서
기념사진 멋지게 찍었답니다

우리의 아래반 꼬마친구들
우리가 부러워 하도 부러워
모두모두 모여와 바라만 봐요

잘 있거라, 우리 유치원
어린 꿈 키워준 정다운 집
오래오래 두고두고 잊지 않을게

□ 남철 시편

달

새벽하늘에 걸린 저 그믐달
깊이 잠든 세상이라
눈썹같이 고운 반달
그 모습 보는이 없건만
절 보는이 없다고
서글픈 기색 없구려

늦게나마
누리를 비쳐야 할 일
제 할일이라면서
누구야 보건말건
깊은 밤 지켜 비친다오

내가 하는 일
사람들 알아주면 무엇하고
몰라주면 어떠리오
사람마다 제할일 따로 있음에야
일편단심 평생을 제자릴 지켜
저 하늘의 저 달처럼
제구실 하리,
제자리 지켜 굳건히 서있으리

가을밤에

가을밤 좋아선가
건들바람도 잎새우에 잠들었구나
쥐죽은듯한 정적이 흐르는 밤
잠 못이루고
공원길 거니는데
발밑에선 락엽만이 사박사박

수양버들 휘영청 늘어선 못가엔
먹이잡이 어미붕어 물장구치는
거울같은 수면우에
보름달이 내려앉아
환하게 웃어준다오

못가의 즐거움인가

못잊을 그 밤처럼
머리담군 버들잎에 간지럼주는
찰랑이는 잔물결우에 실려
달빛웃음 흘러 출렁이네
달빛웃음 금빛으로 출렁이네

꽃농장의 처녀야

아침마다 치마폭에 신바람 날리며
출근길 다그쳐가는 너 처녀야!
왜 그리도 그 걸음 재촉하는것이냐
젖먹이 어린것 두고 온 어머니마냥

사시절 온실에 살며
꽃곁을 떠날줄 모르는 너
청신한 봄바람과
양춘의 꽃향기 마셔
더 어여뻐졌구나, 너의 얼굴
사랑스러운 너 꽃농장의 처녀야

온실문턱을 넘어서기도 바쁘게
그윽한 꽃향기 너를 반기여
고운 네얼굴에 볼을 반기고
어머니맞는 어린것처럼
색깔고운 꽃들이 웃음으로 반기고

파란 새싹들이
키돋음으로 자라나니
너의 청춘의 꿈
그 기쁨속에서 자라나는구나
몸매는 작고
애티는 아직 가시지 못했어도
어머니들의 너그러운 그 마음씨
천성으로 물려받은것이냐
너의 그 정성, 그 애정
한겨울에도 피고 또 피여나는구나

아침마다 출근길우에
확연히 찍어가는 너의 그 발자국
너의 로동의 보람
삶의 봄노래거늘

약동하는 이 봄과 함께
붉고 아름답게 활짝피여라!
청춘의 꿈 많은
너 꽃농장의 아가씨야,
그 마음 너그럽고
그 얼굴 더 어여쁘게…

고향

포근한 봄안개 떠도는 연록색 들판

아득한 그 날에 잊어버린 옛노래인양
종다리가 정겹게 노래하고
어딘가 이마를 맞대인 골짝에선
구슬픈 뻐꾸기 우는구나

구수한 흙냄새는 못잊는 추억인가
어릴적 풀피리소리 지금도 아련한데
고추잠자리 꽃잎에서 하느적 거리는
내 어린꿈 묻어두고 온 고향

산천이 정겨워 못잊는것인가
나서자란 품이여서 그러는것인가
싱그러운 꽃향기, 내가의 여울물소리
이 가슴에 흘러들어
마음속에 애틋한 향기 풍겨주는 곳

고향이란 과연 무엇이기에
그리움이 찾지못한 아쉬움
어이 사라지리오
어이 잊으리오…

겨울에도 풍년

쏩호스벌 겨울잠 깊이 들었어도
유리지붕 온실농장 여기는

계절이 다르구나, 정말 다르구나
유리벽에 서린 김은 아지랑인가
풍년든 넝쿨엔
팔뚝같은 오이 주렁주렁

눈은 내리고 추위는 기승을 부려도
남새농장엔 산들 봄바람 이는듯
남새캐려 나온 처녀들 마음속엔
해가 가고 해가 오는
설명절이 문을 열어
기쁨의 이야기판 끝없구나

한바구니 채우니 상자도 넘어나
다그치는 일손엔 성수가 나고
밖에선 남새차들 줄지어 기다리는데
싱싱한 이 남새
어데 먼저 보내려나
기다리는곳 많거니와 보낼곳도 많아라

온실농장 처녀들 따뜻한 그 정성
눈내리는 계절에도
오이따는 봄 당겨오고
온 나라에 봄이 온다
부르는 노래소리
눈송이도 그래서
목화송이마냥 피여나고

주렁진 뽀미도르 일손을 재촉하네

알마아라싼 계곡에서

나를 반겨주는것인가
알마아라싼계곡의 시원한 정기
얼굴부터 먼저 쓸어만져주고
한가슴 부풀도록 마셔도
마시고만 싶은
산천의 맑고 청신한 정기

철따라 피는 꽃들도
길손의 애무를 기다리는가
옮겨 딛는 걸음마다
그 향기 그윽하여
정겨웁게 반기는구나

천만구슬 옥돌우에 굴리며
흘러내리는 산골의 맑은 물줄기
시작은 어디며
흘러가는 끝은 어디더냐
조잘대는 여울물소리
깊은 정적속에 아련도 하여라

오르다 숨차서 길끝난곳

길과 마을은 여기서 끝났어도
실오리 같은 산촌의 덤불오솔길
굽이굽이 산턱이며
벼락을 톺아 올랐으니
구만리 가없는 하늘가에 닿았는가

천년거목장송들도 가파로워
한두대 그 뿌리 갓갓으로 내린
알라따우산의 높은 봉우리
아득한 하늘가에 솟아있고
흰구름 그 이마를 스치는
저기 저 령마루

한여름에도 백설 떠이고 앉았으니
그 기상 더더욱 거연하여라

그대의 생일날

나는 그대의 생일날을 축하하노라
달뜨는 저녁이나
별지는 아침이나
항상 내 마음속 가장 깊은 곳에
자리잡은 그대에게
오직 행복만이 있기를
청춘의 꽃꿈 활짝 펼쳐야 할

꽃같은 그 나이에
무수히도 지나왔구나 그대는
한숨 많고 눈물어린 나날을
생의 길우에
무수히 찍은 그대의 발자욱

그대는 깨끗한 사랑
마음껏 받고 싶었고
진실하고 따뜻한 그대의 사랑
힘껏 주고 싶었더라
하기에 근면하고 다감한 그대는
사랑을 퍼부었더라
진실한 안해, 참된 어머니로서

그대는 무엇이기에
조용히 눈감고
그대 이름 불러보느라면
그리움 금할수 없고
솟구치는 그리움에
내 마음 한달음에 달려가
그대를 포옹하는 것이냐
뜨겁게 입맞추는 것이냐

희고 둥실한 그 얼굴에
반달마냥 곱게 그린검은 눈섭아래
빛나는 그윽한 눈길

가볍게 웃는 그 웃음
몹시도 보고 싶구나

벗이여, 그대여!
날이 밝아온다. 행복이 춤추는
그대 생일날이 밝아온다.
높이 들자 축배를
우리의 사랑,
우리의 우정을 위해!…

□ 리길수 시편

다정한 봄

겨울이 지나고
깨끗한 하늘에
제비쌍 날아드니
이야 실로 다정한 봄이다

　　얼씨구 좋다. 절씨구 좋다
　　어서 바삐 봄마중가자

겨울난 나무들
푸른옷 입었고
살구꽃 만발해

이야 실로 다정한 봄이다

잠자던 마을에
새 날이 동텄고
봄파종 요란하니
이야 실로 다정한 봄이다

해돋는 아침에
내 마을 정답고
종달새 노래하니
이야 실로 다정한 봄이다.

보내지 않는 편지

언제나 잊지못할 이 날에
한숨에 속만 태우는 벗이여
외로운 너의 팔자 측은해
동정의 편지 한장 쓰노라

그동안 너는 말도 안하고
얼굴에 웃음조차 없다니
가신님 믿고 살일 없거늘
애타게 고민한들 뭘하랴

네 얼굴 복숭아 같았건만

여위고 창백하다 하오니
내 마음 섭섭하기 끝없고
병날까 근심걱정 하노라

귀여운 나의 친구 또 다시
네 얼굴 울깃불깃 웃으며
유쾌한 우리 생활 위하여
힘차게 노래할걸 믿노라.

잊으리까

푸른 바다물이 출렁대고
서천에 노을이 사라질 때
고기배 불이 반짝이던
내 고향 옛촌을 잊으리까

　　　푸른 잔디밭에 딩굴다가도
　　　쌍지어 날아온 나비인양
　　　무도곡에 맞춰 춤을 추던
　　　내 고향 풀언덕 잊으리까

생긋 미소짓고 달아오면
좋아라, 따라가 포옹하며
빨간 입술에다 입맞추던
내 고향 첫 사랑 잊으리까

마음엔 간절하나 손이 말라
나의 집 애처럼 입히자고.

□ 리상희 시편

기다리는 마음

엄동설한 찬바람 불어올 때면
만사를 모조리 잊어버리고
시름놓고 잠만 자던 대자연이
봄철이 오자마자 잠에서 깨여나
화창한 봄날을 맞이하노라고
해님을 바라보며 얼렁거린다
반가워 기뻐하는 그 심정
간절히 기다리는 그 마음

무더운 한여름에
왕가물이 온 땅을 말리우는 때
산천초목 긴 한숨 쉬는 때
목마른 오곡이 통곡하면서
언제나 비가 오는가고
하늘만 쳐다보며 고대하나니
애닳어하는 그 심정
간절히 기다리는 그 마음

적적한 벽촌의 한 모퉁이에서
둘이서 살아가는 나많은 부부
멀리 떠나간 아들을 생각하면서
언제나 아들이 돌아오는가고
날마다 쪽대문만 내다보느니
쓸쓸하기 그지없다, 그 모습
간절히 기다리는 그 마음

시

흉금에서 울려나온 감정어린 글줄이라
정서가 차고넘쳐 가슴을 뒤흔들고
마디마디 아름다워 구슬을 꿰운듯
문장이 류창하여 재치있는 솜씨라
매번 읽을 때마다 가슴이 뛰논다
뜻이 깊고깊어 생각에 잠기니
꽃밭에서 희롱하는 나비의 춤이다.
명철한 지혜의 투철한 사상이요
웅장한 문장의 철저한 필치라
포부가 원대하며 무궁하니
내용과 형식에 경탄할 따름이라
어쩐지 읽을 때마다 어깨가 들먹거리며
용기가 솟아오른다

말

나의 말은 명구로 쓰지 않고
꽃으로 만든 말도 아니다
그러기에 모래처럼 잘랑거리지도 않는다
나의 말은 돌과 같고 무쇠와 같다
그러기에 몹시 거칠고 귀맛도 없다

나의 말은 꿀이 아니여서
달지도 않다
나의 말은 쑥과 같고 고추와 같다
그러기에 쓰겁고 맵기만 하다

나의 말은 진정스럽고 옳바른 말이다
귀에 거슬리고 속가슴을 찌른다
사람들의 심정에 선한 씨앗을 심으며
사람들의 정신에 불길을 불러일으킨다

목 소 리

나는 목소리가 되리라
비단과 같이 연하며
숨과 같이 부드러운
목소리가 되리라
그리하여

창공에 밤낮으로 날아다니리라
그러면 나의 목소리가
무수한 어린이들의 가슴에
깊이 깊이 스며들리라
부드러운 목소리로
여러가지 옛말을 해주리라
그러면 어린이들은
아무런 근심걱정없이
화려한 꽃밭에서 뛰놀것이요
찬란한 동산에서 자랄것이다.
나의 목소리가
어린이들의 가슴에 불꽃을 일으켜
따뜻한 감정을 부어넣을것이니
그런다면 어린이들은
설음도 괴로움도 모르고
착하고 용감한 사람이 되여
저마다 나라의 기둥이 될것이다

크레믈리 탑시계

새날 맞아 울려오는 크레믈리 탑시계
울리고 울리여 곳곳에 퍼지나니
들으라, 천만사람 – 수도의 목소리를
들으라, 온 세상 – 장엄한 이 노래

크레믈리 탑시계 울릴 때마다
천만사람 맥박이 줄기차게 뛰놀고
천만사람 숨소리 은은히 들려오노니
우리의 굳센 의지 여기에 뭉쳐있네

크레믈리 탑시계 울릴 때마다
마음깊이 스며드는 신성한 그 노래-
우리의 위업을 말하는 력사,
앞길을 밝혀주는 빛나는 등대여라!

□ 리은영 시편

달밤에

정든님 리별할 때
밝은 달도 흐린 달,
정딘님 만날 땐
흐린 달도 밝은 달,
청춘의 기분 맞춰
밝아졌다 흐려졌다
다 잠든 이 밤중에
무슨 일로 홀로 떠서
장부의 간장을
녹이려 드는건가…

초순에는 초생달
여물어서 보름달
하순에는 새벽달
한달하고 하루만
둥근 얼굴 보여 주는
변덕스러운 저 달이
무슨 일로 높이 떠서
사람들의 심장을
홀리고 빼앗고
끄을며 웃는건가…

낮에는 숨었다가
밤이면 나타나는
선녀들만 가 본다는
순결하단 저 달이,
고대 시인 리 태백이도
가 보지는 못 하고
몽롱한 취중에서
노래로만 노던 달이
언제까지 찾아 와서
심난하게 굴텐가…

선물을 보냈어도
더 가까이 오지 않고
더 멀리도 가지 않고
밤이 되면 찾아 오니

우리들을 기다리여
땅덩이를 도는건가
우주 나는 비행기들
한 시간에 도는 땅을
스믈 네 시 돌아 가니
스믈 네 배 더 높은가…

우리 나라 비행기들
땅'덩이 주위를
한 주일도 돌아 가고
열흘도 돌아가니
스믈 네 배 높아서야
멀어서 못 갈건가
달나라를 가는 배를
우리 먼저 건조하면
내가 먼저 타고 가서
분풀이를 하고 오리…

잔디

잔디 잔디
푸른 잔디
해빛엔 금잔디
달빛엔 은잔디

바다'가에 깔린 잔디
어린이들 보금자리
젊은이들 정든 자리
늙은이들 쉼'자리

잔디 잔디
푸른 잔디
낮에는 금잔디
밤에는 은잔디

새소리

따뜻한 봄날
이른 새벽에
앵두꽃 만발한
나무가지 우에서
짝을 잃은 꾀꼬리
구슬피 울것만
창'가에 선 아낙네
"꾀꼬리가 노래해요
꾀꼬리가 노래해"
행복한 웃음으로
랑군을 부르더이다.

산산한 가을날

늦은 밤중에
달빛이 몽롱한 호수에서
쌍쌍의 기러기들
서로 불러 찾으며 노래하것만
정든 님을 리별하는
외로운 젊은 처녀
"기러기가 울어요
기러기가 울어"
총각의 소매자락 붙잡으며
구슬피 울더이다.

지금도 새 소리만 들으면
한 나라 사람은 무심
"새가 운다"하고
다른 나라 사람은 덮어 놓고
"새가 노래한다" 하노니
이 말이 생겨 난 그 옛날
"새가 운다"한 첫 사람은
얼마나 불행했으며
"새가 노래한다"한 첫 사람은
얼마나 행복하였던가?…

월남 시초

이잉 이잉 이이잉

진저리 나는 폭격기 소리
쾅, 쾅, 쾅쾅쾅
무서운 폭발소리
어린애 시체 안은
월남의 어머니
저 멀리 사라지는
흉악한 폭격기
멍하니 바라보며
"저것도
사람의 배'속에서 태여났으련만…"
***

조용한 숲속에
외로이 쓸엊니 어머니
토벌대가 발광치는 촌락에서
얼마나 멀리 도망쳐 왔는지
배곯아 허둥거리는
아들의 울음소리
듣는지 마는지…
가슴에 손을 넣은 어린 애가
흔겁히 물러앉아
높이든 손에서
피'방울이 떨어진다.
아직도 따뜻한 피'방울이…
이것이 네가 처음 받는
인생에 대한 인식이냐?
검은 연기 바라 보며

어머니 잃은 어린애
소리쳐 웁니다.
소리쳐 웁니다
불'길에 쌔운 월남에서…

***

불붙는 초옥들의 검은 연기
한겹 구름으로 덮여
거리에 널린 시체들에서
풍겨 오르는 피비린 냄새가
온 부락에 가득 찼으나
돌라르 냄새에 취한
미군들이 어찌 그것을 감수하랴?
두 발을 벋디디고 서서
죽음의 침묵을 깨뜨리는
오, 징글스러운 웃음'소리…
이것이 너희들이 베푸는
"인도주의의 사명"이냐?
곳곳에 숨어 바라 보는
월남 인민의 날카로운 시선을
너희들이 느끼느냐.
저주와 분노에 찬 이 시선을
너의 운명에 내리는
사형 선고이니
폭풍은 검은 구름을 몰아 내리
승리의 태양은 솟구야 말리

봄웃음

씨르다리야 강변
모래밭 우에서
혹독한 겨울을 이겨 낸
시달린 양무리가 쉬누나
따뜻한 햇볕을 쪼이며…

중학교를 졸업하고
양무리를 처음 맡았는가
금방 낳은 애기양을
품속에 조심이 품은
숫티 어린 처녀의
마르고 터진 입술에
땅을 뚜지고 올라 오는
연한 갈 순 같이
부드러운 미소가 떠오르누나
험상궂은 얼굴에서
첩첩 쌓인 무거운 시름을
슬그머니 거두면서…

귀여운 처녀의 정열에서
삶의 원천을 찾았는가
지치고 연약한
애기양의 입에서
명랑한 "미애애" 소리가

뜻밖에 터져 나오느니
네 얼굴에 서리었던
두터운 근심이
어느새 살아졌는고…

후원의 앵두꽃 같이
웃음꽃이 활짝 피느니
그 웃음을 반기여
하늘이 웃고 땅이 웃고
잔잔한 물결이 웃고
거츠른 별이 웃고
따뜻한 해가 웃고
선선한 바람이 웃고
온 우주가 네 웃음으로
차고 차고도 넘나니
그 웃음에 무젖은
이 몸과 이 맘은

그 웃음으로만 하여도
온 일생을
행복할 것만 같고나.

오신다

오! 오신다
만민이 반겨하는
봄아가씨
한동삼 자던 잠
깨워주려
머나먼 곳에서
오신다.
세상의 기쁨을 지니고
싸려지는 고을 밟으면서
오신다
산이나
물이나
헤지않고
온 누리를 휘돌아
활발히 오신다.
생의 노래 부르며
페르마에도
전원에도
봄아가씨 오신다.
우리 마을에 오신다.

□ 리진 시편

밤소나기

창문앞에서 초저녁부터 노래하던
밤꾀꼬리가 느닷없이 노래를 그쳐서
　　　웬 일인가 하는데
우박 같이 사납게 창유리를 갈기며
　　　밤소나기 쏟아진다

벌써부터 찬 번개가 번뜩이고
하늘이 무너지라듯 우뢰가 울었으리만
　　　새노래에 취하였었나?
이제야 바삐 창문을 닫는다
　　　철필을 다시 든다…

갑자기 바로 창문앞의 숲속에서
첫 가락부터 기승스레 목청을 세워가며
　　　또 밤새가 노래하니
퍼붓던 밤비는 언제 멎었나?
　　　철필을 다시 놓는다.

봄에

한해새에

숱한 새를 나는 길렀습니다.

양진새에 산까치, 방울새, 티티…
청턱에 천정까지 그물을 치고
숱한 산새, 들새를 길렀습니다.

점잖은 황영새가 휘파람 불고
박새가 수다스레 재재거렸고
저녁에도 전등만 켜지 않으면
밤꾀꼬리 노래도 울렸습니다.

숱한 새를 집에서 기르면서도
단 한번도 손에 쥐지 않았었는데…
오늘 아침 새시장에 놀러갔더니
아는 새잡이군이 나를 불렀습니다.

손에서 부비새의 온몸이 떨자
그만 놀라 그만 나는 놓았습니다.
새봄의 하늘 높이 날아오르는
새를 보며 모두들 웃었습니다.

시장에서 내 손에서 날아난 새는
창턱에 친 그물의 새들까지도
숲으로, 먼 들로 불렀습니다.
인제는 꽃이라도 놓으렵니다

빈 창턱에.

비소리

이웃집
널지붕을
달아지나가는
비소리
창유리에 울고

종이에 진
너의 그림자
또
그 어디로
가려는고

한낮에도
꿈인가
아마
이미 그저
버릇

벌써 몇해나
한꿈에
옹근

한생씩
달아지나나

매번
한여름
성급한
소나기
마냥
＊ ＊ ＊
요즘은 아마
이 고장의 복지경
숲속의
이 깊숙한 골
새소리 한번
울리지 않고

사시나무잎
소리 없이 파닥거리며
가지가지에서
벗기 어려운
더위를 떨듯

그런데
무엇을 벗는가
마음에서는
무엇을

어떻게
떨어야
하는가
글쎄

온갖 시름
오솔길의 저쪽 끝에
두고왔다는 다짐
아마 너도 나도
헛일
아마도
헛일…

해빛에
눈부시게 타오른
네 머리의 후광의
황금에 묻혀
언제나 너그러운
하늘을
본다.

메도요 사냥

후리후리 벌거벗은 봇나무우를
짝을 부르며 날아가던

메도요가 떨어진다.
7호산탄 두세알에!
어찌면 그리 약하냐 너는!

어찌면 그리 약하냐 너는?

수천수만리길을
(후략)

밤눈

아마포 구름이 가려
보이지 않는
훤한 달이 사방을 훤히 비쳐주네
소리없이 내리는 눈이
부산없이 덮어가네
부연 들을
거면 숲을

최뚝의 어린 봇나무들아
보아두어라
보아두어라
세상만물의 눈과 총기로
밤눈의 너울이 가려가는
이 덧없는

그림자들을

그리고
먼 앞날 그 언제라도
문득 상기하고는
남빛 하늘에서
흐느적이는 푸른 실가지들로
이 겨울밤의
이 은은한 꿈을 노래하여라…

소리 없이 눈이 내리네
이 자취도 오래지 않아
자취조차 남지 않으리
그러나 아쉬운 마음
아마 없으리
아마 없으리
마음속에 남을 자취에 대한
실낱같은 믿음이나마
있는동안은

무상을 밥으로 만든 하늘은
무심한 눈을
부지런히 날리네
오는 새벽
생눈길을
그 누구에게인지

선사하려고

* * *

벌레도 짐승도 그리고
사람도
수억만, 수억만, 수억만,
결국은 순간일 날도
옹근 해도
수억만, 수억만, 수억만,

너와 나도 아마
안개로 변하는
이강의 두방울의 물방울,
제 법으로 감돌아치는
은하계들의
소리 없는 한숨의 여운…

함에도 너는 나에게
오직 하나.
그리고 이 순간은
아마도 영원의 표.

□ 맹동욱 시편

사랑

그날 밤 봄바람에
검은 머리칼 날리며
건설장으로 떠나가는
나를 바래주던 그 처녀
정겨이 차창을 바라보며
오래오래 손을 흔들어주던

그대의 모습, 그 처녀의 눈동자
기차는 떠나가도
그대로 서있던 날씬할 몸매
별들이여, 그대들은 기억하겠지?
애끓는 두사람의 마음을…

방금 헤여졌어도 자꾸만 보고싶네!
≪안녕히 가세요!≫ - 바래주던
정다운 그 목소리
내 귀에 쟁쟁하네
그 맑은 눈매 내 심정 흔들어놓았네!
그대와 멀리 떨어진 이곳 건설장
멀수록 더 가까워지는 정이여!
리별속에도 두터워만 지는 사랑

서로 그리워 만나고싶은 마음
이것이 나의 사랑이라네!

모국어

모국어
그의 품에 안길 때
그의 음향속에 들 때
나는 향기를 펴노라
의젓히 영예를 느끼노라

나의 귀가에 쟁쟁거리고
나의 눈에 삼삼아거리고
두뇌에 뜻을 두고
피방울 들끓게 하느니
진정 공덕의 선구자로다

이 밤도 늦어
새금줄 종이에 박노라니
모국어는 나의 동반자
그러니 외롭지 않다
　　　슬프지 않다
행복이 나를 쳐든다.

새해

한해살림 흥겨워서인가
십이월도 기쁨에 지쳤구나
가는해 오는해
리별이요, 상봉이요
대뜸 두 경사로다

지난해에 채 담지 못한
소원성취
오는 해에 담으려나?
사람마다 래일을 믿네
희망이 약동하네

해란 가는것이 아니요
삶이 통계짖는 것이라네
한계단 더 높이 올라섰으니
하늘도 더 가까워졌어라
우리 살림 해와 달처럼
빛나려 함이로다!

어 머 니

때 묻은 행주치마 걸치고
기쁜 숨 내쉬며 내쉬며

자식에게 준 어머니 은혜
그 절반이라도 갚으려 했더니

갈 때는 왔다고, 날 부른다고
어머니는 다시 못을 길을 떠나련다
≪울지 말어!
슬퍼 말어!
너희들, 저 참나무처럼 튼튼하다면,
너희들, 저 샘물처럼 맑다면
너희들, 저 논밭에서 곡식처럼 자란다면
고이 눈감고 가겠다. 서러워 말라고⋯⋯≫
- 하시던 어머님!

지금도 어머니 모습-
부엌일 하시느라 부산피우던 어머니
따뜻이 저녁상 차려놓고
그렇게 유심히 우리를 보시던
그 애잔한 눈길이여!
아, 잊을수 없네! 잊을수 없네!

나팔꽃

가늘고 푸른
외로히 자란 나팔꽃은
포연속에서

전호속에서
연붉은 얼굴 추겨들고
전사에게 말했다오,
≪무서워 말라고…≫

그대

내 그대를
눈물겹도록 사랑함은
곤난을 앞가슴으로 맞으면서도
생긋생긋 웃는 그 미소때문이요.

원망도
절망도 모르고
맑디맑은 그 숭고한 정신때문이요.
(후략)

□ 명철 시편

조국의 품

땅에서 흘러가는 억만 물줄기
한밤에 받아안은 양양한 바다
그 물 모여 격랑을 일으키나니

바다여, 그대의 넋을 보며
내 안겨 사는 품을 더듬어 생각하노라!

조국의 품 – 자애로운 슬하!
만인이 한뜻으로 기르고 키워
희망찬 구만리길 날음 주노니
그 은정 어찌 다 헤아리겠소,
천년을 살아도, 세상끝에 가서라도!

내 타향에 가본적 있었더라
눈앞에 그리며 못보는 고향산천
하도 보고파 내닫는 심정이야
바다로 가는 실개천물인가봐
왔노라, 애기를 부르는 정겨운 품으로…

백가지 민족을 포옹한 품!
말이 다른 너와 나, 우리 모두가
대양이룬 수천민 물줄기들인양
한 어머니의 슬하 피줄기들이니
기쁘나 슬프나 오직 이 품 하나뿐!

흙 한줌, 이삭 하나 만져보아도
애정의 싹 자꾸만 자라나오
저마다 모두다 당의 뜻 받들고
조국의 품 철벽으로 지키는 한
세상에 무서움, 부러움 없노라!

평화를 지키자

원쑤를 물리치고 맑아진 하늘-
승리의 그날 드높이 축포는 울렸더라
억천 불꽃을 온 누리에 날려보내며
파시슴의 종말 영원히 고하였더라!

승리의 축포와 함께 평화가 왔어라
나무순같이 어여쁜 어린이들
유치원 창가에 앉아 기다린 평화-
쏘베트나라 생기자 첫 법령으로
인류앞에 떳떳이 선포한 평화!
죽음의 산, 피바다 헤가르고 왔었다.

조국땅에 뿌리박고 온 대륙에 뻗어졌다
굳센 희망 심어놓고 백가지 꽃 피운다
억년 간들 잊으랴, 평화를 지켜낸 전사들!

그러나 전쟁병 타고난 자본의 악마들-
허울좋게 ≪평화≫, ≪민주≫ 떠들면서
실지로는 핵무기 휘두르며 날뛰누나!

광란자들아, 평화의 원쑤들아!
지난날의 교훈을 벌써 잊어버렸느냐?
잊어버렸다면 다시한번 상기시킨다-
평화의 성새-쏘베트나라에

총칼을 들고 기여들던 놈들

정의의 칼에 맞아 쓰러지던 꼴을!
히로시마를 잊지말자!
전쟁을 막아내자!
인류의 공동집 - 지구를 불속에 넣지 말자 !
평화의 힘은 원자탄보다 더 강하리!
세계의 방방곡곡 - 선량한 마음들속에서
평화의 목소리 화산 터져나온다!

전쟁광들아!
똑똑히 기억하라, 하나의 진리만을!
핵전쟁에선 이기는자 없다는 진리를…
평화를 지키자, 너도 나도 평화를 자키자 !

목화라고 불러보면……

뭉게뭉게 흰구름떼 내려앉았느냐?
땅속에서 백화바다 솟았느냐?
가며가며 볼수록 목화대풍일세 !
집약화의 농사 나래치는 벌
꼼바인도 쉬여가며 오가는 천리벌 -
황금가을 노을안고 아롱지고나
이 땅의 만목숨 위하여
이 땅의 자랑으로, 백곡의 녀왕으로

인민의 재부 무럭무럭 키우노니
그 이름 목화라고 불러보면
송이송이에 맺히고 얽힌 인연
마음속에서 고결한 그 무엇 불러내누나!

누가 먼저 지어낸지는 모르지만
백금이라 정답게 불렀으니
정성의 뜻, 근로의 땀으로 가꾼
깨끗하고 값진 곱디고운 꽃금이라오

백가지 아름다운 노래로 들려오는
그 이름을 목화라고 볼러보면
농사짓는 모습들이 환히 떠오르누나

온 몸에서 구수한 흙냄새 풍기는
그네들의 발자욱없는 이랑없어
손기름 아니먹인 포기없이
있는 정 다 주어 어린애기 기르듯-
이 벌에 온통 백금옷 입혔거늘
아름답구나, 장하구나, 이땅의 자랑!

가슴에 끓어넘치는 뜨거운 정으로
그 귀여운 이름 다시다시 부르노라
하늘에 들리도록 백금산을 쌓는 기세-
농부들의 영예-로동의 씸포니야
금나락 물결타고 들려오누나

천송이 만송이 웃음꽃들 속에서····

로씨야봇나무

북방땅에 뿌리박은 봇나무
겨우내 은색옷 곱게 입고
기승부리는 눈보라와 속삭이며
로씨야숲을 자랑하오니
그 모습모습 숫스러워라!

푸르거나 벗었거나
평야거나 골짜기나
사는곳 나무람 안하고
사시절 웃는 봇나무
시인들의 찬양인들
얼마나 받았으리까?

별의별 봇나무 다 봤노라!
타고난 뜻 억세고 굳어
도끼, 톱으로 깰수 없고
울도 못새는 쇠나무 그 얼마···
아니요, 아니요, 또 봤노라!
우리 도시 친선공원안에
뿌리내린 선녀나무래요
중아시야 뽕나무, 치나라···

형제나라들, 일본, 인도…나무들
이름모를 향기로운 화초들
벗들의 땅-무더운 땅에서
봇나무와 삶의 길동무되여
영원히 푸르싱싱 자랐어라
아! 소박한 로씨야봇나무
그 친근한 이름 불러보면
친선감이 깊어만 가노라!

샘물

깊숙한 두메골 갈림길가에
초막 한채, 뙈기밭도 없는데
황야의 비결인양 샘물터 있네
하도 희한하여 옛사람들이
성인이 마신 ≪성수≫라 볼렀다오

모래땅을 달구는 삼복더위에
갈증에 시달린 려객들
차에서 내리자 ≪물! 물!≫하더니
웃도리 벗어놓고 물장난한다
움푹한 구유에서 맘대로 퍼내쓴다

천길 땅속에서 콸콸 솟는 샘물-
옥인들 이처럼 맑으랴?

기껏 마시면 거뿐하여 날것만 같네

생기와 힘을 담고 콸콸 솟는 샘물
길손들이 안마시면 후회될가봐
바쁜 길에도 쉼터를 청하고
들려서 고마운 마음 심어둔다

샘물로 시원히 갈증을 덜고
묵묵히 생각했노라
어찌 더운것만 정이라 하랴!
샘물처럼 차거운데도
티없고 가시없이 결백하다면
자식처럼 끌어안을 정이있다오

고요속에 잠자는 영생과 초화
가슴마다 안고 가는 고마운 느낌
샘물은 이것을 은근히 속삭이는듯
밤낮없이 솟음친다, 천만년 쉴새없이…

□ 박보리쓰 시편

조국땅이여!

꽃피는 봄날처럼 화려한 그대
흰눈옷차림에 맑디맑은 그대

정겨운 어머니 사랑으로
언제나 우리를 보살펴주고
산뜻한 봇나무들로,
광활한 대지로,
소낙비와 우뢰로
그대는 나의 마음 끌어주노라
부드러운 마음씨로 다정하노라

조국땅이여!
양귀비꽃 활짝 피여
추억의 아픔인듯 붉게붉게 타노니
그 붉은 꽃들은
전사한 아들들의 피바다여라.
허나 너그러운 그대 마음
승리의 나날에도
슬픈 나날에도
그 추억 간직하여
오직 선만 원하는 그대!

조국땅이여!
믿음직한 세대들로 하여,
내담한 걸음걸이로 하여
그대는   유력하고
위대한 변혁으로 하여

더 슬기롭고

더 강해지는 그대!
신성하고
       거룩하고
           불멸한 그대여!
봄날의 해빛따라
부단히 전진하는 그대여
위대한 사랑으로
     우리를 키워주노니
더 귀중한 땅 우리에겐 없어라!

레닌적 친선의 노래

우리 인민에겐 신성한 말 있다네
현명한 레닌의 리상 담겨진 말,
진심에서 우러나오는 말-
《친선》이라 그말 부른다네.

레닌에게 영광이 있으라!
우리 당에 영광이 있으라!
인민친선도 이처럼
영광의 노래로 부른다네
친선으로 하여
그 무엇도 무섭지 않고
친선이 있는 곳엔
봄꽃이 활짝 핀다네

친선은
우리의 고귀한 재부,
똔 세계의 단결의 기치라네!

밤하늘의 백조

뭇별이 반짝이는 이 밤에
신비로운 성자≪백조≫와 함께
밤하늘의 그 한쪼각
반달로 에여낼수 있다면
오, 사랑이여!
나는 그 하늘쪼각 그대에게 선사하리!
그러나 그대만은 말이 없으니…

어둠만으로 가득찬 고요
말없이 찾아드노라
≪사랑을 위해 어서 가서 싸우라!≫ -
아픔 같은 캄캄한 밤
나에게 말하며 괴롭히여
밤길을 나서건만…
그러나 려명과 함께
매번 밤하늘의 백조
어디론지 날아가노니…
오늘밤에나
반달로 밤하늘 한쪼각을

에여낼수 있을는지?

처녀

밤빛눈동자보다
보조개 피는 붉은 노을이
더 예뻐보이는 처녀는
아마 과원에서 일할거야

앵두같은 입술사이로 보이는
배꽃같은 흰 이는
타고난 마음씨의 산물인가봐

잘 익은 사과가
얼굴에 배여
량볼이 그리 빨간가
가을철은 아직 멀어도
야릇한 꿈속에서
과일처럼 익어갈거야

장미

사람들 오고가는 길가에

곱게 핀 장미꽃
푸른 잎 사이로 방긋이 웃는다
꽃잎마다 스민 정
말못하는 하소연
꽃가지에 돋은 가시
제몸을 보호함인가
꽃은 고와도
가시가 많아
허나
사람들
그꽃 싫다는 이 없어라

과수원에서

아침해살 가지마다 금빛을 뿌려
그래서 잎새마다 붉게 보이나?
나무가지 휘도록 달린 사과가
알알이 붉게 익어 과원도 빨간게지

쏩호스과수원의 고요한 가을아침
뜨락또르동음속에 들려오는 웃음소리
사과따는 처녀들의 맑은 노래는
저 멀리 구름되여 두둥실

가지마다 주렁추렁 잘도 달린 사과를

상자마다 정성껏 가득가득 담아서
온나라 곳곳으로 보내는 마음
처녀는 흐뭇하여 미소를 띠네

사과따는 일솜씨 하도 재빨라
나도 몰래 황홀하게 바라보는데
처녀는 사과 한알 던져주며
한눈 깜박 눈웃음 짓네

처녀가 던져주는 빨간사과를
고맙게 받아서 한입 맛보니
그윽하게 풍겨오는 사과의 향기
그속에 느껴지는 정다움이여!

곱게 물들인 사과나무숲을
황홀하게 바라보며 생각하나니
사과가 빨가니 푸른잎도 붉은듯
그래서 처녀의 량볼도 붉을수 밖에 -

땅에 대한 생각

매일 걷고
매일 보는 땅이여서
예전엔 내 미처 몰랐더라
이땅이 이처럼 소중함을 -

기쁨의 노래 울려퍼지는 땅에
만물이 소생하고
그우에 백학이 너울너울
그밑에 자원이 묻혀 빛난다

허기에 농부들
한떼기 한떼기에 정성드려 씨뿌리고
한치의 땅을 위해
모든것 바쳤더라

피로서 지켜낸 우리의 땅
로력으로 꽃피운 우리의 땅
백화는 만발하고
오곡은 풍성하리라

나를 낳아 키워준
은혜로운 땅
나는 이땅의 아들이여라

알라따우

무더운 여름에도
흰눈을 머리에 이고
병풍처럼 도시를 둘러싼 산을
매일 아침 바라보기 참으로 좋소

이 나라 민족의 기상을 담아
락엽송이 빽빽한 산에
구름도 힘겨워서
쉬여서 가오

천년 뿌리내린 바위밑에서
고산초는 향기를 뿜고
울긋불긋 꽃들도
숲속에서 얼굴 내미오

계곡을 흐르는
차디찬 물은
구슬처럼 반짝이며
조잘거리오

하늘과 땅사이에
메부리로 솟았는가
백설로 눈부신 알라따우를
매일 아침 바라보기 참으로 좋소

카사흐민족의 자랑을 담고
인민의 사랑속에 거연히 솟은
성스러운 산을
매일 아침 바라보니 힘이 생기오

네가 그리는 그림에…

유치원에 다니는 딸애는
날마다 그림 그리기를 좋아해
그리는 그림마다엔
언제나 아름다운 꽃,
꽃중에도 노란 해바리기
그림속에 웃는걸 -

딸애는 제가 그린 그림을 내게 보이며
제딴에는 잘 그렸다
깔깔대며 웃겠지

나는 그에게 물었지
- 무얼보고 이 꽃은
웃기만 하니
딸애는 머리를 갸웃거리며
귀중한 무엇을 생각해낸듯
노란 색연필을 쥐더러
둥근 해를 그려놓았다.

눈부신 해살이
해바라기꽃에 뿌려지자
언제나 해를 따라
방긋 웃는 해바라기
우줄우줄 키돋음하며 자라나는듯 -

눈부신 빛으로
만물을 소생케하고
행복과 기쁨을 안겨주는
빛나는 태양!

딸애야!
네가 그리는 그림마다에
언제나 해님을 잊지 말아라
해님 없인
아름다운 꽃도
반짝이는 물결도
빛을 잃어버린단다.

ㅁ 양원식 시편

잠없는 밤

거치른 바다가에 운명지워져
비바람 홀로 맞는 참나무마냥
찢어진 젊음을 빛발로 걸어매여
삶의 질풍 가슴에 맞받아왔다
그러나 자취란 물우에 적어본 글발같으니…

옛날부터 시인의 자리란
자유가 아니면 암흑이였나니

희열과 그리움에 찬 내가슴
사정없이 타오르고 울부짖누나.

하나의 충동, 하나의 숙명,
혼란과 거짓, 불화와 리상을
시대여,
그대가 말하려든 그대로 하려기에
그다지도 혹독하게 자신을 따지는가?
★ ★ ★
무더운 여름날
흐린 한낮에
오려던 비 가버렸네
어느덧 가버렸네!

하루이틀 삶의 길 걸어오면서
알고보니 기다렸네 늘 청춘을…
언제 왔다 언제 갔나?
오려던 비 가버리듯
어느 덧 가버렸네, 나의 시절은…

어머니

이렇듯 저무도록 어느 밭머리에서
잠시동안 허리쉬임 하시며
죄없는 나이만 원망하시고

먼 북쪽하늘 어머님은 바라보시는지?

아니면 집앞을 흐르는 강가로 나오시여
흘러가고 없는 세?
긴긴 초상화 그리시며
백발흘고 어지러이 파고드는
마디마디 슬픈 사연 주물어
빨래질하고 계시는지?

혹시 어느 손자 업으시고
자식들의 넉넉잖은 살림살이 도우시려
밤늦도록 물레질하고 계시는지?

어느 때 잠자리에 누우시고
어느 때 일어나시는지
한번도 본일없어
아침저녁 일만 하시는
어머님 모습만이
눈앞에 그려지고 꿈에서도 봅니다.
★ ★ ★
이역만리의 탓이 아닙니다
비용과 겨를의 탓도 아니고
천박한 생각, 불효한 마음탓도 아닙니다
달나라, 별나라도
사람이 다니는 세월아닙니까?

허구한 나날을 꽃노래로 보내여도
그 풍만한 형상이
철필에선 먹물로만 쏟아집니다.
★ ★ ★
이제야 깨닫습니다,
어머님보다 더 가까운이
이 세상에 없음을…

어머님보다
더 나를 믿어주고
더 잘 알아줄이
이 세상엔 없음을…

외로운 때나 어려운 때나
어머님은 내 마음속에 계시면서
생활의 리정표로 되어줍니다

어머님의 한냥없는 선심에서
천성의 미를 알아봅니다
이제야 깨닫습니다,
어머님보다 가까운 이
이 세상엔 없음을…
★ ★ ★
다문 한번이라도
제 손으로 어머님의 맥을 짚어보고
다문 한번이라도

제 손으로 명절상 차려놓고
어머님이 즐기시던
≪직녀의 노래≫불러들이며
기뻐하시는 어머님을 보았으면…
그러나 그 거리!
멀지도 가깝지도 않은 거리!
있지도, 없지도 않은 거리의 탓-
어머님이야, 어머님이야
알아주실는지, 나의 심정…

보슬비

언제나 번거러운 이 거리에서
오가는이들 낯선줄 알면서도
왠 일인지 네 모습 찾아려 했다
보슬비가 지난 일 되불렀는가

길우에 핀 빗물의 부연 거울에
뒤집힌 거리며, 길 가는이들
갑자기 한 처녀의 가냘픈 모습
이 가슴을 세차게 설레게 하네

우리가 젊었던 그 먼 시절
몇 번이나 이 거리 걸었었느냐
그때도 오늘처럼 보슬비 나렸다만

오늘 같은 정 정말 나는 몰랐지

바다가에서

오늘도 어제처럼 파도는 철석이고
습습하고 비린 냄새 풍기여온다
수수만게 흰물갈기 희번쩍이고
갈매기떼 날으며 곤두박친다

흘러간 세월 두고 흘러갈 앞날 두고
못견디게 그리워 마음 달리는
바다가에 오늘도 녀인은 서있다
서리발은 성성해도 표정만은 젊었고
주름살은 깊어도 눈동자는 밝아라!

수다한 아들딸 저마다 부르건만
제 고장 못떠나는 어머니
기쁜 일 궂은 일 한평생 나눈
남편의 무덤을 홀로 남기고
어디로도 떠날줄 모르는 녀인!

흘러간 세월 두고 흘러갈 앞날 두고
저녁마다 바다가에 나서는 어머니!
★ ★ ★
고불고불 오솔길

　　실오리 같은 길
가시덤불 언덕 넘어
　　길게도 늘어지고

구김많은 내 마음의
　　실오리길도
그대 마음 찾는 길
　　하도 멀답니다.

보름달

어제 보던 보름달이
류다르게 정다움은
수만리를 흘러와도
나를 따라 왔음인가?

귀뚜라미 울고울어
오늘밤은 처량해도
잊지 못할 고향산천
그달속에 그려졌나?

천진하던 그 시절의
그리움을 아시고서
다심하신 어머님이
보내주신 달인가봐!

★ ★ ★

늦봄의 긴긴 해는 저물어져갔어도
감빛노을 시내물을 물들여주었다
들판의 풀숲도 적셔주었다
새로 생긴 포장도로
어느 한 길섶에
외로히 솟아오른 이름없는 풀잎에도
보라색 연한 해빛 남아있었다.

남들은 제철에 싹을 틔우고
꽃피워 꽃나비와 속사기는데
두터운 아쓰팔트 뚫으며 솟느라고
늦봄에야 겨우겨우 고개 쳐든 풀

달 편지

둥근 달, 보름달아!
무슨 길, 비밀의 길로
여기까지 나를 찾아왔느냐?
언제나 간절히
고향 소식 기다리는 마음,
그리워 쓰라린 내 마음 달래고저
수천리 길 나를 찾아왔느냐?
"계수나무 한 나무 토끼 한 마리"

너의 모상에 우리 조국산천
토끼모양의 한반도 그려졌다던
어린시절의 노래 오늘도 새롭구나
언제나 간절히
고향소식 기다리는 마음
그리워 쓰라린 나의 심정 아시고서
다심하신 어머님이 보내주신
편지로 너를 반기노라

카자흐 초원

누가 무연한
카자흐 초원 가보지 못했습니까?
어머님 품마냥 한없이 넓은 초원
샛별지자 해솟는 이른 새벽에
풀숲마다 비단 안개 일어나는 때
밤이슬에 젖었던 양귀비꽃들이
해맞이 하노라고 몸단장 하는 곳
그럴 때면 거처없이 싸다니던 벌바람도
꽃피는 그곳을 반드시 들린답니다
해질 무렵 저녁 하늘 황홀도 하고요
진홍색 구름이, 저녁노을이
간절한 공상에로 불러줍니다.
그러다도 화만 내면 사납기도 하죠
거칠고도 부드러운 그 초원을

걷다가 걷다가 진해지거든
폭신한 모래밭에 누워보시고
밤하늘의 별나라 바라볼 때면
구수한 들쑥냄새 풍겨옵니다
달콤한 꿈까지 보게 됩니다
이역살이 괴로움도 잊게 됩니다.

ㅁ 연성용 시편

씨를 활활 뿌려라(가사)

이 넓은 논판에 씨 뿌려
풍작의 가을을 몰아 오면
누렇게 누렇게 벼이삭
욱어 욱어져 파도치리

에헤헤 뿌려라
씨를 활활 뿌려라
땅의 젖을 짜먹고
와싹와싹 자라게

꿇호스 농장아 왜 끓어?
봄을 마중해 소리치지
뜨락또르 뜨르르 굴려라
파종 시절이 늦지 말게

에헤라 즐겁다 이 봄이
따뜻한 태양이 비치는 봄
일망 무제의 광야 옥토
부요한 내 나라 이 아니냐

이 넓은 옥야에 풍년 와
곡식 창'고가 가득차면
새 생의 새 봄은 더 날개쳐
행복의 고개를 또 넘는다.

에헤야 뿌려라
씨를 활활 뿌려라
땅의 젖을 짜먹고
와싹와싹 자라게

양키야 대답하라!

양키야, 대답하라!
내 네게 묻노라.
네 무슨 까닭에
무단히
남의 땅에
달려 들어
그렇듯 무도하게도
죽음을 퍼붓느냐?

양키야 대답하라!
내 네게 묻노라
네 말로는
무에라 웨쳤으며
네 글로는
무에라 썼느냐?
학교와 병원을
폭격하고
평화의 농촌에
불질으는 것
자유를 위함이냐?
평화를 위함이냐?

양키야 대답하라!
내 네게 묻노라.
월남의 어린이와
월남의 어머니가
무엇으로
또는 어떻게
너를 해코저 하더냐?
네 무슨 까닭에
무단히
남의 땅에
달려 들어
그렇듯 무도하게도
죽음을 퍼붓느냐?

그들의 념원은
순진하다.
남북이 다시
한 가정 되여
부모와 자식
다시 만나고
끓어 넘치는
애정 속에서
잃었던 사랑을
찾으려 한다.
그리고 제손으로
제 살림 꾸려
영원히 영원히
자기 땅우에
행복의 노래를
떨치려 한다.

양키야, 물러 가라
집으로 돌아 가라.
피 묻은 칼 던지고
악마의 춤 끊쳐라!

전 세계에서
한결같이 웨치는 소리,
그 소리
천동보다 더 무섭고

진동보다 더 힘세다.

양키야, 대답하라!
네 무슨 까닭에
무단히
남의 땅에
달려 들어
그렇듯 무도하게도
죽음을 퍼붓느냐?
대답하라!
내 네게 묻노라

싸우는 월남아!

내 비록
수만리 먼곳에 있으나
나는 본다
양키의 폭격에
불타는 마을
불속에 서 있는
젊은 아낙네…

나이는 젊었것만
머리는 백발되여
흰실 같은 그 머리 칼에

불타는 월남의
분노가 비꼈다!

오, 나는 본다!
엄마의 시체에
매달려 우는 애기,
땅’바닥에 쓸어져
피흘리는 젊은 투사,
감지 못한 그의 눈에
가득찬 복수심!

그리고 나는 본다
엄숙한 밀림…
천념 묵은 고목 밑에
서 있는 전사들의
무서운 자 총 부리!

그 밤…
그 고통의 밤에
검은 장막 헤치고
풀숲을 헤가르며
불타는 마을 향해
행군하는 전사들!

뜨거운 땅우에 남겨 놓은
너의 피’자국 –

서약의 혈서를
산 넘어 바다 건너
어데서나 보고 있다.
그리고 모두다
힘으로 맘으로

천이고
　만이고
　　억만이
　　　너와 함께
　　　　미제와 싸운다!

월남아!
싸우는 월남아!
네 든 기치 –
정의의 기치를
승리의 그 날까지
용감히
용감히
들고 나가라!

신한촌

잘 있느냐, 그 동안
정깊은 신한촌!

지난 밤 꿈결에도
또 너를 보았다.
내 살던 작은 집
내 심은 버들나무
행에 넘쳐 딩굴던
바다 언덕 금잔디
오, 항상 그립다
맘에 못 잊겠다
날 고히 길러준
은혜 많은 신한촌!

아물만의
신비로운 달밤.
오리알 물'결 우에
한숨도 띄었다.

희망에 뛰는 맘
청춘의 맘
수평선에 뜬 배와 함께
만리에 보냈다.

마아산 청강판에
눈보래 칠 때
행의 길 따르노라
널 찾아오던
흰옷 입은 사람들도

나는 보았고,
국내 전쟁의 풍랑에
함께 일떠서
시우러의 전취물을 지키려
총을 메고 빠르찌산으로 가던
용감한 사람들도
나는 보았다

한도 락도 한데 뭉친
뜻 많은 신한촌아
옛추억에 타는 맘
내 노래 들어라!
금모래 은물'결에
물장구 치던 때
오월 단오 명절날에
우승기 타던 때
그 때는 소년 시절
큰 희망 끓던 때
그러나 오늘은
백발이 휘날려
타오르던 불'길
고개를 숙였다.
그러나 아직도 끓는 내 맘!
시월의 오십고개에
올라 선 내 맘!
청춘으로 또다시 돌아와

창조에 뛰노는 조국의 땅 우에
생의 노래 띄우노라!

얼싸 좋다 평화로세(가사)

맑은 하늘 창공 우에
비둘기 한쌍 날아 가고
푸른 잔디 언덕 우에
어여쁜 아가씨 미소하네

얼싸 좋다 내 사랑아
얼싸 좋다 평화로세

꽃은 피여 만발한데
범나비 한 쌍 춤을 추고
처녀 총각이 손을 잡고
애정에 겨워 노래하네

광야 옥토 넓은 벌에
곡식은 욱어져 파도치고
행복에 넘친 처녀 총각
부요한 풍년을 자랑하네

대포 소리 나는데는
꽃도 사랑도 다 쓸어지네

악마의 전쟁 나는 싫여
꽃 피는 행복 내 원이로세

얼싸 좋다 내 사랑아
얼싸 좋다 평화로세.

칠칙강아, 흘러라!(가사)

따뜻한 해'살은 물결에 빛나고
칠칙강 흘러흘러 평야에 젖주네
아…아…생명수야!
아…아…장생수야!
너와 나 함께 흘러
행복에 헤염치자!
칠칙강아 흘러라
넘쳐 흘러라!

청비단 편듯한 새파란 벌판에
목화꽃 곱게도 은수를 놓았네
아…아…생명수야!
아…아…장생수야!
꽃밭에 고운 도시 우리의 자랑일세,
칠칙강아, 흘러라
(후략)

조국에 대한 노래

이 세상에서 늙지 않는 건
오직 조국 하나 뿐
늙을 줄 모르니
죽을 줄 모르는가 하노라

그래도 그 조국 아끼여
일하면서도 근심이고
쉬면서도 근심이라!

자손 많은 내 조국은
불 속에서도 물 속에서도
죽을 줄 모르고
영생 불멸하리라!

과실은 나무의 열매이고
인민은 조국의 자손이라
인민도 과실도
조국 없인 있을 수 없어라!

조국이 번영해야
후손도 행복하리니
조국을 위해선

밤낮 몸바쳐 일하리라

형님도 아버지도
조국에 이바지 하노니
천년 만년 가도
늙지 말고 번영하여라!

레닌 아버지

레닌 선생 자손 없다 하더라
어찌 믿으랴 이런 말을
수천만 사람께 걸음 걷기 배워 주시고
앞길과 목적 가리켜 주신
그 분에게 자식 없다는 말을.

아니다 들어 보라
거리에 나와 보라
레닌 아버지한테 인사 드리는 것을
아버지한테 인사 드린다
우주 공간 개척한 자식들이
아버지한테 인사 드린다
자유 해방 찾은 자식들이
아버지한테 인사 드린다
착취의 멍에 벗은 흑인 자식들이.

이렇게 모두 아버지한테 인사 드리는데
어찌 그들이 레닌의 자식이 아니며
어찌 레닌이 그들의 아버지 아니랴?
아버지의 뜻을 받은 용감한 자식들이
인류를 행복한 새 세상으로 인도하거니
아버지 이름 어찌 청사에 빛나지 않으리.

봄날이 돌아 왔다.
아버지 탄생일이 돌아 왔다
인사 받으시라, 레닌 아버지시여!
배우고 배우고 또 배운 자식들께서

우리는 해마다 해마다 축하 드린다.
아버지의 모습을 보고 보고 또 보며
우리는 해마다 해마다 인사 드린다
그의 은혜, 그의 사랑 잊지 않으며
오, 영원히 살아 계시는 레닌 아버지시여!

이슬

밤 사이 생긴 이슬
풀'잎 곡식'잎 씻어 주며
새'맑안 눈동자로
날 밝기를 기다린다.

수정 같이 깨끗한 이슬
무엇 먹고 배 부르고
무지개'발 펴는가
해를 보면 웃기만 한다.

아주 사라질 그 순간까지
빛나다 꺼지는 이슬이여,
웃다가 자는 이슬이여,
그대는 락천의 상징이다.

조국땅

그대는 무던하기 그지없어라
목이 말라 입술까지 터지다가도
무엇이나 달라고 청만 들면
언제나 거절할 줄 몰라라.

만일 내가 목이 말라서
그대 가슴 들추며 우물 파면
그대는 바로 어머니인 양
옥 같이 맑은 샘물 내주지요.

그뿐이랴? 아니지요.
속에 깊이깊이 품었던
금은 보배, 석탄, 석유

아끼지 않고 모두 내주지요.

봄이 오자 밭을 갈아
곡식 한 알 심어 주면
그대는 마음이 너그러워
백 알 천 알로 보답하지요.

이에서 더 어진 마음씨 어데 있으며
이에서 더 큰 사랑 어디 있으랴!
내 나라 내 땅의 마음씨는
자식 기르는 부모의 마음씨라.

그대를 위하여 나는

물 없는 곳에 물을 끌어 오고
진펄밭에 도랑 빼여
간곳마다 꽃동산 만들리라.

이내몸은 죽는 순간까지
그대의 심정을 노래 부르며
그대의 사랑을 일로 대답하려니
언제나 늙지 말고 푸르러 있으라.

갈까마귀

눈은 아직 오지 않았는데
갈까마귀의 울음소린 높구나
남방으로 날아가자 하니
새끼들이 태여난 고장이 아까운가

봄마다 간곳마다 새집을 짓고
새끼들을 고이 자래워도
일정한 제집과 사는곳 없으니
찬바람 불어오면 울기부터 하는가

헌데 제집이 있는 사람들은
왜 봄이 오면 북으로 떠나가는가?
돈에 눈 어두워 까마귀 되였나?
늦가을에야 집으로 돌아온다네!

□ 윤수찬 시편

한상욱선생을 그리여

≪고향이 따로 있나
살면은 고향이지≫하시더니
그분은 어디로 가셨을가 -
돌아오지 못할 길

하지만 그분이 이 땅에
정들여 심은 어린 나무가
아름드리 백양이 되고
집뜰악엔 손자들의 기저귀
승전기마냥 나붓기지요

그분이 즐겨 부르던 노래
이 고장사람들 – 고향사람들
큰일에 모이면 함께 부르져
그이 백양의 그늘아래서

나도 이 땅에 뿌리 박은 한
한대의 실한 나무 길러보려고
한곡의 고운 노래 지어보려고
그분의 노래를 되풀이합니다 –

벗이란

강남갔던 제비가 봄따라 돌아와
흰 적삼에 까만 양복 받쳐입고서
이리저리 제멋대로 날아다니며
보라는듯 재간을 부리고있네

그런데 이 멋쟁이 신사보다도
추운 겨울 이 고장 떠나지 않고

나와 같이 이 봄날 기다려 살아온
빛갈 없는 참새가 나는 좋아요

털깃은 뿌여도 하도 참해서
작기는 작아도 참을성 있어서
한번 먹은 마음 변치 않아서
예로부터 참새라고 부르겠지요

생활의 진가

생활은 -
무지개로 해빛에 아롱거리는
물에 뜬 얇다란 석유막이 아니고
보석인듯 빛뿌리는
새벽의 이슬방울 아니라지

생활의 진가는
반들거리는 막밑에 숨은
검푸른 물의 수만 방울들

생활의 진미는
7월의 벼이삭에 떨어진
농부의 땀이슬

***

환하게 비치던 가로등무리
밤늦어 모조리 꺼져버리고
앞집의 희미한 불빛만 남으니
외로운 그 불빛 류별납니다.

하늘의 무수한 별들중에서
안보이던 연약한 별 하나
구름낀사이에 그 별만 남으니
유난한 그 빛 시선을 끕니다

들판에 피여난 갖가지 꽃중에
가련히 보이던 한떨기 민들레
물없는 사막에서 그것을 만나니
그윽한 향기가 안겨옵니다

분초는 영원의 한 찰나―
그 순간을 눈여겨보려합니다

□ 전동혁 시편

레닌은 살았다

동무야!
모자를 벗고 머리를 숙이라.
공장아!

마치를 놓고 기적을 토하라.
빈궁의 노예를 사랑하던
옛 스승이 죽었다.
혁명의 파도를 즐겨하던
배'사공이 죽었다,

아니다,
그렇지 않다.
그는 죽지 않고 살아 있다,
로동자의 가슴 속에도
고용자의 머리 속에도.
저들의 심장에 사모친 그의 주의
뛰논다, 번득인다 – 끊음 없이
혁명과 건설을 위하여.

전투사야!
건설자야!
따려라, 원쑤를.
걸어라, 앞으로
그의 솜씨 대로
그의 걸음 대로

붉은 군인

마치와 낫자루에

장알 박힌 손에
무기를 잡은 붉은 군인
정신이 쇠'덩이 같자
게다가 또 빛난 재주-
땅에서, 물에서, 공중에서
날고 뛰고 헬 줄까지
아는 재주 가졌으니
이 군인 앞에 감히
대여들 자 누구더냐?

언제든지 이길 줄만 알고
지여 본적 없는 군인,
백 번 쏘아 백 번 맛치는
이 군인의 총부리 앞에
번뜩일 자 누구더냐?
서쪽에서 동쪽에서
총을 닦고 칼을 간다.
새 전쟁을 마련한다.
그런 원쑤들아!
들랴거든 들어라.
밀치고만 말줄 아느냐?
다시는 일어도 못 서게
박살을 먹일 터이다.

그 때면
너희의 죽엄 뒤에서는

큰 불'길이 일어 서리라,
끄어지지 않는 혁명의 불'길이.

벼 베는 처녀

이 넓은 논판 이 많은 이 벼
무거운 이삭 못 이기여
고개를 숙인 이 잘된 이 벼
그 쥐 집 벼라 말좀 해주.
그 뉘집 벼라 말해주죠.
백만금 거느린 조합 벼요.

봄 여름 힘써 잘 길러 내고
가을에 얼른 걷어 가는
기름진 이 벼를 다 두드려
그 누가 혼자 다 가져요?

그 누가 혼자 안 가져요
꼴호스원들이 나눠 가요.

두드려 놓면 금 쌀알 같고
찧어 놓면 옥 쌀알 같은
귀여운 그 쌀 나누어 가면
처녀의 을ㅅ은 얼마 돼요?

처녀의 을ㅅ이 얼말가고
벼'두지 열 두지 차고 넘죠.

태양도 저렇게 멀리 갔고
벼밭도 이렇게 자리나
허리도 다리도 아플텐데
숨도 돌릴겸 쉬여 베죠.

숨도 돌릴겸 쉬여 베겠지만
비기'군 적수가 앞서 가요.

이런 말 해도 용서를 해요
얼굴도 곱고 일 잘 하는
처녀의 앞에 무릎을 꿀고
구혼말 하는 이 누군가요?

구혼말 하는 이 누군가고
온 동네 총각떼 전부래요.

벼'무지 보고 욕심을 낼가?
인물을 보고 동정할가?
열정을 보고 사랑을 할가?
무엇을 보고 장가 들가?

무엇을 보고 장가 들가고
이것도 저것도 다 보지요.

비밀

처녀의 가슴 속에 숨긴 비밀
굳게 잠근 쇠통 안에 진주 같소
애중한 보물 같이 살틀한 것
금이랄지 옥이랄지 값이 많소.

이 비밀 품은 뒤론 웬일인지
바쁜 일도 신이 나서 헐이 되고
어찌도 마음속에 즐거운지
기쁜 노래 저도 몰래 흘러 나오.

이 비밀 세상 사람 알게 되면
부끄럽기 그지없어 어이하리
영원히 발로되지 않는다면
눈물나게 슬러서 못 살리래요.

어쨌든 터지고야 말 이 비밀
생겨난 그 원인 무엇일가요
아마도 아름다운 첫 사랑이
천진한 처녀의 심장을 다친거요.

목화 따는 처녀들의 노래

거울 같이 새'맑간 가을 하늘 복판엔

불빛 같이 새빨간 둥근 해가 떠 있고
바다 같이 끝 없이 두레 너른 큰 밭엔
백옥 같이 새'하얀 목화들이 피였다.

천진하고 란만한 심장 뛰는 가슴에
장미 같이 어여쁜 처녀들이 신나서
목화 따며 부르는 아름다운 노래가
가을 해'볕 찬란한 온 공간에 요란타.

금빛 나는 손으로 담쑥담쑥 쥐여서
포근포근 살틀한 송이송이 뜯어서
사랑하는 조국에 선물로 들이면
전선에서 승전을 어서 속히 하리라.

동쪽에서 길 떠나 서쪽으로 행하는
믿음 있는 저 해야, 부디 잊지 말고서
목화 따며 부르는 처녀들의 노래를
원쑤들과 싸우는 용사들게 전하라 :

그대들이 적진에 보내 주는 탄환이
탄환마다 놈들의 염통을 꼔다면
우리들이 거두는 목화 송이 송이는
송이마다 조국의 전투력을 굳힌다.

□ 정장길 시편

그리운 어머님께

조국이란
고향집 문턱에서 시작되는가

대장부가 마흔 가까워
먼 추억이 식어가도
기쁠 때 그리운 건
내 자란 마음이여

괴로울 때 간절한 건
어머니 생각이어라
하여 조국을 어머니라 하는가
하여 조국의 품 어머니 품이런가.

신비한 달밤에

함박눈이 내린후에
보름달밤 신비한데
창문밖의 백양나무
신부차림 한듯하네.
잠든 처의 머리우에
면사포를 그려볼가…

서로의 비밀약속

젊으면
젊은 재미에 살고
늙으면
늙은 재미에 사는 세상.
잘나면
잘난 멋에 살고
못나도
제멋에 사는 세상.
서로 좋아 짝을 뭇고
둘이 같이 늙어가매
네 늙었다,
네 못났다 -
탓해선 무엇하랴.
네 몸, 내 몸 흠점을,
관자노리 서리발을
서로서로
       못보는체 하자꾸나.

삶의 자취

세상에 많고많은
인간과 짐승.
먹고 자고 살다가

죽기는 매일반이로되
삶의 자취 남기는자 -
인간뿐이로다!
　　　*　　*　　*
인간 한생, 꽃도 한철
늙어져도 제철이요
꽃이 져도 제철이니
그 무엇 탓하랴만…

　　눈바람, 비바람, 찌는듯한 해살을
　　참고 자란 매화나무 -
　　잠시에 지고말 꽃
　　그 시련을 다 참았는가.

인간 한생, 꽃도 한철 -
같이 사는 시련도 한철.

□ 조기천 시편

　수양버들

아침마다 창문을 열면
봄빛을 줄줄이 드리우며
수양버들이 흐느적흐느적,
그러면 내 마음의 천정에서도

무엇인지 봄빛을 흘리며
줄줄이 내리네, 드리우네

온 하루 일터에서도
머릿속에서 실버들이 흐느적이네
그러면 나도 모를 큰 힘이
가슴속에 푸르게 자라나네
아침마다 으젓이 푸르러지는 실버들
어쩌면 저리도 내 마음같으리!

휘파람

오늘저녁에도 휘파람 불었다오
복순이네 집앞을 지나며
벌써 몇 달째 휘파란 부르네
휘휘… 호호…
그리도 그는 몰라준다오

날마다 직장에서 보건만
보고는 다시나 못 볼 듯
가슴속엔 불이 붙소
보고도 또 보고싶으니
참 이 일을 어찌하오
오늘도 생긋 웃으며
작업량 300을 넘쳤다고…

글쎄 300은 부럽지두 않다오
그래도 그 웃음은 참 부러워—
어쩌면 그리도 밝을가

한번은 구락부에서
나더러 무슨 휘파람 그리 부느냐고
복순이 웃으며 물었소
난 그만 더워서 분다고 말했다오
그러니 이젠 휘파람만 불 수밖에—

몇 달이고 이렇게 부노라면…
그도 정녕 알아주리라!
이 밤도 이미 늦었는데
나는 학습자료 뒤적이며
휘휘… 호호…
그가 알아줄가?

시월
 - 위대한 시월혁명 37주년을 맞으며 -

폭동의 불기둥이
로씨야의 서리찬 하늘에 뻗치여
박절한 력사의 밤을 태운 시월

북녘만리에 새 삶을 펼쳤고

피를 물고 꺼구러지는 20세기를
탄탄대로에 올린 시월!
서른돐 이날 민주세계는
경축의 노래를 부른다!

네와강 찬물결이
≪아브로라≫의 단몸을 스칠제
차디찬 조선의 가슴에도 소생의 화기 떠돌고
≪동궁≫에 보내는 포격에
어둑한 새벽하늘이 깨여지며
광장이 육박에 일어설제
끊어졌던 조선의 맥박도 다시 울렸다

하여 ≪3·1≫이 가슴 헤치고
날창앞에 달려들었다
쓰러지고 죽고
거리에서도 죽고
감옥에서도 죽었지만
그때에 일으킨 맥박은
줄기줄기 3천리에 울렸거니
지난날을 번지여
싸움의 옛자취를 찾으리-
어디엔들 그때의 피흔적 없으랴-

동서의 전화를 낱낱이 끄고
세계의 선두에 써억 나서

인류의 생로를 닦는 시월
또 명멸하던 이 나라를 건져
그 모진 운명까지 받들어주는
오, 위대한 시월이여 !

대양 저편 거친 물결우에
떠도는 검은 구름도
때로 이는 미친 바람도
시월의 태양에 사라지려니
천만의 곡곡에서 모여드는 민주의 도도한 흐름은
길이 인민의 세계로 흐르리라
평화의 세계로 흐르리라!

□ 조명희 시편

산문시

짓밟힌 고려

일본 제국주의 무지한 발이 고려의 땅을 짓밟은 지도 벌써 오래다.
그놈들은 군대와 경찰과 법률과 감옥으로 온 고려의 땅을 얽어 놓았다.
칭칭 얽어 놓았다 – 온 고려 대중의 입을, 눈을, 귀를, 손과 발을.
그리고 그놈들은 공장과 상점과 광산과 토지를 모조리 삼키며 노예와
노예의 떼를 몰아 채찍질 아래에 피와 살을 사정없이 긁어 먹는다.
보라! 농촌에는 땅을 잃고 밥을 잃은 무리가 북으로 북으로, 남으로
남으로, 나날이 쫓기어가지 않는가?

뼈품을 팔아도 먹지 못하는 그 사회이다. 도시에는 집도 밥도 없는 무리가 죽으러 가는 양의 떼같이 이리저리 몰리지 않는가?

그러나 채찍은 오히려 더 그네의 머리 위에 떨어진다 -

순사에게 눈부라린 죄로, 지주에게 소작료 감해달란 죄로, 자본주에게 품값 올려달란 죄로.

그리고 또 일본 제국주의에 반항한 죄로, 프롤레타리아트를 위하여 싸워가며 일한 죄로!

주림과 학대에 시달리어 빼빼마른 그네의 몸뚱이 위에는 모진 채찍이 던지어진다.

어린 '복남'이는 저의 홀어머니가 진고개 일본 부르주아놈에게 종노릇하느라고, 한 도시 안, 가깝기 지척이건만 벌써 보름이나 만나지 못하여 보고 싶어서, 보고 싶어서 울다가 날땅에 쓰러지어 잠들었다.

젊은 '순이'는 산같이 믿던 저의 남편이 품팔이하러 일본간 뒤에 4년이나 소식이 없다고, 강고꾸베야에서 죽었는가 보다고, 감돌하는 일본놈에게 총살당하였나 보다고, 지금 일본 관리놈 집의 밥솥에 불을 지펴주며 한숨 끝에 눈물짓는다.

아니다. 이것은 아직도 둘째다 -

기운 씩씩하고 일 잘하던 인쇄 직공 공산당원 '성룡'의 늙은 어머니는 어느 날 아침결'에 경찰서 문턱에서 매맞아 죽어 나오는 아들의 시체를 부둥켜 안고 쓰러졌다 - 그는 지금 꿈에

도 자기 아들의 이름을 부르며 운다.

아니다, 또 있다 -

십 년이나 두고 보지 못하던 자기 아들이 정치범 미결감 삼년에 옷 한벌, 밥 한그릇 들이지 못하고 마지막으로 얼굴이나 한 번 보겠다고 천 리 밖에서 달려와 공판정으로 기어들다가 무지한 간수놈의 발길에

채여 땅에 자빠져 구을러 하늘을 치어다 보며 탄식하는 흰 머리의 노인도
있다.

이거 뿐이냐? 아니다.

온 고려 프롤레타리아 동무 - 몇 천의 동무는 그놈들의 악독한 주먹에
죽고 병들고 쇠사슬에 매여 감옥으로 갔다.

그놈들은 이와 같이 우리의 형과 아우를, 아니 온 고려 프롤레타니아트
를 박해하려 든다.

고려의 프롤레타리아트! 그들에게는 오직 주림과 죽음이 있을뿐이다,
주림과 죽음!

그러나 우리는 낙심치 않는다. 우리의 힘을 믿기 때문에 -

우리의 뼈만 남은 주먹에는 원수를 쳐 꺼꾸러뜨리려는 거룩한 싸움의
힘이 숨어 있응을 믿기 때문에.

옳도다, 다만 이 싸움이 있을 뿐이다 -

칼을 칼로 잡고 피를 피로 씻으려는 싸움이 - 힘세인 프롤레타리아트
의 새 기대를 높이 세우려는 거룩한 싸움이!

그리고 우리는 또 믿는다 -

주림의 골짜기, 죽음의 산을 넘어 그러나 굳건한 걸음으로 걸어 나아가
는 온 세계 프롤레타리아트의 상하고 피묻힌 몇억만의 손과 손들이.

저 - 동쪽 하늘에서 붉은 피로 물들인 태양을 떠받치어 올릴 것을 거룩
한 프롤레타리아트의 새날이 올 것을 굳게 믿고 나아간다!

1928. 10.

* 강고꾸베야 : 노동자들의 숙소를 감방과 같다 하여 말한 것임,

10월의 노래

짓밟힌 무리의 흘린 핏방울 방울이
지심으로 흘러, 흘러 폭발이 되어
새 화산, 새 세기의 화산이 솟았다.
북방에 높이 솟은 새 '히말라야 산' – 소비에트 공화국
그 앞에 낡은 제도는 골짜기같이 무너졌다.
온 세계는 바다같이 끓는다.
오, 우리의 모국 소비에트 공화국의 거룩한 탄생이여!
자라나가는 우리의 힘이여!
억척느러운 걸음 – 걸음이여!
열네 해를 맞는 이 날 아침, 맑은 햇빛 아래에
더 높이 날려라, 붉은 깃발을! 더 높이 울려라! 승리의 쇠북을!
만국의 승냥이는 이 갈며 떤다, 떤다.
사자야, 새 화산의 아들 건장한 무리야!
원수를 향하여 소리쳐라, 동무를 불러 소리쳐라,
더 한층 높이 쳐라, "만세!!" "만세!!"
　　　　　*　*　*
우리의 손이 망치를 잡았고
우리의 발은 바퀴를 굴린다.
우리의 어깨엔 총이 메여 있고,
우리의 머리 위엔 새 태양과 함께 과학이 빛난다.
이리하여 우리의 건설은 쉬일 날이 없고,
우리의 무장은 원수를 물리치고야 만다.
망치여, 더 힘 있게 내려쳐라!

바퀴여 더 빨리 굴러라!
태양이여, 더 빛나게 내리쪼여라!
우리의 걸음은 한 시가 급하고,
우리의 팔다리엔 힘줄이 뛴다.
오직 – '앞으로!!' '앞으로!!'

1931.9.

볼셰비크의 봄

봄! 새 나라에 떨쳐오는 봄,
5년 계획 세째 해의 봄,
하늘에도, 땅에도 새봄이 나래를 친다.
새 계획을 물고 나래를 친다.
일어서라 천만의 노력 대중아!
봄과 한 가지 떨쳐 일어서라!

굴뚝의 연기도 구름이 되어 날으거든,
쇠 깎는 소리도 하늘 위에 용솟음쳐 구르거든,
하물며 노력의 용사들이야
힘 오른 팔뚝을 뽐내지 않으랴?
둘러라, 바퀴를! 쳐라, 망치로!
5년 계획을 여기서 넘쳐 하자!
이리하여 우리는
봄과 한 가지 떨치리라.

　　　*　*　*

가없는 벌판에 햇빛이 뛰놀고
바람도 거기서 손뼉을 치거든,
하물며 노력의 용사들이야,
힘오른 팔뚝을 뽐내지 않으랴?
잡아라! 뜨락또르채를, 뿌려라! 새 씨앗을
5년의 열매를 여기서 얻자!
이리하여 우리는 봄과 한 가지 떨치리라.

1931. 3.

아무르를 보고서

원수의 창끝이 번쩍이는 국경을 끼고서
메와 들을 들려 따따르해협어구까지
일만리 먼길에 굽이치는 아무르강
씨호떼알린의 송림을 헐고
사바이깔의 목재를 쓸어내어
건설의 속도에 힘주어 흐른다.

하바롭쓰크시 언덕 밑 저 아무르
북빙양 찬 바람의 추위를 받아
가만히 누워서 새날을 기다리니
알아라! 인도양의 햇빛이
새하얀 눈이불 벗겨내며
기계가진 아무르에 제 갈길을 또 갈 것을!
그러면 씨호떼알린아! 사바이깔아 !

네가 내놓을 짐을 꾸려라
소나무 참나무 베어내려서……

공장

새벽을 재촉하는 닭 울음소리와 함께
우렁차게 울려나오는 공장의 기적소리는
잔잔히 가라앉은 대기의 파동을 일으키며
고요히 잠든 도시를 흔든다.

오! 인간아! 잠든 무리야,
새벽의 인경은 여기에 울린다.
울퉁불퉁 억센 팔을 불끈 거두고서
활발스럽게 공장으로 가자

사면팔방으로 모여드는 노동자들아!
깨끗하다, 혁명의 용사들!
씩씩하게 공장문으로 들어갈 제
그들 맞은 전등은 창살마다 번쩍인다.

둥글고 길다란 굴뚝에서는
검은 연기를 무럭무럭 토하고 기운차게 돌아가는 기계소리와 함께
철공의 굳센 팔뚝은 둘러치고 메어친다.

세계의 무산 형제들아 !

우리의 손으로써 해방하여 나오는 그날
'세계는 우리의 세계' 소리쳐 외쳐라 –
단합하자
국제 붉은 깃발 아래로……

ㅁ 조정봉 시편

신한촌 아가씨

석양비낀 아무르만의 금빛 물결우에서
나와 함께 헤염치던 신한촌 아가씨
틀어진 머리채는 젊은 날의 꿈이련 듯
오늘도 내 가슴에 안겨옵니다.

달빛어린 아무르만의 은빛 물결우에서
나와 함께 선유하던 신한촌 아가씨
날리던 치마폭은 첫사랑의 날개인 듯
오늘도 내 품속에 깃들입니다.

물새 우는 아무르만의 모래언덕우에서
이별할제 눈물짓던 신한촌 아가씨
흔들던 손수건은 새 희망의 기발인 듯
오늘도 내 눈앞에 나붓깁니다.

개척자는 달린다

개척자는 달린다
  알다이로
  씨비리로
개척자는 달린다
  조국의 념원을
  무겁게 싣고서
새 풍작 개척자는
  풍풍 – 칙칙
    달린다
  풍풍 – 칙칙
    달린다
  *

  개척자는 달린다
    카사흐스딴의
      넓은 벌로
개척자는 달린다
  청춘의 히망을
  가득히 싣고서
새 행복 개척자는
  풍풍 – 칙칙
    달린다
  풍풍 – 칙칙
    달린다.
  *

개척자는 달린다
　　공산주의
　　사회에로
개척자는 달린다
　　력사의 사명을
　　드높이 받들고
신세기 개척자는
　　풍풍 - 칙칙
　　　　달린다
　　풍풍 - 칙칙
　　　　달린다.

흰돛단배

설움과 분노를 큰 배에 가득 실어
바다도 힘 겨운듯 몸부림치는데
대담한 사공들은 쉴 줄 몰랐단다,
사나운 폭풍이 거슬려 불어쳐도,
도ᄎ도 없이 격랑에 노젓기 힘들어도
희망의 언덕 붉은 등대 목표 삼고…

때는 와서 북녘으로 순풍이 불어 올제
용감한 사공들은 큰 도ᄎ을 올렸다네.

만경 창파에 시원한 바람 불어
갈매긴 양 흰 도츠은 훨훨 날개치네.
인민의 행복을 오붓이 실은 그 배
자유의 바다로 두둥실 떠오네.

친선의 노래(가사)

모란봉 기슭에서
꽃다발 반겨 받던 동무여
그대의 자욱 자욱엔
어데나 해방탑 솟아
인민의 벗으론 잊지 않네
모쓰크와! 은혜론 우리 동지!
(후렴)
모쓰크와
모쓰크와
너와의 친선
영원하리!
레닌의 기'발 아래
자유를 건져 낸 조선 인민
정의의 성전에서도
만고에 빛난 영예 떨치며
그대의 모습을 간직했네!
모쓰크와! 살뜰한 우리 전우!

공산의 새 살림을
받들고 키워주는 동무여!
그 도움 보람도 크네!
슬기론 인민이 힘을 뭉쳐
부강한 민주 조선 세우네
모쓰크와 고마운 우리 동지!

내 조국(가사)

언제나 밝은 태양 지지 않는 내 나라
자유론 우리 태양 뜨어 있는 내 나라
머나먼 뚠드라에 새 도시 일떠서고
크슬꿈 사막에도 새 살림 꾸려지네.

(후렴)
에헤라 좋네 좋기도 좋네
인민은 참다운 주인이라네
에헤라 좋네 좋기도 좋네
우리의 생활엔 경사도 많네

□ 주영윤 시편

세 월

무한한 시간에 비하면
사람의 일생은
눈 깜짝할 순간

세월은 끊임없이 흐르니
하루 살아도 보람있고
후회없는 생을 보내야하지

모래시계는 뒤집어 놓으면
다시 제대로 가지만
인생은 두 번 다시 시작 못하느니라

숙 고

내가 죽음을
두려워하지 않는다면
사람들 위선이라 하리
그 누가 죽음을 두려워하지 않으랴!

생을 타고나면 피할수 없는
그 때를 생각하지 말고

살아 생전에 나라에 유익한 일
많이많이 해야하리

무한한 세월이 력사에서
한사람의 생은 일순간이니
그 일순간을 길이길이 빛내는 것
비범한 사람이라네!

사랑의 계절

꽃은 피고지고 피고지고
바람도 불고자고 불고자도
봄철은 반드시 오며
사랑의 계절도 찾아오리

호박처녀 가슴에도 봄이 오고
여드름처녀 마음에도 사랑이 움트고
죽은깨처녀도 푸른꿈 보니
첫사랑의 싹이 부풀어오르리

처녀들이여! 푸른 가슴에
커다란 꿈 안고 살아가라
사랑을 하면 꽃이 피고
사랑을 하면 어여뻐지리

별

먼길 떠나는 나그네
밤하늘의 북극성보고
방향을 전한다오
그별이 언제나
길잡이 되기를 바라면서

바다에 나간 어부들
북두칠성 보고
알아마친다오
태풍이 자고
물고기 잘 잡히는 날을

고요히 밤거리에서
산보하는 처녀총각
견우직녀 바라보며
사랑을 속삭인다오

마땅한 시어를
좀체로 찾지 못해
모대기는 시인
뭇별의 속삭임에서
격려의 힘을 얻는다오

시

스승은 가르쳤습니다
시는 피로 써야하며
물을 섞지말라고

령감이 있을 때만
붓들고 글쓰되
어떠한 잡념도 깨우지 말라고

세상에 흔한것
어디서나 나딩구는 돌인데
그중에서 구슬알 찾아 내야 한다고…

추억

추억은 지나온 아득한 로정
다시는 새길수 없는 반생의 년륜
그것은 일제의 학정에서 건져준
은혜로운 해방자에게 드리는 감사의 마음

추억은 아울지 않는 마음의 상처
돌아오지 않는 혈육지기에 대한 슬픔
그것이 흘러간 청춘의 노래
덧없이 지나간 세월에 대한 회포인가

추억은 지난날의 푸른 꿈
다 이루지 못한 원한의 시
그것은 다시 돌아오지 않는 시간
멈추어 세우려는 부질없는 열망인가.

아무르간반의 단풍

물들인듯 푸르른 하늘엔
하얀 구름 하염없이 흐르고
원동의 어머니 – 대지에선
아무르장강 말없이 흐르네

도도히 흐르는 장강
굽어보는 산봉우리들에
블처럼 빨간 가을나무
붉게붉게 무르녹는 단풍

대체 누가
그대에게 불을 지폈는가
그대는 아무르빠르찌산들이
흘린 선혈 나타내고있는가

일제의 압제하에 신음한
동방인민 해방하는 싸움에
목숨바친 젊은이들의

영웅적넋을 상징하는가

흘러간 지난날의 사연
두고두고 잊지 못하여
단풍이여, 그대가 대신하여
이야기하는것이 아니더냐…

산까치

산까치야, 산까치야!
언제나 반가운 새야!
네가 오면, 네가 오면
좋은 일이 있다는데…

산까치야, 산까치야!
기다리는 나의 새야!
네가 울면 네가 울면
우리 님이 온다는데…

산까치야, 산까치야!
네가 알면 가르쳐주렴아
우리 님이 내곁을
못 떠나게 하는 수를…·

산까치야, 산까치야!

너 어데로 날아가니?
나의 소원 풀 때까지
어디로도 가지 말아다오!

□ 태장춘 시편

옥수수

꽃핀 강변이 웃음웃네.
우리가 옥토에 옥수수 심을제
아지탄 새들이 지절대고
봄파종 합창이 세하게 울리네.

전원에 솟아난 싹이 곱네.
푸르른 고과가 밭을 덮을 제
제초기 해초를 뽑아치거니
발동기 노래는 벌판을 울리네.

해빛은 따뜻이 내려쪼이네.
옥수수 머리밭 금빛을 빛일제
선선한 바람도 속삭이거니
수수닢 답사로 우수수 걸리네.

풍작의 가울이 닥처왔네.
추수기 나가며 옥수수 거두니

알곡과 정초는 태산을 일우어
배불은 마소들 기뻐서 뛰노네.

김만삼에게 대한 노래

치일리 구역 "선봉" 조합
선진 로인 계신데
금년인즉 환갑지난
분조장인 김 만삼.
                    *
사십여년 논판에서
찬물밟아 얻은 법
큰 살림에 행복주니
장하도다 김 만삼.
                    *
자기 지단 비단같이
걸음내고 피루어
높은 수확 얻어내니
모범하세 김 만삼.
                    *
꼴호스의 자랑이며
벼농사에 선수요
농업계에 이름있는
훈장받은 김 만삼.

아동공원

어린 오리 무리 지어
냇물 우에 동동뜨니
아동공원 아이들아,
빨리빨리 공원으루!
우리 모여 노는 공원
푸른 풀이 솟아나니
우리들도 그 풀 같이
무럭 – 무럭 자라나자!

*

황철나무 움튼가지
봄바람에 흔들리니
우리들도 손을 잡고
기쁨으로 춤을 추자!

*

종달새 공중에서
재잴 – 재잴 노래하니
아동공원 우리들도
곡조 맞춰 노래하자

□ 한 아나똘리 시편

두 소원

1

이 사람아, 그 젊은 피를
한 꼬치만 딱 내게 주게
나 먹고 등 곱은 늙은이도
저 높은 하늘에서 날아보게

내 청춘은 동대산 수십년에
토호놈의 땅바닥에 말라 붙어-
길가에서 밟히는 질경이처럼
먼저 속에 쭈그러들고 말았다네

사래 긴 밭고랑에 막 엎데서
등 곬을 지지면서 일하다가도
아픈 허리를, 호미 짚고 겨우 펴서
등 곬을 지지면서 일하다가도
아픈 허리를, 호미 짚고 겨우 펴서
해 뜨고 달 뜨는 저 하늘을 쳐다보며 :

≪비도 오고 눈도 오는 저 하늘에서
벼락도 치고 무지개도 뻗히거늘,
조화많은 저 하늘에 날아가서
구름이라도 걸타고 살았으면! …≫

2
그러나 이 사람아, 세상은
내 눈앞에서 변하기도 했어
저 하늘에 있다던 팔자가,
글세,
오늘에 와서는 우리 손에 붙잡혔네.

꼴호스에는 집집에 암소들이
떡호박 같은 젖통을 드리우고 있고
배 부른 돼지들은 할일이 없어
주둥치로 땅이나 파고 놀아대네,

새로 지은 우리 집에는 유리 창으로
새로운 해빛이 정답게 들여다보고,
저녁이면 우리 식구 한곳에 모여앉아
축음기 틀어놓고 화목하게 즐긴다네.

어린놈들은 우리 얼굴에 그려진 줄음살에서나
옛날의 학대와 고생을 옛말처럼 읽어보며
늙은이들은 꼴호스의 목욕탕에 들어가서
뉘한 묵은 때재기를 거뿐하게 긁어내네.

나도 비록, 늙으막길에 다 들어서서
이렇게 비록 사등은 고불었지만
그래도 내 마음의 허리는 다시 펴져서
앞가슴을 막 헤치고 뛰놀고싶네.

3

야, 이 사람아, 그 젊은 피를
한꼬치만 딱 내게 주게
이 늙은이도 이 좋은 봄날에
저 맑은 하늘에서 날아보게

시뻘건 오각별이 번쩍이는
시허연 그 날개를 펼치고서
저 맑은 저 하늘에 올라가서
이렇게도 살기좋은 내 천지를
눈 자라는 그멋대로 보고싶네

구비구비 연당목을 늘여놓은
저 앞에 시내물도 내려다보고
600날갈이 푸른 영초를 펼쳐놓은,
반듯이 앉은 운리 논판도 내려다보게.

야, 이 사람아 그 젊은 피를
한꼬치만 딱 내게 주게.
나 먹고 등 곱은 늙은이도
우리 나라 하늘에서 날아보게.

□ 한 아뽈론 시편

가을

이슬의 마지막 방울이
찬바람에 떨어지고
기러기 떼 날개쳐 지나가니
봇나무의 신음 소리 들리네.

점점 높아 가는 저 하늘에
떠 다니는 검은 구름'장이
해'님과 격투를 시작하니
시월도 그믐을 기다리네.

서리'발 놀랜 풀포기
황금 속에 얼굴을 감추니
멀어 가는 시'내물 노래'소리도
비'방울소리에 사라지네.

만년갓 쓴 소나무만이
세상을 통차지하려는듯
창끝에 하늘을 꿰여들고
자랑찬 푸른날개 휘졌네.

황혼

분홍빛 명주폭에
둥근해 떠담은 석양
산마루에 걸친 안개
거미줄로 지는해 얽매려는듯.

마지막 해'살 붙잡으려
하늘 높이 뻗친 백양
굴뚝으로 타오르는 연기
갓난 별 따라 중천으로.

창문에 반짝이는 불꽃
해에 작별 인사 드리고
종일 려행에 맥빠진 시내'물
앞길이 멀다고 한숨 짓네.

시

강철을 깎아서 붓으로
가슴에 끓는 뜨거운 피'먹으로
한 자 두 자 곱게 그리니
이 종이장은 대리석 판이더라.

한 마디 두 마디 수천 마디

이어 놓으니 창날이 번쩍이고
한 줄 두 줄 진리로 엮으니
터지는 폭탄의 우렁찬 소리더라.

오늘의 이 봄

시월을 가슴에 품고
반 세기 자라 난
오늘의 이 봄
곱기도 하네,
푸른 봄이,
붉은 봄이.
산에도 봄이요
들에도 봄이니
이 내 가슴 속에
피는 행복의 봄은
높아서 흰눈 덮인
산봉에 이르고
넓어서 빨간 꽃 피는
열두 지평선이네.
맑은 하늘에 뜬
저 해'살에 놀란
흰 서리 간 곳 없고
나이 어린 복숭아도
곱게 단장하고

크나 큰 이 봄에
아지랑이와 산보하네

조국의 넓은 벌
창조의 우렁찬 노래'소리
나날이 드높아
이 땅에 뿌리 박고
수천 년 잠 자던 강산
위대한 시우러의 이 봄에
세기의 기'발을 높이 들고
붉은 해 맞이하네.
시월을 가슴에 품고
반세기 살아 온
내 나라 사람들
세기의 선두에 서서
행복의 꽃도
자유의 꽃도
만민의 가슴에 뿌리노니
지구를 떨치리
이 봄에 더욱 더 빛나리
그네들이 정성껏 이룬
불멸의 이 영예가

산문문학 작품(초)

□ 금각만

김기철

1

원동에서 쏘베트정권을 위한 투쟁이 기세 드높이 벌어지던 20년대초 였다.

해삼시 신한촌 하바롭쏘까야거리의 한 오막살이에는 박만수라는 지게 군이 살고있었다. 정처없이 손님 가자는대로 가는 그의 하루길은 매양 신구시가지로 내려가는 거리 첫머리 세길어름에서 시작되는것이였다.

오늘 아침에도 만수는 독립문곁에 와 섰다. 항구에선가 금각만 어디에 선가 울려오는 배고동소리가 귀를 파고든다. 그는 부지중 장대한 몸집을 움칫하고 회검은 수염으로 덮인 구리빛 얼굴을 들어 항구쪽에 시선을 던지며 짙은 두눈섭사이를 찌프렸다. 3년전 일본군대가 해삼(블라지워쓰 또크)에 달려들어 제집처럼 금각만으로 드나들며 날탕을 치는 그때로부 터 만수에게는 기적소리가 질색이였던 것이다.

이제나 저제나 하고 담배를 연거퍼 세대나 피웠는데도 짐가진 사람이 라고는 나타나지 않는다. 버럭 결이 났다. ≪튀 !≫ 공시간을 보낸것이 아쉬워 침을 탁 뱉고 그는 걸음을 떼였다. 이때 뒤에서 ≪요보, 요보≫하고 부르는 소리가 들렸다. 귀에 거슬리는 왜놈의 목소리다. 못듣는척하고 그냥 걸었다. ≪서, 서엇!≫하고 돼지 멱따는 소리를 지르며 달려오는 구두발소리가 가까워온다. 만수는 걸음을 멈추고 돌아섰다. 일본헌병놈이 헐떡거리며 달려와 앞을 막아서며 독살을 부렸다.

－귀가 메였어?

－네, 귀가 좀 메기두 했수다. 나이가 있지 않습네까? － 만수는 능청을 부리며 뒤말을 기다렸다.

－헌병대앞으로 걸엇!

－돈벌이를 가는 길이우다.

－걸으라면 걸을게지 웬 잡소리야.

－무슨 일인지 알아야 할게 아니우?

－짐이 있어.

－진작 그렇게 말할게지우.

혹시 잘못 걸리지나 않았는가 하여 가슴을 두군거리던 그는 안도의 숨을 내쉬고 싫은 걸음을 겨우 떼여 헌병대앞에 가 섰다. 지게를 벗어 받침대를 받쳐놓기도 바쁘게 헌병 두놈이 방수포로 싼 짐두짝을 들어내다가 지게에 놓고 동여맨 후 지라고 불호령를 내렸다. 지게를 지고 일어서려니 무엇인지 허리가 휠 지경으로 무거웠다.

－어디로 가는겁니까?

－내뒤를 따라!

헌병 한놈이 앞을 서고 다른 놈은 뒤를 따랐다. 두놈 어간에 서서 가자니 그 무엇이 종아리를 잡아당기는듯 걸음이 잘 되지 않는다. 더운물을 끼얹는듯 얼굴이 화끈하고 두눈이 캄캄해지여 동산마루에 떠오르는 해가 닭알만큼 되여 보였다. ≪한민학교에 불을 지르고 조선빠르찌산들을 불속에 쳐넣던것을 생각하기로니 일본헌병대 짐을 지고 다녀≫하고 오가는 사람마다가 질시의 눈총을 쏘고 수백의 손가락들이 저주의 화살을

보내는것만 같다. 아니나 다를가 아래골목에서 왁자지껄하기에 곁눈질
로 내려다보니 학교로 가던 학생애들이 자기를 가리키며 야단법석을 치
는것이였다. 량심의 가책을 받아 문득 멎어섰다. 뒤에 섰던 헌병놈이 말
께 채찍질하듯이 총가목으로 궁둥이를 박는다. 부아가 동하였다. 그는
더 생각지 않고 몇걸음 나가다가 오른쪽 어깨의 멜빵을 벗으며 우정 돌뿌
리를 차고 쓰러졌다. 지게가 박산이 되고 짐짝들이 딩굴었다. 뜻하지 않
은 변을 당한 헌병놈들은 죽은듯 늘어져있는 만수를 구두발로 몇번 차주
고 짐짝들을 주어모았다. 때마침 마차 한채가 다가와서 만수는 곤욕을
면하게 되였다. 놈들은 그 마차를 잡아세우고 짐짝들을 실은 후 만수에게
욕사발을 퍼부으면서 시내로 떠났다. 마차가 아래골목으로 한참 내려가
자 만수는 두팔로 땅을 짚고 일어나려다가 도로 주저앉고 말았다. 발목을
상하였던 것이다. 행인들이 모여들어 그를 둘러쌌다.

－몹시 다쳤습니까?

－보면 알리는데 물을건 뭐요? － 건장하게 생긴 중년의 사나이가 만수
를 껴안아 일으켰다.

그는 한쪽 소매로 먼지투성이가 된 얼굴을 씻고 날카로운 시선으로
말을 달려가는 헌병놈들의 뒤를 쏘아보며 중얼거렸다.

－짐승같은 놈들, 코꿰운 송아지처럼 끌려갈줄 알았니? 이 몸이 열두쪽
이 되여도 너희들 짐은 안진다.

－과연 잘했소. 장한 일이오 － 여러입에서 이런 말들이 쏟아져나왔다.
중년의 사나이가 물었다.

－아바이 댁이 어딥니까?

－저 13번지 큰집 곁채 오막살이우다.

－그럼 업히시우. 제가 댁까지 모셔다 드리지요 － 그는 등을 들여대였다.

－좀 지나면 자비로 걷겠지우 － 만수는 사양하였다.

옆에 서서 보고있던 젊은이가 뛰여나와 중년사나이에게 말하였다.

－우리 둘이 함께 모셔갑시다－그는 만수의 다른쪽 겨드랑에 팔을 넣어 일으켰다. 만수는 두사람에게 부축되여 외다리걸음을 떼였다. 깨여진 지게쪼각들을 주어 동여가지고 기다리고 있던 나이가 진득한 사람이 뒤를 따랐다. 다른사람들도 거의나다 그뒤를 따랐다. 아이들은 마치 큰 구경거리나 생긴듯 어른들 두리에서 오락가락하며 따라갔다. 저절로 무어진 이 행렬은 그어떤 시위운동을 련상시켰다. 바로 헌병대앞을 지날 그순간이였다. 사람들속에서 그 누구인지 헌병대집꼭대기에 달린 일장기를 쳐다보며 웨쳤다.

－저놈의 기발을 떼버리지 못해!－사람들은 일제히 멈춰서며 지붕에 시선을 보내였다. 두사람은 로인을 끼고 그냥 걸었다. 몇놈 안되는 헌병놈들은 어찐 영문인지 몰라 눈들이 휘 둥그래 내다볼뿐 나올 엄두를 내지 못하였다.

제13번지에 이르러 로인을 오막살이에 들여다 눕혔다. 아무리 둘러봐야 변변한것이라고는 아무것도 없는 구차한 살림이였다. 중년의 사나이가 물었다.

－댁에 다른 식구는 없습니까?

－홀몸이우다－만수는 한숨을 쉬였다.

두사나이는 곁없는 로인을 이대로 두고 갈수 없었다. 그들은 로인을 돕기로 의논이 맞아서 바깥으로 나왔다. 사람들은 거의나 남아있었다. 중년의 사나이가 그들을 향해 말하였다.

－여러분들! 혼자 사는 로인입니다. 약과 잡술 것을 좀 사들여야 하겠습니다－하고 옆차개에서 50전짜리 은전 한잎을 내여 보이며－제게는이것뿐인데 몇푼씩이라도 보태여 도와드리 는것이 좋겠습니다.

여러사람들의 손이 품속으로, 호주머니로 들어갔다. 돈 가진 사람들은 거의나 다 얼마씩이라도 내놓았다.

중년의 사나이는 약방, 젊은이는 상점에 가서 약과 홀레브, 기타 식료

품들을 사다가 남은 돈과 함께 로인에게 드렸다.

－여러분들이 돈을 모아 산것입니다. 저희들은 볼일이 급해서…몸조리를 잘 하십시오.

두사람은 곧 나가버렸다.

만수는 너무도 의외여서 격동된 나머지 미처 감사의 말도 못하였다. 두팔로 구들바닥을 짚으며 앉은뱅이걸음으로 가서 문설주를 잡고 일어서서 문을 열고 내다보니 다들 헤여져 가고 문역에는 알뜰하게 묶어놓은 지게조각들이 서있을뿐이다.

－참 고마운 사람들이야… 만수는 감개무량하여 두눈구석에 눈물이 괴였다.

2

요드를 여러번 발랐지만 발목이 더 딩딩 부어오르기만 하였다. 더운물 찜질을 했으면 좋으련만 물을 손수 끓일수 없고 끓여줄 사람도 없었다.

타향살이의 설음이 북바치며 지독한 고독감이 전신을 사로잡았다. 그 럴수록 만수는 자기로 하여금 정든 고향, 사랑하는 어머니와 처자를 버리고 강동의 고생살이를 떠나게 한 왜놈들이 더없이 가증하고 저주로웠다.

실로 그것은 뜻하지 않은 돌발적사변이였다. 박만수의 본성명은 김창수인데 청진이남 바다가의 한 작은 어촌에서 그는 처와 더불어 칠십로모를 모시고 열세살에 나는 아들애 룡바위를 기르며 살고있었다. 먼 조상을 비롯하여 대대손손이 전해오는 생업이 고기잡이라 만수도 청춘시절부터 바다로 다니며 고기를 잡아 생계를 이어왔다. 해풍이 불고 땅은 메말라 큰 농사는 못하지만 밭떼기들을 일쿠어 남새를 심고 고기를 팔아 쌀을 사서 네식구가 끼니는 끊지 않고 살았다. 크게 바랄것도 나올것도 없는 벽촌이라 량반벼슬아치들의 성화도 비교적 덜 받았다.

그런데 왜놈들이 오면서부터 사태가 전연 달라졌다. 왜놈순사들이 자주 오고 세납들이 불고 부역들이 많아져 살기가 점점 바쁘기만 하였다. 그래도 그들은 벙어리 랭가슴 앓듯이 찍소리 없이 서로 도우며 부지런히 일하면서 괴로운 나날을 보내지 않으면 안되였다. 살림에 쪼들릴수록 그들은 모두가 왜놈의 탓이라고 가슴속 깊이 불평을 품었다.

(중략)

그래서 이 명동촌에 와서 지방유지들과 선생님들의 도움을 받아 기숙사생활을 하며 고학을 해서 작년에 명동녀중학을 마쳤습니다. 룡암씨는 남중학을 다녔지요. 우리가 약혼한 후 어머니가 앓으시지만 않았더라면 룡암도 안무선생을 따라 로령으로 갔었을거애요. 수백명의 청년들이 로씨야혁명군과 손을 잡고 싸우러 갔어요. 우리는 부득이 집에서 어머니 병시중을 하지 않으면 안되였어요. 어머니병만 나으면 우리는 어머니를 모시고 해삼으로 아버님을 찾아가기로 했었지요. 제가 부채골로 볼일이 있어서 간 그날밤에 그만…

영란이는 목이 메여 더 말을 잇지 못하였다. 눈망울이 수정처럼 맑고 코가 오똑하니 솟고 얼굴이 갸름하며 살색이 희여 고생한 사람 같지 않고 몸가짐에서 어딘가 당돌한 감을 준다. 학교문턱도 못넘어본 만수는 아들과 며느리가 다 중학을 나와서 지식이 상당하다는 생각에 몹시 대견하였다. 저런 처를 두고 한창 살 나이에 다시 못 올 길을 떠난 아들이 애석하기 그지 없었다. 십년 남짓이 못본 성년이 된 아들을 만수는 헤여질 때 모습 그대로 회상하면서 가슴이 더욱 미여지는 듯 하였다.

만수는 어떻게 했으면 좋을지 갈피를 잡지 못하여 고개를 숙이고 한숨만 내쉬였다. 홀로 난 외로운 몸을 저버린다는것도 인도에 어그러지고 청춘과부로 일생을 희생시키게 한다는것도 못할 일이 아닌가. 영란이는 시아버지의 이 딱한 심정을 알아차린듯이 아주 정색을 하고 결단적으로 말하였다.

－아버님, 일단 김씨가문에 몸을 허락한 이상 룡암씨를 대신하여 아버님을 모시겠습니다.

－아가, 말만 해도 감사하다. 그러나 새파란 청춘에 어떻게 홀로 살겠니? 마음을 크게 먹고 장차 네가 살 도리를 해라.

－아닙니다. 몇달후이면 애기를… － 영란이는 이에 그치고 얼굴이 발개 반쯤 돌아앉았다.

－아가, 그게 정말이냐? － 만수는 수색으로 가득 찼던 얼굴에 활기를 띄우며 단호하게 말하였다.

－룡바위는 구대독자다. 인젠 대를 잇게 되었구나. 하늘이 도운 셈이다. 가자. 나하고 함께 가자. 오늘이라도 떠나자!

이렇게 며느리문제를 해결하고나니 그제야 만수는 감감히 잊었던 지팽이가 생각났다. 묘지에 가서 영별할 때 쓸 음식을 갖추고 떠날 차비를 하려고 나가는 영란이를 불러세우고 방에 들어가 지팽이를 들고 나왔다. 응당 먼저 처리해야 할 일을 깜빡 잊은것이 죄스러워 서둘러 지팽이를 꺾고 그속에 든것을 내여 영란에게 주며 말하였다,

－이건 레닌선생에 대한 이야기란다. 학교당국을 찾아 전하고 등사판에 찍어 널리 돌리라고 하더라. 다 죽고 그럴 사람들이 있겠는지?…

－다 죽지 않았어요. 그럼 이 문헌문제부터 해결하겠어요 － 영란이는 문헌을 품안에 알뜰히 간수한 후 시아버지더러 아무데도 가지말고 집에서 푹쉬며 로곤을 풀라하고 나가버렸다.

영란이가 나가자마자 나이가 진득한 사람 둘이 찾아왔다. 그들은 《김룡암의 부친입니까?》하고 허리를 굽혀 인사한 후 마당에 둘러앉아 로친과 아들을 잃은데 대해 심심한 애도의 뜻을 표하며 만수를 위로하였다. 그리고는 로씨야에서 황제가 쫓겨났을는것이 사실인가, 원동에서 신구당싸움이 어떻게 되며 언제 끝나는가, 농사짓는 사람들이 땅의 주인이

된다는것이 정말인가, 지어 한 사람은 레닌을 보았는가 하고 묻기까지
하였다. 만수는 동걸에게서 들은대로 이야기하였다.

위험한 환경을 타산함이였는지 사이를 두고 몇몇씩 오는 조객들의
이런 방문은 오후까지 계속되였다. 오는족족 만수는 그들에게 숱한 조선
의병들이 로씨야붉은파편에 들어 왜놈들과 싸우며 안쪽에서는 붉은파들
이 완전히 권리를 잡고 아무르강이남과 철도연선과 해삼방면만이 남았
는데 오래지 않아 백파찌거리들이 영영 패망하고 왜놈들도 쫓겨가리라
는것을 힘주어 말하였다. 오는 사람들은 주로 원동전선에 자제들을 보전
분들로 그의 말을 듣고 기분이 좋아서 돌아갔다.

오후 3시경에 영란이가 돌아왔다. 그는 시아버지에게 레닌의 문헌에
대한 처리가 뜻대로 되였다는것을 알리고 묘지에 들려서 곧 떠나야 한다
는것을 말하였다. 그것은 로씨야에서 사람이 왔다는 소문이 온 마을에
퍼졌기때문에 각지에 밀정망을 늘이고 미쳐날뛰는 일본경찰들이 임의의
시간에 달려들수 있다는 리유에서였다.

부득이 예정행사를 그만두고 그들은 합장묘로 가지 않으면 안되였다.
묘지가까이 큰길 한편에 중국인유개마차가 서있었다. 시아버지와 며느
리는 합장묘앞에 눈물을 머금고 한참 서서 고인들과 영별한 후 마련해
온 중국옷들을 갈아입고 마차에 올라 아직 세상을 보지 못한 그 꽃봉오리
에 한가닥 희망을 걸고 해삼길을 떠났다.

*   *   *

만수가 떠난 후 웬일인지 세상은 더 뒤숭숭해지고 리가보조원놈이 하
루도 빠짐없이 줄곧 와서 만수가 언제 돌아오느냐고 묻군하였다. 그래서
아주머니와 분녀, 순탄어미는 그런줄 모르고 집으로 오다가 만수가 잘못
되지나 않을가 하여 여간만 속을 썩이지 않았다.

그러던 어느날 저녁편에 만수가 영란이를 데리고 왔다. 아주머니는 마당에 달려나와 맞으며 두리번거리다가 물었다.

- 성님과 룡바위는?

- 봄에 날이 따뜻하면 올게우다.

- 차라리 잘 됐소. 여기도 복잡한데. 순탄어미가 자기 집으로 모시고 오랬는데 가게오- 하고 서둘러 앞선다. 만수는 ≪필시 무슨 일이 생겼구나≫하고 가슴을 조이며 영란이를 데리고 따라섰다. 순탄어미는 그들을 보자 무척 반가워하며 친절히 맞아주었다. 만수는 며느리에게 소개하였다.

- 아가, 인사를 올려라. 저분은 친형제처럼 지내는 집안집 형수님이시구 이분은 내가 신세를 많이 진 순탄어머니이다.

영란이는 절을 했다. 좌를 정한 후 만수는 천천히 말하였다.

- 소문을 들었는지 모르지만 간도에는 왜놈들의 토벌이 일어나 다 죽고 이애 하나가 살았수다. 며느리우다- 하고 만수는 말을 계속하지 못하고 고개를 떨구고있었다. 가슴속에서 다시금 격분이 치솟기때문이였다. 아주머니와 순탄어미도 너무 기가 막혀 묵묵히 영란이만 바라볼뿐이였다. 이때 분녀가 달려들어오며 다급히 말하였다.

- 아바이? … 저 헌병대 리가놈이 또 와서 아바이 왔는가 물어보고 갔어요.

그제야 순탄어미가 전후사연을 이야기하면서 한번은 리가가 와서 너의 아바이 박만수가 아니고 김창수지 하고 분녀와 묻더라고 하였다.

- 그것은 아버님의 본성명인데요- 하고 영란이가 말참견을 하였다.

- 아, 그랬던가요. 그럼 몸을 피해야겠어요 - 순탄어미가 말하였다.

- 저앨 두고 어딜 가라우?

- 아버님, 큰일 나겠어요. 제 념려는 하시지 말고 어서 피신하십시오.

- 그러나 이 초면강산에 몸이 비지 않은 너를 두고 어찌…

- 그럼 임신중이구먼요. 아주버니, 새각씨는 내가 맡아 순탄이처럼 돌

봐주지요.

넷이 앉아 의논하고 영란이는 순탄어미집에 남고 만수는 신동걸이 들어 싸우는 빠르찌산부대를 찾아가기로 하였다.

이튿날 동틀무렵에 전송을 나온 아주머니와 순탄어미하고 작별 인사를 나누고 만수는 영란에게 돌아섰다.

－아가, 오늘 우리 처지는 이렇다. 그렇지만 언제라도 좋은 날이 오겠지. 기다려라. 몸조심히…

－몸건강히 꼭 돌아오세요!

－오냐. 저놈들을 금각만 저쪽으로 쫓아내면 꼭 오겠다. 나한테 해삼길을 열어준, 내 눈을 띄워준 금각만! 다시 오마. 기다려라.

만수가 탄 배는 멀어져가는데 동녘하늘은 붉게 붉게 타올랐다.

＊　　　　＊　　　　＊

그들이 기다리던 그날은 돌아오고야 말았다. 1922년 10월 25일 일본무장간섭자들은 금각만 저쪽으로 영영 쫓겨가고 해삼이 해방되었다. 뒤이어 두만강에까지 이른 추방전에 참가한 동걸과 만수가 돌아왔다. 그리고 시월혁명 다섯돐날 원동에서의 쏘베트정권의 종국적승리를 경축하는 대시위행렬속에서는 두살에 나는 손자를 안고 며느리 영란이와 순탄어미를 앞세우고 만수가 동걸이, 김의사, 정림, 영호와 함께 걸어나가고 있었다.

□ 십오만원 사건

김 준

제일장

8월의 깊은 밤. 모진 바람. 파치는 먼지. 땅'덩이가 온통 하늘 공간
어디로 옮겨 가는듯 하다. 이 바람과 먼지에 휩싸인 마을, 와룡동이란
조선 마을. 한 집 방 안 낮다란 장방형 책상 우에 람포'불이 켜져 있다.
고요하다. 다만 어간 방에서 누구인지 코고는 소리만 들려 왔다. 람포'불
이 켜진 방문에는 이불이 가리워져서 불빛도 바까ㅌ으로 비치지 못 한
다.

17세 소년이 그 책상에 마주 앉았다. 광대뼈가 좀 나오고 하관이 뾰고
낯색이 희다 검은 양복 바지에 희ㄴ 적삼을 입었다. 그는 자기의 왼손을
책상 우에 반듯이 놓았다. 정신을 도사린 기색을 띄고 조고마한 주머니
칼로 침착하게 왼손 무명지 끝을 밴다. 알릴락 말락 몸서리를 치고 나서
는 달팽이만한 중국 사기 알각잔에 떨어지는 그 자기의 피를 가는 모필
에 묻히여 손바닥만한 희ㄴ 명주에 조심하여 글을 쓴다.

鐵血光復 盟誓
1914년 8월 10일
최봉설

이 글을 쓰고 나서 봉설이는 지도에서만 보는 삼천리 강산과 국자가
시에서 간혹 보는 일본 순사 놈들을 상상하였다. 이 상상과 함께 ≪철혈
광복 맹세≫를 입 속으로 외우며 붓대를 상우에 놓은 다음 곁에 앉아있는
사람을 쳐다 보면서 왼손 엄지가락으로 베진 손'가락 끝을 꼭 눌렀다
그럴 때 얇은 입술이 약간 떨리었다. ≪철혈광복 맹세≫를 또 입속으로

외우는 것이었다.

곁에 앉은, 검정 조선 두루마기를 입은, 나이 한 40세 푼히 되여 보이는 사람이 베진 그 손'가락에 요드를 치고 붕대로 싸매 주었다. 그리고 미리 희ㄴ 사기 종지에 떠다 둔 물에 붓과 알각잔을 씻었다. 발간 피'물이 종지안에 퍼지었다. 그 사람은 붓과 알각잔과 주머니칼은 종이에 싸서 자기 저고리 안 주머니에 넣고 소년이 혈서 맹세를 쓴 명주 쪽은 자기의 양말 목에 넣은 다음 엄숙히, 그러나 나직히 말하었다.

─야, 봉설아, 이 시각부터 너는 철혈광복단원이란 걸 알아야 해. 내 또 한 번 더 일러 주는 터이니 명심하란 말이야. 철혈광복단이란 말은 피로써 대한 독립을 찾는단 말인거야. 이것을 너 혼자만 알고 깊은 비밀에 감춰 두지 않으면 안 돼. 이 비밀을 일본놈들이 알게만 되면 우리가 죄다 붙잡혀 죽어. 그런데 우리 철혈광복단원들에게는 《우죽 선생》이란 암호가 있어. 그 어떤 사람이 우리 단원인가, 아닌가 하는 것을 알아 보려면 《당신이 우죽 선생을 아십니까?》하고 물어 보아, 안다고 하면 그는 우리 단원이고 모른다고 하면 단원이 아니야. 그런 줄을 알아라. 부디 조심해…

이렇게 당부하고 전 국보는 람포'불을 먼저 끄고 바까ㅌ에 나서서 바람 속에 사라지었다. 다음 봉설이는 어두운 방 속에 누워서, 며칠 전에 역시 비밀히 단장과 주고 받은 말을 회상하였다.

─그렇게 피를 내여 혈서 맹세를 하면 대한 독립이 꼭 됩니까?─하고 봉설이는 자기의 피'값을, 피의 힘을 실로 알고 싶었다.

─아무렴, 꼭 되지─하고 철혈광복단 단장 전 국보가 믿음성 있게 말하였다.─그런데 우리의 혈서 맹세의 피'방울은 장차 많은 피를 흘리겠단 그 마음을 다지는 것일 따름이야. 그런 몇 방울의 피를 가지고서는 독립을 못 해, 선지 피를 많이 흘려야 돼!

그 《선지 피》가 소년의 눈에 번쩍 보이리만큼 단장의 말은 피로 된

말이였다. 그러나 봉설이에게는 그런 피의 힘은 잘 보이지를 않았다. 그래서 알아내지 않으면 안 될 그 어떤 비밀을 알려는 열정이 반짝이는 눈으로 전 국보의 얼굴을 쳐다 보며 재차 물었다.

- 저는 독립을 해야 된다는 말을 많이 듣고 또 말하고 했지만 독립을 어떻게 해야 하는 것은 잘 모릅니다. 더군다나 선지 피로 독립을 한단 말은 실로 잘 알려지지 않습니다.

- 선지 피로 독립을 한단 말은 독립에 목숨을 바쳐야 한다는 말이야. 례를 들어 일본놈이 총창으로 찌르고 덤벼 들면 물러서지 말고 그 창을 가슴으로 받으면서도 독립을 위하여 최후 일각까지 싸워야 한단 말이야…

- 일본놈이 총창으로?… - 하고 봉설이는 몸을 움찍 솟으며 단장의 말을 중둥무이하였다. - 총창으로 찌르려고 한다면 그 창끝(일본놈들의 넓적한 총창이 봉설이의 눈에 번쩍 보이였다)을 꼭 가슴으로 받아야 합니까? 그런 창으로 마주 찔러서는 안 됩니까?

- 안 되기야 왜 안 되겠냐만 우리에게 마주 찌를 창이 없는 경우에는 빈 주먹으로라도 싸워야 된단 말이야.

- 그건 값 없이 그저 죽어 버리는 겁니다. 그렇게 우리가 죽기만 하면 독립이 다 뭐ㅂ니까?

- 그렇게 이천만 사람이 다 죽을 리는 없는 거야. 인도 정의가 있고 만국 공법이 있으니까.

≪인도 정의≫, ≪만국 공법≫이란 말을 전 국보는 조선 독립의 상징처럼 믿었다.

이 ≪정의≫, 이 ≪공법≫을 봉설이도 하느님 같이 믿는 터이다. 그러나 정의나 공법이나 독립이 죽은 사람에게는 아무 소용도 없다고 봉설이에게는 생각되였다. 그래서 결단적으로 말했다:

- 선생님, 저는 그렇게 무단히 죽지는 못 하겠습니다. 살아서 독립도

하고 값 있게 살아 보고 싶습니다. 살자면 힘이 있어야 됩니다. 약육강식이라고 말들 하지 않습니까? 강해야 사는 겁니다.

－그래, 강해야 돼. 강하다는 것은 무엇보다도 마음이 강한 것을 이르는 말이야. 마음이 쇠'덩이 같은 사람의 몸에는 총칼도 들지 못 하는 거야. 그러길래 우리가 혈서 맹세를 하여 마음에서부터 쇠옷을 입히는 거야.

－하며 전 국보는 이마에 내돋은 땀을 손바닥으로 훔쳤다.

이 말에 봉설이는 흥분된 기색과 어떤 희망이 나붓기는 심정으로 묵묵히 동의하였다.

혈서 맹세를 한 이 날 밤에 봉설이는 종시 잠을 이루지 못 하였다. 《철혈광복》, 《우죽 선생》, 삼천리 강산, 이천만 동포, 일본놈－

(중략)

구름 한 점 없는 가을 하늘에 솟아 오른 살틀한 보름 달 빛 아래에서 두 청년은 조급한 마음으로 돈을 세여 보기 시작했다. 크게 혹은 적게 묶음을 하고 묶음에 마다 돈 액수를 써 낳스다.

－십오만 원!－ 하고 준희가 웨쳤다.－또 십오만 원은 그 말 두 필에 꼭 있을 게야. 확실히 삼십만 원이 왔겠구나! 이게 다 기설의 덕이야.

두 사람은 기설이가 그 짐과 같이 오지 않은 것을 여러 가지로 해석했다.

－총에 맞아 영 죽을가봐 무서워 못 왔을 게다. 다른 리유는 있는 것 같지 않아.－ 이것은 봉설이가 추측하는 말이다.

－무서워서 그런 것 같지 않다. 무서우면 애초에 나서지 않았을 거지. 무슨 다른 사고가 꼭 있을 게다.

…달은 점점 더 하늘에 높이 떠 오른다. 반 지한 시가 지나 가도 웬 일인지 상호와 국정이가 오지 않는다. 무슨 일이 생겼스는가?

시간이 지나 갈 수록 산 속은 더 밝아지고 더 잠잠하다. 그럴 수록 두 사람의 마음은 어떤 불길한 예감과 공포를 찾느라고 이따금 이따금 소리를 내치였다. 이 소리는 두 청년으로 하여금 호랑의 고함 소리보다 더 몸서리치게 하였다.

　- 엑, 이 말들을 죽여 버리자 - 이렇게 봉설이가 발끈 성을 내였다. - 말이 우는 소리를 듣고 왜놈들이…

　- 그건 호박을 쓰고 돼지굴로 들어 가는 셈이야. 말을 죽이자면 총소리가 나지 않는가…

　이 때에 멀리서 나무 삭정이 부러지는 소리가 들려 오더니 귀에 익은 국정이의 짤막한 휘파람 소리가 또 들려 왔다.

　- 인제야 오는구나 - 하며 봉설이가 맞 휘파람을 불었다.

　두 사람의 눈에는 말을 탄 상호와 국정이가 오는 것 같이 어슴프레 보였다. 나무에 맨 말들도 먼 자취를 듣고 귀를 쭈ㅇ긋쭈ㅇ 하면서 그 쪽을 본다…

　- 어떻게 돼서 걸어 와? 말은 어쩌구? - 이렇게 거의나 일시에 두 사람은 되 물었다.

　- 너들이 가져 온 건 돈이 확실하냐? - 이렇게 거의나 일시에 두 사람은 놀랍게 물었다.

　- 얼만가?

　- 십오만 원.

　그들은 말 없이 땅에 맥 없이 들어 앉았다.

　- 그런데, 야들아! 말을 어쨌어? - 하고 봉설이는 국정이를 량 손으로 부둥켜 잡으며 울다 싶이 또 물었다.

　- 빼웠어 - 하고 국정이는 마치 용서 못 할 죄를 지은 사람처럼 입안으로 중얼거리였다.

　- 빼우다니?… 어떻게 하다가 빼웠단 말이냐?

　- 타려다가 떨어졌다.

　- 둘이 다 떨어졌냐?

　- 둘이 다.

(중략)

《따왈씨》 - 이 말은 원쑤를 앞에 둔 사람들의 같은 정신과 같은 피와 같은 호흡을 한 데 뭉치는 엄숙한 힘이다.

《따왈씨》 - 이 말은 살빛이 흰 사람과 누른 사람들이 오늘 밤에 공통한 원쑤를 마주쳐 나가는 행진곡이다.

한 운룡 중대는 제때에 들어 서지 못 하였다. 그러나 행군령은 내리였다. 기관차는 갑자기 검은 연기와 증기를 뿜으면서 움직 떠난다. 기적 소리는 없다. 군인 렬차는 천천히 앞으로 나간다. 별이 수북한 검푸른 하늘 밑, 흰 눈이 깔린 땅 우으로 무겁게 움직이는 차는 마치 마주치는 흰 풍파를 누르며 대해로 나가는 장엄한 함선 같기도 하다. 백파와 일군이 들어 온다는 우쑤리 쪽에 정신을 뻗힌 군인차는 마치 태양을 앞세운 것처럼 앞 길이 똑똑히 보인다.

기관차가 이따금 김을 토하는 소리와 차량이 덜렁거리는 소리가 전쟁이 뒤번지는 소리와도 같이 들리는 봉설이는 백전 백승하리라는 믿음과 아울러 동지들을 추억한다. 완연히 눈에 나타난다. 림 국정, 윤 준희, 한 상호. 그들이 이 차량에 앉아 간다. 그들도 차량 바닥에 앉아서 무릎 사이에 장총을 세우고 량 손으로 틀어 잡고 철띠를 어깨에 메고 허리에 띠고 했다. 《너희들의 령혼이 우리와 같이 가는 구나》 - 하고, 속으로 중얼거리며 봉설이는 눈을 크게 뜨고 주위를 휘 - 돌아 봤다. 길룡이와 웅세도 무슨 생각에 감이였다. 그들은 봉설이가 심중으로 보는 사람들 외에 김 옥금이를 또한 보는 것이다. 봉설이는 빙그레 웃었다. 죽은 동지들이 다시 살아 나서 《대한 독립 만세!》하고 또 웨칠 길을 가는 듯 하였다. 다음에 봉설이는 선희, 어머니, 아버지를 본다. 그리고는 봉설의 마음이 양 허재로 돌아지였다. 불을 때여 주던 그 부어ㅋ, 발방아, 인숙…저고리 안 호주머니에 넣어 품에 품고 가는 붉은 명주 수건 - 인숙이가 함께 가는 듯 하다.

□ 꾀꼬리 노래

림 하

청춘 남녀의 사랑이 어디서부터 시작되는가? 하고 물으면 증산 경쟁의 불꽃이 튀는 직장에서, 3-4층 건물이 일떠서는 건설장에서, 새 땅을 갈아 번지는 처녀지에서, 과학의 문을 열어 제끼는 학교에서, 달뜬 강가에서, 수림이 우거진 공원에서, 음악이 울린느 무도장에서, 음악이 울리는 무도장에서, 승부를 다투는 운동장 등동에서 그리고 보통 있을 수 있는 또는 비상한 경우에서도 사랑이 시작 될 수 있다고 말들할 것입니다.

그러나 내가 말하려는 사랑은 전류에서 울리는 꾀꼬리 노래로부터, 아니 웬 뚱딴지 같은 전화통으로부터 시작 됩니다. …성남이는 금년에 스물 한 살인 혈기 방장한 청년입니다. 십년제를 졸업하고 벌써 세 해째 농기계 수리소에서 선반공으로 일하며 두 해째 농업 대학 통신 학부에서 공부합니다.

"공산주의적으로 로동하며 배우며 살자!"는 구호는 최근 우리나라 청년들을 한 없이 감동시킵니다. 그것은 7 개년 계획이 누구에게 보다도 청년들 앞에 크고 넓은 전망과 상상할 수 없던 활무대를 열어 놓았기 때문입니다. 성남이는 초봄 어느 토요일날 일터에서 돌아 와 세수한 다음 물리학 교과서와 공책을 끼고 합숙 곁방에 있는 붉은 구석으로 들어 갔습니다. 마침 붉은 구석은 아무도 없이 텅 비여 조용했습니다. 이렇게 조용한 때 시험준비를 해보자 하고 물리 책을 펴놓고 전날 저녁 읽던 페지를 번지고 한참 계속하여 읽었습니다. 창문 밖에서 초봄 바람이 겨울을 대지에서 내쫓노라고 나무가지들을 뒤흔들고 있었습니다.

성남이 책을 보고 있는 상앞에는 자동 전화가 놓여 있었습니다. 문뜩 성남의 시선이 전화기에 옮겨지자 어제 저녁에 력학의 한 공식을 잘 리해할 수 없던 것이 생각이 나서 대학 사학년에 다니는 자기 동무한테 전화를 걸었습니다. 전화 번호는 02 - 14였습니다.

－알로, 누구입니까?

－누구를 찾으세요? － 하고 은방울 울리는듯한 녀자의 명랑한 목소리가 들렸습니다.

－02 - 14호 입니까? － 당황한 성남이는 재차 물었습니다.

－아니애요, 여기는 02 - 13이애요 － 애교가 끓는 처녀의 목소리였습니다. 성남이는 전화 손잡이를 놓으려고 하다가 메브람에서 울리는 그 목소리가 너무도 아름다워서 웬일인지 울렁거리는 가슴과 숨소리를 죽여 가면서 다시 물었습니다.

－그런데 동무는 지금 무슨 일을 하십니까?

－지금이요? 시험 준비를 해요 － 역시 듣던 목소리였습니다. 전화 손잡이를 그 처녀가 놓지 않는 것이 성남에게는 퍽 반가웠습니다

－네, 나 역시 시험 준비를 하는 중입니다. 그런데 동무도 대학생이지요?

－녜, 통신 대학생이애요.

－그거 참 나와 꼭 같군요. 그럼 내가 모를 것이 있는데, 동무에게 물어도 좋습니까?

－내가 무얼 아는게 있어야지요.

－그렇게 겸손을 따지 맙시다. 저 뉴톤의 만유인력말입니다. 거기에 공식이 하나 있는데……

－만유인력을 나도 중학교에서 배웠는데, 지금은 거의 다 까먹었어요. 나는 지금 통신 음악 대학을 다닙니다.

－아, 그렇길래 그렇게도 목소리가 아름답지요.

그런데 미안하지만 동무의 이름이 무엇인가요?

－내 이름은 곱단이요.

성남이는 그와 말하는 처녀의 이름이 곱단이란 것을 알게 되었습니다. 성남이는 무슨 발견이나 한 듯이 한결 마음이 유쾌하여졌습니다.

ㅡ 이름도 좋고 용모도 곱고 목소리도 아름다워 곱단이지요 ㅡ 이것은 또한 성남에게서 뜻밖에 불쑥 나온 롱담이였습니다.

ㅡ 아니, 무엇이래요? ㅡ 조금 성난 목소리였습니다.ㅡ 너무 놀리지 마시오. 그래 동무의 이름은 무엇이요?

ㅡ 내 이름은 성남이애요.

ㅡ 호 호 호…성남이, 성남이…이름이 참 부르기 좋아요…호 호…성남 동무 지금은 나도 시험 준비가 바쁩니다. 이야기는 다른 닐로 밀립시다.

ㅡ 그러합시다. 내 꼭 전화를 걸테니까요, 곱단 동무 안녕히…

저쪽에서 전화 손잡이를 놓는 소리가 들렸습니다.

이렇게 성남이와 곱단이 사이에 처음 교제가 시작되였습니다. 그 후 그들은 여러 번 서로 전화로 이야기했으며 전화를 통하여 서로 친숙했졌습니다.

곱단이는 작년에 중학교를 졸업하고 방직 공장에서 일하면서 통신 음악 대학을 다니며 방직 공장 녀직원들의 합숙에서 산다는 것도 성남이 알았지만 아직 서로 친히 대해 본적은 한번도 없었습니다.

하루는 성남이 력학 시험을 치른 날 5점의 성적을 받고 기분이 좋아서 합숙에 돌아 와 또 곱단이한테 전화를 걸었습니다.

ㅡ 곱단이지요, 나 성남이요.

ㅡ 아, 성남인가요, 난 어제 글린까의 "종달새"를 불러서 5점을 받았어요 ㅡ 매우 기뻐하는 목소리였습니다. 성남이의 기분도 한층 더 유쾌해졌습니다 ㅡ 그런데 그 만유인력에 대하여 다시 교과서를 들추어 보았어요 물체가 무거우면 무거울수록 그 인력이 크고 거리가 멀면 멀수록 물체의 인력이 그만큼 약하다는 법칙이지요?

(후략)

ㅁ 첫 걸음

리 와씰리

비탈진 산허리를 굽이지어 벋어 내린 대들로 부연 물결이 거품을 일으키며 며칠째 밤낮 흐르고 있다. 언제 보아도 흐린 물이였다. 이 물을 볼 때마다 나는 마치 그 물과 말하는 듯 함을 마음 속 깊이 느꼈다. 거기에는 나의 희망, 나의 호흡이 깃들어 있다. 이 물은 힘차게 나의 가슴을 끌어당기며 물걸음은 내 마음을 따랐다. 요즘 나의 생각은 장참 물에 감돌아 돌며 그 속에서 헤염치고 있다. 오늘 저녁에고 논판에 흘러 드는 수 많은 물줄기를 눈 앞에 그리며 잠자리에 들었다.

…밤낮 닷새가 실히 지나 갔다. 거멓던 밭이 흰 물결로 번쩍거리고 있다. 물에 반사된 해살에 사물거려 눈을 뜰 수 없다. 가는 줄도 모르게 어느덧 몇 달이 지나 갔다. 자, 이 벼를 봐! 논배미마다에 꽉 차 넘치는 벼. 돌을 들어 던져도 샐 틈 없는 황금 같은 벼가 바람이 획 불때마다 처녀 물보기 군인 나에게 고맙다고 인사를 하는 듯 고개를 굽실한다. 흥분되여 가슴이 들끓었다. 풍년의 노래라도 힘껏 부르고 싶다. 벼이삭을 쓰다듬기도 하고 키를 겨눠 보기도 했다. 내 키가 중키나 되지만 벼가 거의 겨드랑에 닿는다. 이것은 나 혼자만이 맛보는 기쁨이다. 그런데 웬 일인가? 낯 모를 사람이 나와 악수하며 칭찬하고 간다. 매일 그 모양이다. 어떤 손님들은 지어 승용 자동차에 나를 태워다 주기까지 한다. 영화 촬영소에서 온 사람들은 사진기를 갖고 이것저것 찍다가 나도 찍느라고 덤비여친다. 무심 중 내가 웃으니 그들도 히죽 웃어 보인다.

추수철엔 손님이 더 복잡하게 다녔다. 꼼바인에서 벼를 받는 자동차들이 꼬리에 꼬리를 물고 달린다. 벼 무지가 날로 자라 태산 같다. 추수가 끝나자 벼도 국가 창고로 수송되였다. 어느 날 사회주의 경쟁을 총화할 때 나는 주악 소라, 박수소리, 환호 소리 속에서 상금과 표창장을 받으면서 빙그레 웃고만 있었다. 하루는 쏩호스 지배인이 나더러 옷을 잘 차려 입고 오라고 했다. 내가 사무실 복도에 들어 서자 보는 사람마다 "넌 모쓰크와 구경을 하게 됐으니 얼마나 좋겠니!"하고 마치 약속아나 한 듯이 빙그레 웃으며 부러워 했다. 그럴 때마다 나는 픽 웃고는 지나갔다. 지배인을 찾아 들어 갔다. 지배인은 나를 보고 웃음 섞인 음성으로 "아 인제 왔니? 시간이 됐다"하고 나를 밖에 데리고 나와 "월가"에 태웠다. 검은 빛에 물들고 해살에 반들거리는 진 아쓰팔트로 길을 주름잡아 달리는 "월가" 앞에 어느덧 비행장이 나타났다. 나를 향해 걸음을 재촉하던 사람은 손길을 쭉 내밀었다.

- 동무가 전 수난이오?

- 예, 그렇습니다.

- 자 갑시다.

나는 그들을 뒤따라 비행기에 올라 탔다. 공중에서 불량자들이 칼을 들고 서로 찌르는 바람에 나는 몸을 피해 사람들 속에 숨었다. 불연간 문이 열리자 공중 떨어졌다. 소리쳐 어머니를 불렀다. 땅을 한 번 더 보려고 눈을 떴다. 보름달이 환히 들여 비치는 밝은 방에서 어머니 모습이 눈앞에 가리웠다. 뜻밖의 일이라 깜짝 놀라 소스라쳐 일어나 앉았다. 몸이 땀에 축축이 젖는 것이 느껴졌다.

- 아이구, 어머니!

어머니의 손길을 만지작 거리다가 다시 자리에 털썩 들어 누었다. 어머니는 물었다.

- 왜 소리쳤니? 난 네 소리에 놀랐다.

- 잠꼬대를 했지 뭐. 어머니, 나가 주무세요…

바로 열흘 전이였다. 나는 쏩호스 지배인에게 청원서를 올렸다.l 지배인은 희한한 일이라 하며 나를 물보기군으로 임명했다. 그러나 여니 사람들은 처녀에게 부당한 일이라고 만류했다. 동무애들은 "올라 가지 못할 나무는 쳐다 보지도 말아라, 그건 공상이다. 설사 공상이 아니라고 하자. 그래도 그건 녀자의 직업이 아니다"라고 하면서 지어 나무라기까지 했다. 어떻게 하면 좋을가? 실로 오만 가지 생각이 머리 속에서 맴돌아치고 있었다.

"하자고 먹은 마음을 변치 말자! 하려고 들면 못 할 일이 없다!" 이렇게 나는 뜻을 다지고 날 밝기를 기다려 지부장을 찾아 갔다. 그러나 한 구석 빈 자리에 앉아 꼼꼼이 생각하니 또 다른 궁리가 났다. 지부장에게 내 할 일을 도와 달라고 청드는 것보다 지배인에게 가서 처원을 도로 찾는 것이 나을가 싶다. 나는 이럴가,저럴가 망서리고 있었다. 이 때 창주아바이가 들어 왔다.

― 아바이를 찾아 가 뵈려던 차에 마침 잘 오셨습니다. 여기 와 앉으시요.

지부장은 말했다. 창주아바이는 상 머리에 다가 와서 슬며시 앉았다.

― 아무래도 아바이가 수고해서 수난이를 배워 줘야 하겠습니다.

지부장이 말을 이었다.

― 난 그 대답을 하기가 어렵소. 처녀가 물을 보다니? 원 어림도 없는 소릴. 그 일은 어린애 장난이 아니요! ― 하고 떼ㅇ하는 바람에 지부장은 말문이 막혀 잠간 창주아바이의 얼굴만 쳐다 보다가 빙그레 웃으며 입을 뗐다.

― 아바이도 첫 해 물 볼 때엔 아는 사람과 물어 보기도 했을 게구 도움도 받았을 게 아닙니까? 수난이도 금년이 첫 해니 그렇지만 아바이가 잘 배워 주시면 명년부터 자립적으로 물을 볼게 아닙니까?

창주아바이는 지부장의 말을 너무 툭 잘라 버리고 미안하던 차에 다시 말하니 마지못해 동의했다.

― 그럼 좋다는 대로 해보지.

이렇게 대답은 했지만 다시 생각해 보니 꺼림해 견딜 수 없었다 : "하많은 물보기군 중에서 하필 칠십이 넘은 내게 맡길 건 무엔가? …"

- 이거 참 부아거리야. 남들은 다 논에 나갔는데, 이 계집애가 와야지-

어느 날 아침 창주아바이가 울화가 치밀어 혼자 이렇게 두덜거리는 때였다.

나는 사무실로부터 겨드랑에 종이 두루마리를 끼고 숨을 헐떡거리며 달려 왔다. 눈썹을 거스리고 담배만 뻑뻑 빠는 것으로 보아 아바이가 성났음을 대번 알 수 있었다 :

- 아바이 미안해요, 늦어서 - 나는 숨을 걷잡으며 말했다 - 난 아바이가 혼자 나갈가봐 막 달려 왔어요. 아직 가시지 않았으니 다행이애요. 창주아바이는 마차에 앉은 채 나를 힐끔 돌아 보면서 툭 나쏘았다.

- 그건 무슨 두루마리냐?

- 아바이와 내가 보는 논 도본이애요. 물 넣는 돌, 물 빼는 돌, 논배미들이 몇이며 물을 어느 배미에서 넣어 어느 배미로 빼는 길이 다 그려져 있어요. 참 좋은 거애요.

나는 자랑스럽게 말했다.

-아니 넌 보라는 물은 안 보고 그것만 안고 다닐 참이냐?

아바이는 적이 목소리를 높였다. 나는 생글 웃어보이며 도본의 뜻을 밝히려고 들었다.

- 이걸 봐야 논판이 높고 낮은 것을 알고 물을 대기가 쉽지요.

아바이는 눈만 껌벅거리고 있다가 "흥!"하고 돌아 앉았다. 그가 가지는 태도와 표정으로 보아 "나는 그것이 없이도 40년 동안이나 물을 봤다"하는 것이 틀림 없다. 우리는 아무 말없이 말을 몰아 논으로 갔다.

나는 지난해에 십년제를 졸업한 처녀로 아직 애티가 나고 몸집이 가늘고 얼굴이 해말간 것이 정말 눈에 차 보이지 않았다. "저 애가 물을 보면 며칠을 보랴"하고 의문을 품는 사람들도 없지 않거든 나와 같이 일하며 애초부터 내가 물을 보는 것을 가당치 않게 여기는 창주아바이야 더 말할

수 없을 것이 아닌가?

창주아바이는 논가에 서서 무엇을 생각하는 듯 하더니 무겁게 말을 뗐다.

- 애 수난아, 네가 정말 물을 대려고 드느냐?

- 너무 업신 여기지 마세요! - 나는 발끈해서 이렇게 대꾸를 하고 달려가 께뜨멘을 떼고 아바이 앞에 와서 물었다 - 무슨 일부터 시작할가요?

창주 아바이는 어이없어서인지 그만 씩 웃고 만다. "보기와는 달라. 만만치 않은 처년데"하는 것 같다.

창주아바이는 마음이 내리키지 않았지만 이왕 대답한 일이라 하는 수 없었다. 며칠 고된 로역을 하느라면 절로 물러서리라는 데 희망을 거는 것 같다. 논두렁을 따라 다니며 흙을 파 올리고 다지고 힘든 일만 골라 했다. (중략)

"쏴…"하는 소리가 불시에 또 들려 왔다. 나는 벌컥 일어나 소리가 나는 곳을 바라 보았다.

- 아바이, 거기가 또 터졌어요.

말끝도 맺기 전에 께뜨멘을 쥐고 달려 갔다. 창주아바이도 뒤따라 왔다. 제때에 보았길래 별일이 없었다.

- 아바이, 우리 논은 판을 잘 고르어 배미가 크기 때문에 눈 다름으로는 판단하긴 어려워요. 그러니 도본 대로 놓이지 못 한 수통들은 빼서 다시 놓습니다.

창주 아바이는 밭고랑 같이 우묵하게 주름진 이마를 짚고 앉아 눈을 껌뻑거리더니 한 마디를 툭 내던졌다.

- 네 말 대로 해라!

어느덧 5월도 다 지나갔다. 비행기도 덧거름을 줬다.

그러나 나는 비료를 메고 부실한 벼를 찾아다니며 뿌렸다. 씨가 빈 데는 밴 곳에서 모를 떠서 옮겼다.

물빛이 사라지고 검푸른 빛으로 물들어 가는 논판이 정말 마음에 들었다. 하고도 더 하고 싶었다. 기나 긴 여름 해도 짧은 것만 같았다.

기음철이 왔다. 기음군들에게 벼 한 대도 상하지 말라고 타이르며 몸소 그들과 같이 기음을 맸다. 세벌 기음을 맬 때였다. 땅의 푸른 가슴은 커다란 전망을 약속하며 무럭무럭 부푸러만 올랐다. 처녀들은 신이 났다. 저마다 먼저 나가려고 서둘렀다.

나의 입에서는 저도 몰래 풍년가가 흘러 나왔다.

이 넓은 논판에 씨 뿌려
풍년의 가을이 돌아 오면
누렇게 누렇게 벼 이삭
욱어욱어져 파도치네.

처녀들은 뒤소리를 받았다.

에헤 에헤 뿌려라
씨를 활활 뿌려라
땅의 젖을 짜먹고
와싹와싹 자라게.

나는 더욱 목소리를 노펴 두 번째 절을 떼려다가 그만 입을 싸쥐고 처녀들 뒤에 숨기고 말았다. 창주아바이와 시선이 마주친 때문이었다.

그렇게 내가 물을 대는 것을 못마땅하게 여기던 창주아바이의 태도는 아주 달라졌다 : "내 해보다 네 벼가 훨씬 낫게 돼야지. 그래야 처녀들이 너를 본받아 물보기군으로 나설 게다. 우리 늙은 것들이 다 죽으문 누가 벼농사를 짓겠니?" 이렇게 말하는 아바이지만 나의 논에서 나는 처녀들의 합창 소리에는 승벽이 났다.

- 너희들은 참 별 애들이다. 내 논에서 김맬 때는 다 벙어리고 수난의

논에 오면 거저 노래구나!

  - 아이구 아바이두, 논에 무슨 차이가 있어요? 동창생의 논에 김매러 왔으니 그와 합창을 하는 거지요.

  한 처녀가 대답했다.

  - 응, 그래. 너희들 세상이니 너희들끼리 즐겨 노래를 불러야지.

  창주아바이는 슬그머니 그 자리를 떠나 자기 논으로 돌아 갔다. 처녀들이 부르는 노래 소리는 무한히 부드럽고 류창하게 흘렀다.

  "놉시다, 놉시다! 이팔이 십륙에 님 섞여 놉시다! 이팔 청춘 소년들아, 나 먹고 병들면 못 놀리라. 장미화, 무궁화 온갖 향화라도 꽃잎이 지고 보면 오던 나비도 오지를 않는단다…"

  창주아바이는 이런 소리를 오래 하고 있었다. 그 소리 속에는 그의 75 세도 들어 있다.

  지금은 아침 적녁 랭기가 산뜩산뜩 풍기고 있다. 고개를 푹 숙인 황금 벼 이삭에 알이 얼마나 많이 달렸는지 산들바람이 지날 때에는 끄떡도 않다가 이따금씩 확 불어 올 때에만 인사를 하듯 굽실한다. 다 여문 벼 알들은 터질 지경 살이 통통 졌다. 객따르 당 80 쩬뜨네르 아래에는 들지 않으리라고들 한다.

  - 거 참 잘 됐군!

  나의 옆에 서 구역 당 위원회 비서는 벼 이삭을 오른 족 볼에다 살살 문지르면서 귀염둥이, 막동이를 쓰다듬는 듯이 흐뭇해 하였다.

  나는 남들이 자는 밤에도 잠이 오지 않고 그저 마음이 벼밭으로만 달리고 있었다. 어느 날 봄꿈을 봤다 : 명년 일은?!

  이 해 일이 다 끝나기도 전에 수십 명 처녀들이 너두 나두 서로 앞을 다투어 물보기군이 되겠다고 나섰다. 우리 마을에서 처녀 물보기군이란 말은 이미 보통 말로 되였다.

1965. 4

연성용

등장인물들

장병태 – 구역 한 기관의 지배인
마리야 뻬뜨로브나 – 지배인의 안해
김 – 수도에서 온 검열원
까씨모브 – 구역 책임자.

병태의 집. 객실

무대에는 안락의자, 탁상, 의자들, 전화기가 있다. 막이 열리면 마리야 뻬뜨로브나가 안락의자에 앉아 무슨 책을 읽고있다. 그는 안경을 꼈으며 비싼 실내옷을 입어 겉보기에는 상당한 지식자처럼 보인다. 말을 할 때는 코소리를 내며 느릿느릿이한다.

초인종소리가 울린다.

마리야 뻬뜨로브나　들어오시오.

김　　　(방안으로 들어서며) 안녕하십니까? 병태동무의 집이 옳지
　　　　요?

마리야　이야…옳소꾸만.

김　　　지배인동무는 집에 계십니까?

마리야　지배인이 어째서 이런 때에 집에 앉아 있겠소. 직장에 가보우.

김　　　사무실에는 없던데요. 그래서 직장내를 돌아보았는데 거기

에도 없기에 사택을 찾아왔습니다. 용서하십시요.

마리야　손님께서 찾아오긴했지만 지배인을 만나보는것같지 않소꾸
　　　만. 아침에 나가면서 말하기를 오늘은 중한 일이 있어 늦게
　　　야 집으로 오겠다고 했소꾸만. 그리고 또 집에서는 사사일
　　　때문에 온 사람들을 접대하지 않소꾸만.

김　　부탁합니다. 어데 지금 그가 계시는지 수고스러운데로 전화
　　　를 좀 걸어주십시오. 저는 지배인동무의 동창생입니다.

마리야　(얼마동안 김을 아래우로 훑어보다가 마지못해 전화를 건다)
　　　알료! 알료! 꼬쓰쨔임둥? 응, 내 마리야요. 양, 양… 무엇이라
　　　고? 하하하… 그런데 말소리들을 높은 것을 보니 벌써 잘들
　　　되었구만… 저런! 하하하… 꼬쓰쨔! 수화기를 병태에게 주
　　　오. 병태요? 어째 그렇게 말이 다사하오? … 집에 누가 왔소.
　　　내 벌써 그렇게 말했소. 그런데 그는 당신의 동창생이면서
　　　기어이 보고 가겠다오. 무시기라구? 외형이 어떤가구? 아이,
　　　별걸 다 묻네… (비옷에 장화를 신은 옷차림을 한 김을 힐끔
　　　쳐다보고) 하하하… 내 무시기라 말하겠소. 양, 양, 옳소. 당
　　　신이 알아마친것같소. 와보면 알것이요. 무엇이라고? 성명이
　　　무엇인가고?

김　　저의 아이때 이름은 청룡이라합니다.

마리야　이름이 청룡이라오. 무시기라구? 기다리라고? 병태! 술을 작
　　　작 마시오, 양! 또 취해 들어왔다가는 복도에서 잘 줄 아오,
　　　양! 뽀날? 그래 언제 오겠소? 빨리 오오. 양! (수화기를 놓고
　　　김에게) 손님, 들어와 앉으시우. 인차 오겠다꾸마…

김　　예, 감사합니다. (의자에 앉는다)

마리야　(걸레를 가져다가 김이 섰던 자리를 씻으며) 우리 집에는 소
　　　제원이 있었소꾸만. 그런데 요즘 결산을 하고 나가고보니

이 크나큰 집을 혼자 거두느라고 정말 바쁩니다.
김   (미안해하며) 용서하십시오. 신을 닦고 들어온다는 것이…
마리야   일없소꾸만. 어려워하지 맙소. 요즘엔 날씨가 어찌나 궂은지
        아쓸해서…
김   예, 벌써 나흘째나 계속 비가 내립니다.

마리야는 또다시 안락의자에 주저앉더니 책을 읽기 시작한다. 주인녀
자가 말한마디 건느지 않으니 김은 어쩔줄을 몰라하다 말을 시작한다.

김   용서하십시오. 담배를 한대 피울 수 있습니까?
마리야   담배를…? 나는 원판 담배내만 맡아도 아쓸해합니다. 그러니
        병태도 담배를 피우고 싶으면 복도에 나가 피우지요. 그러나
        일없소. 피우오. 내 재떨이를 가져오겠소꼬만… (일어서 나
        간다)
김   아니, 그만두십시요. 피우지 않겠습니다.
마리야   (재털이를 가져다 놓으며) 피우시오. (또 안락의자에 펄썩 주
        저앉아 책을 읽는다)
김   (담배갑을 도루 호주머니에 넣고 한참 묵묵히 앉았다가 또다
        시 말을 건넨다) 자식들이 많습니까?
마리야   자식들이? 나에게는 없고 병태에게 자식들이 있는데 그애들
        은 제 어미와 저 미추린거리에서 산답니다.
김   아, 알만합니다.

이때에 병태가 등장한다.

병태   손님, 나를 찾아왔습니까?

김   오, 병태! 아이때의 모습이 아직 남아있구만… 참 오래간년
        이요, 병태! 실로 반갑소!

병태   가만있소. 나는 잘 알아보지 못하겠는데…

김   나를 모르겠나? 내가 청룡이네…

병태   청룡? 가만있자… 청룡이… 생각나지 않는데…

김   자네 그래 우리가 양기바사르에서 한 촌에서 살던 일을 잊었
        단말인가? 한 학교, 한 반에서 공부하던 일도 기억되지 않나?

병태   나는 원래 기억력이 약한 까닭에 아이때 일이라군 전혀 기억
        하지 못하오.

김   여보게, 이사람! 전쟁시 여름방학 때 우리가 꼴호스밭에서
        맨물에 맨홀레브를 먹으며 김을 매던 일도 생각 안나나?

병태   가만있소. 청룡이, 청룡이, 아, 기억나네… (다시 손을 잡으
        며) 이런 정신이라구…반갑네. 그러나 청룡이, 지금은 우리
        가 이렇게 잘 살게 되였는데 어린 시절의 힘들던 일을 되풀
        이 할 필요가 있나? 그렇지 않나? 그래 무슨 일 때문에 왔나?
        아, 말하지 말게. 나는 벌써 자네가 일자리 때문에 여러번
        나를 찾아왔었다는 말을 나의 부지배인에게서 들었네. 사실
        구역소재지에서는 일자리를 얻기 참 어렵다네. 하여튼 집은
        좁지만 오늘밤은 우리 집에서 자게. 그리고 우리 래일 이야
        기해봅세. 지금은 골통이 아파서 아무런 이야기도 못하겠네.

김   나는 자네가 여기서 지배인노릇을 한다는 말을 듣고 찾아왔
        는데…

병태   글세, 나도 실상 이렇게 만나보니 대단히 반갑네. 어서 웃옷
        을 벗고 편안히 앉게.

김   고맙네. 그런데 나는 볼일이 있어서 가야하겠네.

병태   그래, 어디 려관에 자리를 잡았나? 실상 려관에서 자는 것이

더 편리할것이야. 남의 집에서 자면 어쨌든 불편하니까.

김　　　아, 글쎄 그것도 그렇거니와 지금 나를 데리려 자동차가 올
　　　　것이네.

병태　　(놀란 기색으로)아니 자동차라니… 무슨 자동차? (이 때 밖에
　　　　서 자동차신호소리가 들리더니 얼마후에 까씨모브가 들어
　　　　온다)

까씨모브　주인 계십니까?

병태　　어서 들어오십시요.

까씨모브　쌀람알레이꿈!

병태와 마리야는 굽실거리며 까씨모브를 맞이한다.

병태　　아니, 까씨모브동무! 어쩌다 이렇게… 어서 들어와 앉으십
　　　　시요.

마리야　까씨모브동무! 오시느라고 수고했소꾸만. 안심치 않소꾸
　　　　만… (웃옷을 벗기려한다)

까씨모브　라흐마트, 라흐마트. (김을 향하여) 뾰뜨르 와씰리예위츠,
　　　　기다리게 하여 안됐습니다. 오는 도중에 자동차에 고장이
　　　　좀 생겨서 머무르게 되었습니다. 용서하십시요.

김　　　일없소. 동창생도 만나보고해서 재미있는 담화를 하다나니
　　　　기다릴 새도 없었소. 병태! 용서하게! 나는 가야하겠네.

병태　　어찌 이렇게…

김　　　우리 후에 만날 기회가 있으리라 생각하네. 조용히 만나 자
　　　　세하게 이야기해볼 일도 있으니까… (까씨모브에게) 까씨모
　　　　브동무! 갑시다. (퇴장)

까씨모브　예, 갑시다. (주인들에게) 안녕히 계십시요.

병태   (까씨모브에게 조용히 물어본다) 저 사람이 누구요?

까씨모브   아니, 동창생이라면서 지금도 그가 누구인지 모릅니까?
        우리 성에서 오신 검찰원입니다. 지금 우리 계통의 기관들
        을 검열하러왔소. (병태의 잔등을 툭 치며) 병태동무, 잘
        준비하십시요. 다시 봅시다. (퇴장)

병태   무엇…? 성에서 온 검찰원?

마리야   그런것도 모르고 나는…

병태   그만큼 사람들속에서 단련되였다면서 성에서 온 검찰원도
        알아보지 못한단말이요? 당신이 그렇게 헌되게 말하지 않았
        던들 내가 어찌 그렇게까지 풋대접을 했겠소. 당신의 눈은
        부엉새눈만도 못하오.

마리야   내눈은 글쎄 부엉새눈보다도 못하다치고 당신의 눈은 무슨
        눈이기에 제 동창생도 못알아보았소?

병태   실로 내눈은 개눈만도 못하오… 어떤 기회를 놓쳤소? 인제는
        변을 면치 못하게 되였소.

마리야   쉬 - 저기 무슨 인기척이 들리는 것 같소.

병태   혹시 그가 도루 돌아오지나 않는지…?

마리야   그럴수도 있소. 동창생의 우정이란 얼마나 큰것이요.

(후략)

□ 아름다운 심정

이정희

노래소리는 잠잠한 삼림을 쩌ㅇ쩌ㅇ 울리고 있다. 이 노래 소리를 멀고 먼 모쓰크와의 해군도 듣고 있다. 두산베 목화 따는 처녀도 듣고 있다.

이 노래를 16명으로 구성된 행군 부대가 부르고 있다. 그들은 아직 어리나 가슴 속엔 청춘의 열망의 불꽃이 타 오르고 있다. 나는 대렬 속에 끼여 흘러내리는 땀도 씻지 않고 목청껏 노래 부르고 있다. 나의 동창생들의 얼굴엔 미소가 어리여 있다. 그들은 어제 학교와 리별하고 오늘은 정든 싸할린과 리별하러 길을 걸으며 래일의 희망찬 앞날을 머리 속에 그리며 제각기 제 생각에 잠겨 마음껏 노래 부르고 있다. 누구는 의사, 누구는 건축가, 누구는 농업기사! 몇 해 후 다시 만나, 정든 이 땅에 행복한 생활을 꾸려 가며 아버지들의 일을 계속하자는 약속을 나누며 우리는 정오의 쨍쨍 내려쪼이는 해빛 밑에 행진하고 있다.

우리의 길을 우글레골까강이 가로 막았다. 우리가 건너편에 매여 있는 떼배를 발견하고 에－에이하고 손짓으로 부르자 초사에서 로인이 나오더니 떼배를 풀기 시작한다. 무던해 보이며 롱담 좋아하는 로인의 덕으로 무사히 강을 건넌 우리 부대는 다시 길을 계속하고 있다. 거리 량편으론 보얗게 먼지가 씨운 풀들이 자라고 있다. 좀 더 들어 가선 첫 여름의 보들보들한 풀들이 방석을 깐 듯이 이따금 서 있는 봇나무 밑에 쭉 깔려 있다. 산모퉁이까지 당도한 우리는 지도원의 지시에 따라 배낭을 풀어 놓고 얼마 간 휴식하였다. 휴식터 앞엔 사시장철 푸른 소나무밭이 온 산을 뒤덮고 저 멀리 수평선으로 뻗쳐 나갔다.

이 밀림에 대하여, 길을 잃은 자는 돌아 올 길이 없다는 등, 싸할린은 검은 산열매의 조국이라는 등, 곰의 굴이라는 등 별의별 말이 다 돌고 있다. 우리는 빨리 이 산으로 올라 가 직접 자기 눈으로 모든 것을 보고 싶었다. 그러나 웬 일인지 지도원은 얼굴에 무엇인가 념려하는 기가 어리여서 좀처럼 일어날 생각을 하지 않았다. 나는 점심을 먹는둥 마는둥 점심보를 풀었다 다시 싸놓고 마음이 조급해남을 느끼며 벌떡 일어 났다.

　－ 벌써 점심 다 먹었느냐? － 하는 지도원의 물음에 나는 생각나는 대로 곧 대답했다.

　－ 예! 물을 마시고 싶어요.

　－ 네게 물이 없냐? 옛다, 여기 있다 － 하며 물병을 내밀었다.

　－ 아니애요, 찬물을 마시고 싶어요. 여기 가까이에 있을 거애요.

　－ 그럼, 얼른 갔다 오너라.

　동무들은 제각기 그릇을 내밀며 물을 떠오라고 부탁하였다. 내미는 그릇들을 몇 개 받지 않고 야들야들한 풀우에 반듯이 누워 산꼭대기만 쳐다보던 정자가 일어나며,

　－ 나에게 큰 그릇이 있다 － 하며 나에게 눈짓으로 배낭을 가리켰다. 나는 인차 말없는 눈짓을 알아 듣고 배낭을 걸머지고 정자의 뒤를 따랐다. 얼마 후 우리는 벌써 헐떡이며 산언덕으로 기여 오르고 있었다. 산은 얼마나 높은지 거진 두 시간 나마 올라 갔으나 산꼭대기는 여전히 아득하니 보여 왔다. 소나무들이 얼마씩 나타나기 시작하더니 조금 후 우리는 아주 소나무밭에 들어섰다. 7월의 정오 해는 사정없이 내려 쪼이고 있다. 사방은 지저귀는 새 소리와 밀림의 나무들이 흔들리는 소리로 하여 분주하다. 우리는 마치 인간의 손이 가지 않은 옛 세상에 들어 선 듯 함을 느끼며 점점 평평하여 지는 산으로 계속 바라 올라갔다. 곤한 줄도 모르고 기여 오르던 우리는 밀림에서 들려오는 웨침 소리를 들었다. 우리는 누구의 웨침이라는 것을 인차 깨닫고 마주 소리쳤다. 산울림은 우리의 웨침 소리를 받아 몇 번 반복하여 머리 퍼져 나갔다. 산림은 점점 **빽빽하**

여져 갔으나, 우리는 곧 동무들이 뒤따라 올라 올 것을 예산하고 아무 생각 없이 더 깊이깊이 밀림 속으로 들어 갔다. 소나무 밑엔 무수한 개미 굴들이 있었다. 우리는 서로 떨어지면 마구 "아우"하며 불어가며 시간가는 줄 모르고 돌아 다녔다. 저절로 나자빠진 나무들이 길을 가로 막거나 어지러이 널려진 나무가지들에 걸려 넘어지군 하였으며 채 익지 않은 검은 산 열매를 뜯어 먹어 가면서 원숭이 모양 나무 꼭대기로 기여 오르군 하였다. 입술은 검댕을 칠한 듯 검으면서도 혀가 아프도록 산열매를 뜯어 먹었다. 묵어 자빠진 나무들에선 이름 모를 버섯들이 무수히 자라고 있었다.

해는 어느새 서산 중턱에 걸려 있었다. 그러나 웬일인지 동무들이 따라 오는 기가 보이지 않았다. 이때껏 마치 모든 것을 잊고 다시 어린 소녀시절로 돌아 온 것 마냥 다람쥐를 보고도 쫓아 다니던 우리는 궁금증이 나서 오던 길을 돌아 섰다. 얼마 걸렸는지 밀림은 깊어만가고 나무들은 더 삐곡히 들어 찼다. 해는 하늘을 붉게 물들이며 마지막 해빛을 던지고 있다. 얼마나 소리쳤는지 목까지 쉬었으나 아무 대답도 없었다. 밀림은 끝이 보이지 않고 사방은 고요하다.

－아마 우리가 길을 잘못 들엇나보다－하는 정자의 말에 나는 아무 대꾸도 하지 않았다. 벌써부터 길을 잃었다는 것을 의식으로 느끼면서도 금방 밀림이 끝나고 길이 나타날 것 같은 것이 나에게는 좀처럼 믿어지지도 않았으며 또 믿기도 싫었다. 정자는 아무 말없이 나의 뒤만 따랐다. 사방은 어둠이 깃들기 시작하더니 미처 돌아 볼 사이도 없이 빨리 캄캄해 졌다. 처음으로 밀림 속에서 밤을 맞은 우리는 어서 빨리 집으로 돌아 가고 싶었다.

지도원의 말을 어기고 제마음 대로 대렬에서 떨어져 나와 이적적한 밀림 속에서 길을 잃은 것이 후회되었다. 손을 맞잡고 발걸음을 재촉하며 어둠 속을 뚫고 걷고 또 걸었다. 시간은 얼마나 됐는지 나중엔 곤하여

다리를 겨우 내디디며 돌아 다니다가 풀우에 주저 앉았다. 머리 속엔 별의별 생각이 다 떠오르며 마지막엔 무섭기까지했다. 곰 많은 이 산에서 코 앞에 곰이 나타나도 모를 정도로 캄캄한 속에서 밀림의 쉬쉬하는 소리만이 들려 왔다. 마음은 적적하기 짝이 없었다. 성냥이나 있었으면 모닥불이라도 피워 놓겠지만 산불을 조심하여 그것도 가져 오지 않았다. 무성한 나무들의 틈으로 손바닥만큼 내다 보이는 별 깔린 하늘을 무심히 올려다 보며 서로 등을 맞대고 제각기 제 생각에 잠겨 묵묵히 앉아 있었다. 그러다가 별안간 후닥닥 정자가 뛰여 일어 나더니 주머니 속에서 라이타 (점화기)를 꺼냈다. 나는 놀라움에서 깨지도 못하고 반가운 김에 와락 달려 들어 정자의 손에서 라이타를 빼앗았다. 얼마 후 벌써 우리 앞에는 모닥불이 훨훨 타오르고 있었다. 시계는 거진 2시를 가리키고 있었다. 정자는 이때껏 감감히 잊고 있다가 동무들에 대하여 생각하다니 낮에 창수에게서 라이타를 빼앗은 것이 펀뜩 생각났던 것이다. 적적하던 기분은 온데 간데 없고 모닥불에 마른 나무가지들을 던져 가며 우리는 래일 계획을 잡기 시작했다.

이튿날 이른 아침부터 계획 대로 제일 높은 나무에 기여 올라 가서 사방을 살펴 보았으나 사람이 산다는 흔적은 보이지도 않고 망망한 밀림만이 설레이고 있었다. 더 깊이 들어 갈가 념려하여 한 산에서 빙빙 돌며 자그마한 시내물이라도 만나려고 애썼으나 다 허사로 돌아 가고 말았다. 맥진한 우리는 배낭을 풀어 놓고 풀우에 누웠다가 잠이 들고 말았다. 이튿날 새벽에 찬기가도는 바람에 잠을 깨니 어떻게나 곤하게 잣던지 얼마동안 정신을 차리지 못 했다.

해 뜨는 것과 나무들이 자라는 것으로 동서남북을 갈라 놓고 우리는 밀림을 서쪽에서 들러선 것을 예산하고 서쪽으로 걷기 시작했다. 하루 종일 걷고 걸었으나 밀림은 끝날 줄 몰랐다. 웃기 좋아하고 말 잘 하던 정자도 몰라 볼 정도로 우울하여졌으며 눈엔 슬픔 기가 잔뜩 어리여 있

다. 나는 어떻게 해서라도 웃음을 불러 내려고 별의별 이야기를 다 했건
만 쓴 웃음만이 스쳐 지나갈 뿐 아무 효력이 없었다.

　이럭저럭 아무 희망없이 나흘 동안 우리는 헤매다녔다. 얼굴은 며칠
동안 씻지 못 하여 먼지가 보얗게 앉았으며 입술은 말라 터져 피가 날
정도였다. 푹 꺼져 들어 간 눈엔 두 눈동자만 맥없이 내다 보고 있었다.
다리와 발은 부어 신발에 가득 찬 것이 천근 만근 무거웠다. 그런데다가
마지막 날 발을 잘못 내디디여 타박상을 받은 정자는 한 손으로 나무를
의지하고 한손으론 나를 붙잡고 겨우겨우 걸었다.

　점심녘이였다. 별안간 어디서 나타났는지 검은 곰이 우뚝 앞에 자라나
듯 나타났다. 새파랗게 질려 우리는 못 박힌 듯 서 버렸다. 난생 처음
곰을 본 우리는 무섭기도 하지만 호기심이 나서 무서움을 무릅쓰고 몇
분간 서서 바라 보았다. 곰은 마치 아무 일도 없는 듯이 산열매를 입으로
훑어 먹고 있었다.

　(후략)

□ 잊을 수 없는 그때

채 영

(전략)

제 2 막

- 제 4 장 -

농촌 학교 강당이 림시로 일본 헌병대 본부로 되었다. 정면에 창문. 좌편에 나드는 문. 사무상, 야전 전화, 의자 몇 개가 있고 벽에는 연해주 지도가 걸려 있다. 창문 밖으로 일본 국기가 보인다. 실내에는 또꾸찌와 백파 장교 뻬뜨로브가 있다.

또꾸찌　　로씨야 병사들에게도 일본 군인들과 같은 강직한 의지와
　　　　　참다운 내국 정신이 있고 보면 연해주에서 볼세위크 사상
　　　　　을 영영 뿌리뺏을 것이고 빨찌산 부대가 하나도 남아 있지
　　　　　못 했을 것입니다. 힘없는 당신을 도와 주기 위하여 천황폐
　　　　　하의 끼끗한 자식들이 부모 처자를 버리고 이 머나먼 타국
　　　　　에 와서 고생하고 있어요. 그러하지만 오늘날 결과는 어찌
　　　　　되었습니까? 이 지도를 보시요. 쩨쭈허, 올리가, 수청, 쓰꼬
　　　　　또워, 아누치노… 이 철도선을 보시요. 하바릅쓰크, 이만,
　　　　　쓰빠쓰크, 이뽈리뜹까, 니꼴리쓰크 - 우쓰리쓰끼, 불라지워
　　　　　쓰또크 - 그 어디나 놈들이 뿌리 박지 않은 곳이 없습니다.
백파 장교　사 년 동안 구라파 전쟁, 삼 년동안 국내 전쟁이 로씨야의
　　　　　힘을 약하게 하였으며 군대의 사기를 와해시켰습니다. 실
　　　　　로 지금에 와서는 이전에 보던 그런 군인들을 보기 힘듭

니다.

또꾸찌　당신들의 라타성과 무관심이 결국 자기 조국까지 망치게 했습니다.

백파 장교　수치스러운 일이나, 부인하기 어렵습니다.

또꾸찌　오, 난 잘 압니다. 난 대위로서 10년 동안이나 몰차노브 대장 각하 댁에서 뽀이 노릇을 했습니다(웃으며). 난 로씨야 음식을 대단 좋아 합니다. 로씨야 워드까 좋아 합니다. 난 몰차노브 각하 댁에서 안드레꼬트를 지지며 로씨야가 전망이 없다는 것을 판정했습니다. 그 분은 국경선 방어와 군력을 증강할 데 대한 열성보다 자기의 젊은 안해에 대한 용심이 더 많지요! 그의 부인 옐레나 미하일로브나는 미인이였지요, 무도회를 퍽 즐겼답니다.

백파 장교　대위 각하는 능숙한 정찰입니다.

또꾸찌　이 로씨야 땅에서 내 머리가 반백이 되였습니다. 5년 동안 사진사, 10년 동안 뽀이 노릇, 오, 나의 운명은 로씨야 하고 인연이 깊습니다. 그러하지만 지금 와서 이 험악한 수청산'골에 들어 와 촌민놈들하고 싸우게 될 것은 예측하지 못 하였습니다.(얼굴에 허물을 가리키며) 이 상처를 보시요, 전쟁터에서 받은 상처가 아니라, 삼림속에서 날아 오는 빨찌산 놈의 적탄에 맞은 수치스러운 허물을 가지고 있습니다. 이 망할 곳에는 강산이며 삼림까지도 원쑤로 맞다들고 있습니다. 죽음은 어데서나 기다리고 있습니다.

백파 장교　대위 각하, 금번 토벌 이후 연해주 일대엔 빨찌산이 또다시 사라나지 못 하리라고 생각합니다.

또꾸찌　그건 또 무관심에서 나오는 생각이요!(탁상에서 선포문을 내여 보이면서) 선포문입니다. 쓰꼬꼬워에서 우뉴 파는 한

계집년에게서 나졌습니다.

백파 장교　쓰꼬또워 지방에 볼세위크 비밀 단체가 있단 말입니까?

또꾸찌　그 계집년은 총살을 당하면서도 말하지 않았습니다.

백파 장교　오늘로 쓰꼬또워에 들어가 대대적으로 활동해 보겠습니다.

또꾸찌　(다른 종이장을 보이며) 이것은 조선어로 찍은 선포문인데, 지난밤에 학교집 벽에 붙인 것을 발견했습니다. 두 나라 말로 찍은 선포문 종이가 똑같은 것이요, 그 내용도 같습니다.

백파 장교　이건 공동 비밀 공작이 분명합니다.

또꾸찌　혁명 군사 참모부는 해체되지 않았으며 매일 반동 운동은 그냥 계속되고 있습니다. 그 놈들의 비밀 공작을 하로 바삐 없애 치우지 않는다면 놈들은 다시 빨찌산 부대를 편성할 것입니다. 화재는 미루 꺼야 합니다.

백파 장교　각하의 말씀이 옳습니다. 경찰망을 더 넓히고 촌민들의 신분 조사를 더 엄하게 해야 하겠습니다.

또꾸찌　토벌, 학살! 이것이 유일한 방침이지요. 볼세위크 놈들이 새로 빨찌산 부대를 조직하고 무기과 군량을 준비하지 못하도록 학살로 촌민들을 경계해야 합니다. 이런 때에는 인도주의가 소용 없습니다.

백파 장교　대위 각하! 조국의 운명이 연해주 자그마한 땅쪼각에 발붙이고 있는 이 때 인도주의가 다 무엇입니까? 지난 밤에 로마놉까 촌을 불질으고 교원 한 놈과 농민 네 명을 목달아 죽였습니다.

또꾸찌　쓰꼬또워 지방 시민들에게는 총 한 자루라도, 탄환 한 개라도 없어야 합니다. 오늘인즉 무기를 바칠 마지막 기한입니다. 만일 바치지 않는 자가 있으면 사정 없이 직방 총살해야 합니다.

백파 장교   물론입니다.

또꾸찌   당신이 쓰꼬또워로 가시겠다고 했지요.

백파 장교   예, 예! 곧 들어 가야 하겠습니다.

또꾸찌   (선포문을 주며) 시간이 있으면 읽어 보시요.

백파 장교   비밀 공작을 폭로하도록 백방으로 힘쓰겠습이다.

또꾸찌   래일 기다리겠습니다(일어 선다).

백파 장교   예, 평안히 계십시요(퇴장).

(헌병이 강 재운을 데리고 들어와 밀치니 장판에 쓸어진다. 헌병 퇴장)

또꾸찌   (창문'보를 가리우고) 보고하시요.

재운   중상 당한 이와노브를 금철이 촌으로 업어온 것이 확실하
고 한 철산이란 자는 남은 부대를 데리고 빠져 나간 것이
분명합니다. 근데 이와노브가 숨긴 곳은 극비밀에 붙이다
보니 아는 사람은 금철이와 철산이 밖에 더 있는 것 같지
않습니다.

또꾸찌   이와노브 중상 당하였다는 것을 누가 말하여?

재운   금철의 장인 되는 춘식의 말에서 알게 되였습니다. 그 놈의
부친하고 장인은 자수하라고 권하지만 놈은 굴복하지 않는
성미입니다.

또꾸찌   한 철산이란 놈이 부대를 데리고 어데로 퇴각했어?

재운   건 알지 못 했습니다.

또꾸찌   벌써 사흘이 지났는데, 당신은 아는 자료 외에 알아낸 것이
하나도 없소. 빨찌산들이 어디로 갔으며 이와노브가 어디
숨어 있는가 말이야?!

재운   죄송합니다. 차차 알아 낼 도리가 있으리라고 생각 합니다.

또꾸찌 나쁘게 일하여, 그러한 재간을 가지고 당신이 고등 형사로
있은 일을 의심하지 않을 수 없소. 이 시각에도 그 놈들이
반동 사업을 조직하고 있겠으니 말야! 오늘 밤에라도 놈들
이 철도를 파괴하지 않거나 창고를 폭파하지 않으리라고
담보할 수 없소. (종이장을 내흔들며) 이 선포물을 보아! 어
제 밤에 학교집 벽에 붙인거야!

재운 참으로 지독한 놈들입니다.

또꾸찌 그 놈들의 나쁜 행사를 선포문 사건과 결부시켜 생각해야
해. 그래 또 무엇을 안 것이 있어?

재운 저, 상인이 취미있는 인물 같애요. 한편으로 보면 대가 약한
겁쟁이 같기도 하지만… 혹 거짓 흉계를 꾸미는지도 알수
없습니다. 제가 돈을 가지고 미끼를 걸었더니 제게 알려
주면 빨찌산들 하고 통할 수 있다 말해요.

또꾸찌 으–음! 그 자의 행동이 어떠해?

재운 말 솜씨가 그들하고 관계있는 듯 하던데요…

또꾸찌 그러해, 자세히 들으시우.

재운 예!

또꾸찌 금철이란 놈을 제외하고 령감들하고 상인을 당신과 같이
석방할테니… 계속 애국자로 행세하시요. 어떠한 수단으로
든지 비밀 공작소, 빨찌산 근거지를 알아내야 하우.

재운 어쨌든 내 손으로 빨갱이들을 몽땅 잡아 들일테ㅂ니다.

(전화가 울린다).

또꾸찌 (전화로)응! 데려와(수화기를 놓고 재운이와) 준식이의 딸년
인데, 당신이 그 처녀에게도 주목을 돌리시우.

재운   예!

또꾸찌   그 계집애가 들어오면(귀속말로 무어라 소곤거린다. 복도
         에서 발자국 소리).

재운   (고함치며) 난 겁나 하지 않는다.

(문이 열리더니 헌병이 영희를 데리고 들어온다).

또꾸찌   (재운이를 밀치니 쓸어진다) 그래 자백하지 않겠느냐? 죽어
         봐… (권총을 끄어 내여 재운에게 헛 총질한다. 그 후 들어
         온 사람을 살피는 듯이… 헌병하고) 왜 보고 없이 들어 와…
         응! 저놈을 내가고 잡아 가둔 금철이란 자를 데려와!

헌병   핫! (재운을 데리고 나간다).

또꾸찌   오! 용서하여! 놀랐어? 이리와 앉아. (영희가 의자에 와 앉는
         다) 나한테도 고향엔 너 같은 딸자식이 있다. 운동장에서
         빨찌산 놈이 목달려 죽은 것을 너 보았겠지… 너의 사랑하
         는 금철에게도 그러한 판결이 내리고 있어. 그자들은 우리
         를 반대하여 나선 큰 범죄자들이야… 난 너희 두 사람을
         위하여 선한 일을 하려 한다. 그가 죽고 사는 문제는 너한테
         달렸다. 넌 제 신랑이 살기를 원하거던 나의 충고를 들어야
         해. 넌 나이가 몇 살이냐?

영희   열아홉 살입니다.

또꾸찌   신랑의 나이는?

영희   스물 셋입니다.

또꾸찌   오! 청춘시절! 얼마나 좋은 때냐! 그 나이에는 공부, 사랑!
         꽃다운 청춘의 생활! 이러한 아름다운 애인을 둔 몸으로서
         무엇을 더 공상할 수 있어, 너의 신랑 금철이가 확실히 빨갱

이들의 꾀임에 들어 오해의 길에 나선거야. 나쁜 일이야, 만일 금철이가 저의 잘못을 위우치고 내 묻는 두 가지 문제에만 속임 없이 대답한다면 그 즉시로 석방할 것이야. 그렇지 않고 그냥 그가 어리석은 고집만 부린다면 저 목달려 있는 놈과 같은 죽음을 당할 것이야, 장래가 있는 저의 두 사람을 생각하여 말하는 것이니 제 신랑을 구원하려거던 그가 회개하도록 충고해야 하는 거야.

(영희를 혼자 두고 또꾸찌 나간다. 잠시 후 금철이 들어온다).

영희   금철이! (가슴에 안겨 흐느껴 운다).
금철   영희! 울긴 왜 울어?
영희   난 다시 만나지 못 하리라고 생각했소. 어찌하여 이렇게 되었소.
금철   영희, 이런 때에 용기를 내야 하우!
영희   일본 헌병대 대장이 말하는데, 당신이 그의 물음에 대답을 주면 석방하겠다고 하는데.
금철   난 대답할 수 없소.
영희   왜요? 당신은 반드시 살아야 하오… 빨찌산이 해산되나 다름 없는데, 당신 혼자 고집을 부린들 무슨 소용이 있소. 살아야 하오.
금철   영희! 빨찌산 부대가 없어질 수 없소.
영희   당신이 나와 무엇이라 말했소? 가정을 이루어 가지고 행복하게 살자고 말하지 않았소. 당신이 나를 진정으로 사랑한다면 나를 위하여서라도 살아야 할 것이 아니오
금철   난 영희하고 가정을 이루고 어보지를 모시고 동생을 공부

시켜 행복하게 살 것을 희망했소.

영희　　　그러니 살아야 하지 않소.

금철　　　살아! 내 지금 영희 볼 때 살고 싶은 마음이 얼마나 큰지 아우.

영희　　　옳소! 그래야 하오.

금철　　　저놈이 나하고 무엇을 요구하는지 아우… 빨찌산들이 어디 있는 것을 말하라는 것이요… 전우들을 붓잡아 (운동장을 가리키며) 저 남석이와 같이 창으로 가슴을 찌르고 칼로 배를 가르자는 것이요. 그래 나개 제 사지 동무들을 원쑤놈들의 도살장으로 내몰아야 한단 말이요. 그래 영희는 수치스러운 치욕의 인을 찍은 변절자의 얼굴을 바라 보고 살기를 원한단 말이요?

영희　　　더 말하지 마오.

금철　　　(등을 보이며) 이것 보우.

영희　　　오! 하느님이시여!

금철　　　일본놈들이 날 이지경 만들고도 굴복시키지 못 했다면… 나를 죽인다 하여도 대답을 받지 못할 것이오.

영희　　　금철이! 나도 당신과 같이 함께 죽겠소 (운다).

금철　　　영희, 울기는 왜 우오? 이런 때엔 힘을 내야 하오.

(문이 열리더니 또꾸찌 나타난다).

또꾸찌　　오! 얼마나 정다워! 징정담이 있었으리라고 짐작합니다. 영희는 집으로 돌아가! 금철이 궁리있게 처리하리라고 잇습니다. (영희 퇴장, 금철이와 계속 회유한다). 저런 신부를 두고 무엇이 부족하단 말이야?! 거기 않아(상을 가리키며)

지난 일을 생각지 말고 어니 속시원히 말해 보게. 사람이 한 평생에 죽으면 그만이야. 젊은 나이에 죽었어야 되나. 우리 두 사람이 한 담화를 극비밀에 붙일 것은 물론이니까, 그래 빨찌산이 어디 있어?

금철 난 모른다고 벌써 말했습니다.

또꾸찌 난 금철군을 동정하는데, 실토정하지 않는 것은 좋지 않아. 빨찌산이 어디 있는 것을 모른다 하자. 그러면 이와노브란 로씨야 사람은 어디 있어? 그거야 알겠지?

금철 모릅니다.

또꾸찌 죄다 알고 있는데, 말하지 않는 것은 공연한 일이야. 금철리가 간도 류학을 동경하였다지… 그리하지… 이제부터 배일 사상을 버린다면 국비로 일본 류학을 보내 줄테야. 동경류학! 수년 후 대학을 졸업하고 보면 유지 신사가 되여 어떤 출세를 하게 될 것을 상상해요?

금철 난 농민으로 농사나 하며 살기를 원합니다

또꾸찌 그러면 순순히 집에나 있을 게지, 빨찌산 운동은 해서 무엇해?

금철 거야 당신들이 우리 조선 사람을 함부로 못 살게 구니 그런 것이지요.

또꾸찌 마음 대로 살아! 조선 사람들이 연해주에서 어떻게 살았어? 무지한 로씨야 지주와 토호들의 토지를 소작하며 짐승과 같은 학대를 받지 않았던가? 만일 볼세위크 놈들이 주권을 잡았다면 야만적인 통치하에서 조선 사람들의 처지가 더욱 더 비참하게 될 것이 아닌가?

금철 그렇다 한들 당신이 념려할 것이 무엇입니까?

또꾸찌 동서양이 대립하여 약육강식하는 이 시대에 조선 민족을 보호하는 것이 대일본 제국의 신성한 의무야!

금철   그래 조선 학교에 불질으고 무고한 량민들을 잔인무도하게 고문, 학살하십니까?

또꾸찌   거야 빨갱이들을 경계하지 않을 수 없는 피치 못할 사정에서 하는 일이지 형제적 친일 정신을 가진자들은 상당히 대우하는 거야.

금철   당신들하고 조선 사람들 간에 형제도 될 수 없으며 친선도 할 수 없습니다. 우리 부모 형제 자매들은 당신들을 저주하며 로씨야로 살길을 찾아 왔습니다. 우리 조선 사람을 보호하러 왔다구요? 거짓말입니다. 당신들이 조선을 먹듯이 연해주를 강점하려 들지요. 우리는 로씨야 국적민입니다. 왜 로씨야 국적민인 조선 사람을 함부로 체포하는 거요.

또꾸찌   우리는 로씨야 국적민인 조선 사람들 뿐만 아니라, 로씨야 사람들도 체포할 수 있다(소리친다).

금철   왜 고함을 칩니까?

또꾸찌   우리들이 원쑤라 하자, 그래도 넌 살아야 한다. 난 너한테 목숨을 주고 넌 나한테 대답을 주면 그만이다. 네가 부상당한 이와노브를 업어 갔지, 그래 어디에 숨어 있는가 말이야? 그리고 빨찌산이 어니 있어?

금철   모른다고 말했소.

또꾸찌   나를 성나게 해서는 안 된다. (운동장을 가리키며) 저것을 보느냐?… 내 네놈의 눈도 뺄 수 있고 염통도 뺄 수 있다.

금철   학살 정책은 당신들의 본성입니까?

또꾸찌   이 개같은 놈아! 넌 생명이 그리도 아깝지 않단 말이냐? 볼세위크 놈!

금철   나는 볼세위크 되기를 희망한다.

또꾸찌   아가리를 담으라! (또꾸찌 금철의 목을 눌러 숨을 못 쉬게
        한다. 멀리서 나는 폭발 소리에 놀라 금철이를 놓는다. 헌병
        이 당황이 달여 들어와 보고한다).
헌병   대장! 쓰꼬또워에서 해삼으로 나가는 길에 있는 철교가 폭
        파되었습니다.
또꾸찌   뭐시! 또 빨찌산 놈들이야! 오! 놈들은 어디에나 다 있어!

(멀리서 총소리 들이더니 점점 가까워 온다).

ㅁ 공 포

한 진

1

　바이칼호반의 급한 산비탈인가 … 소나무들이 드문드문 꽂혀있다. 수
평선인가 지평선인가 … 멀리 까마득한 곳에는 하늘과 땅이 맞닿아 팽팽
하게 잡아당긴 머리카락 같은 금을 그었고 그것이 아지랑이속에서 바르
르 떨고있다. 아무소리도 들리지 않는다. 그러나 죽은 세상은 아니다.
나무들이 흔들리는 것 같기도 하고 아지랑이가 움직이는것 같기도 하다.
꿈이다.

　무슨 일이 반드시 일어나고야말것이다. 눈이 자꾸 산비탈로 쏠린다.
그 비탈기슭의 한 곳이 배꼽쟁이어린애의 배꼽처럼 부풀어오르다가 소
리없이 터지며 쥐새끼 같은것이 삐죽 대가리를 내밀더니 슬금슬금 기여
나온다. 아니 그것은 쥐새끼가 아니다. 멀어서 성냥갑 같이 작게 보이는
화물차량이다. 바퀴가 있는지 없는지 모르겠다. 철로도 보이지 않는다.
그러나 그것이 굴러나오는것만은 틀림이 없다. 한대가 빠져나오니 뒤이
여 다른 차량이 나타난다. 세개, 네개, 다섯개…… 차량들이 잇달아 밀려
나온다. 이것은 아마 렬차인 모양이다. 끄는 기관차가 없으니 이 렬차는
뒤걸음질을 하는것이다. 그 어덴가 땅속 깊은곳에서 기관차나 아니면
무슨 큰 힘이 이 차량들을 밖으로 밀어내고있는것일가? 차량들은 쉴새없
이 꼬리를 물고 그냥 밀려나오고있다. 다 똑같은 유개화물차량이다. 마소
도 나르고 곡식과 기계도 나르고 또 죄수들도 실어내는 바로 그 화물차량
들이다. 그 문짝들이 활짝 열려있는것 같으나 멀어서 그속에 무엇이 들어

있는지 보이지 않는다. 차량은 그냥 땅속에서 기여나오고있다. 첫 차량은 벌써 까마득히 지평선을 넘어 가고있다. 이 렬차는 끝이 없는것 같다.

차량들이 차차 가까워오며 커진다. 이제는 차간속이 들여다보인다. 차간은 한가운데가 비였고 량쪽에는 다락마루가 있어 이층차량인데 아래 우에 다 사람들이 앉아있다. 거기는 차량의 문짝과 차체의 널빤지에 가리워 보이지 않겠는데 그래로 다 들여다보인다. 꿈이 틀림없다. 한차량에 몇식구나 들었는가? 왼쪽 다락우에 두가정, 그 밑에 오륙명의 한식구, 오른쪽 다락우에는 두세대, 그 밑에도 두집…이십명? 삼십명? 아이 어른 할것없이 그들은 모두 문쪽을 항하여 정좌를 하고 밖을 내다보고있다. 까딱들 움직이지를 않는다. 그러나 죽은 사람들은 아니다. 눈들만은 살아있다. 차량 한복판에 신선 같은 백발로인이 앉아있다. 그는 무릎우에 어린애의 부검을 안고있다. 원한이 서린 그의 눈초리는 무엇을 물어보는 것 같다. 그 다음 차량들에도 그런 로인이 앉아있다. 이 로인은 한의 상징 같다.

1937년 가을 쏘련연해주의 조선사람들은 한날한시에 두 ≪승객≫이 되였다. 수십만명이 동시에 기차를 탔다. 얼마나 많은 차량이 들었을가? 수천대? 수만대? 어데서 이 많은 차량이 생겼는가? 씨비리로 류형수들을 실어내는 차량들이라고 했다. 빈 차량을 그냥 돌려보낼수는 없지 않는가…

살던 집과 가장집물을 그대로 두고 거진 알몸으로 쫓겨나면서도 누구하나 안가겠다고 떼를 쓰는 사람이 없었다. 양무리처럼 온순히들 차에 올랐다. 어데로 무엇때문에 실려가는지도 몰랐다. 남녀로소 한사람도 남지 못하고 다 고향에서 쫓겨났다. 가는 길도 멀었다. 수만리, 수십만리… 차에서 태여나는 애도 있었다. 그것들은 나서 인차 귀신들이 물어갔다. 출생신고도 사망신고도 할 필요가 없었다. 그들은 정말 이 세상에 왔다가 땅 한번 밟아보지 못하고 사라져갔다. 오직 어머니 가슴속에 퍼멍울만을 남기고…많은 로인들과 어린것들이 철도연변에 묻혔다.

어데서 통곡소리가 난것 같다. 통곡소리가 아니다. 개짖는소리다. 닭이 홰를 치면 귀신들이 사라진다더니 개짖는소리에 렬차가 사라지고 환영이 다 꺼져버렸다. 꿈이 깼다. 개짖는소리가 요란하게 들려오고있었다. 개는 죽을지 살지 모르고 짖어대고있었다. 아마 그 소리에 잠이 깬 모양이다. 얼마나 오래동안 짖어대고있는지 그 소리는 쉰것 같기도 하고 또 막 숨이 넘어가는것 같기도 하였다. 리선생은 잠이 깼을 때 그 자세대로 왼쪽 옆구리를 갈고 누운 채 개짖는소리에 귀를 기울이고있었다. 그 소리는 사나움과 동시에 애걸의 울음이 섞인것 같았다. 그런가 하면 또 그 울음은 안타까움과 공포의 하소연 같기도 하였다. 자지러지게 짖어대는 개의 울음소리에 리선생은 숨이 막힐 지경이였다. 잔뜩 꼬부린 두다리의 무릎이 자꾸 죄여들어 종다리가 허벅지에 들어붙었다. 그것은 갑자기 그를 휩싼 공포때문에만이 아니였다. 방안이 추웠다. 몸이 오싹오싹 얼어 들어 왔다. 그럴수록 몸은 더욱 쪼그라들었다. 뻬치까의 불은 꺼진지 오랜가부다. 이 반원주의 로씨야화독은 장판에서 천반까지 맞닿은 큰것이였으나 아궁이 좁아서 석탄을 많이 넣을수가 없었다. 그래 잠들기전에 분탄을이겨 불을 덮어놓으면 새벽녘에는 다 타버려 방안은 한지처럼 추웠다. 그러니 자정은 훨씬 지났을거다. 몇시나 됐을가? 네시? 다섯시? 그럼 지금이 바로 하루 24시간중에서 가장 위험하고 무서운 시간이다. 곤드라지게 잠을 자는 바로 이 시각에 사람들을 잡으려다닌다고들 했다. 한달전에 김선생이 붙들려갔는데 그때도 사람들이 이 시각에 집에 왔더라고 그 부인이 말을 하였다.

어느 집 개일가? 옆집 개는 아니다. 그 다음집인가?…하여튼 먼곳은 아니다. 저 개가 저렇게 기급을 하여 짖어 대는것은 우연한 일이 아닐것이다. 개는 다른 짐승을 보고는 저렇게 질겁을 하여 오래 짖지를 않는다. 개가 저렇게 짖어대면 짐승들은 없어진다. 그러니 저것은 사람을 보고 짖는것이 틀림없다. 개가 숨을 돌리느라고 잠간 울음을 그쳤다가 다시 짖기 시작하였는데 갑자기 캥하고 그 소리가 끊어졌다. 개짖는소리가 꺼지자 귀가 쟁쟁하도록 방안이 조용해졌다. 어떻게 된 일일가? 개가 저절로 저렇게 갑자기 울음을 그칠수가 없다. 아마총탁같은 그 어떤 묵직한것에 얻어맞아 대갈통이 박산이 됐을수도 있다. 그러자 참을수 없는 무서움이 엄습해왔다.

리선생은 반듯이 고쳐누우며 꼬부렸던 두다리를 가만히 폈다. 그때 밖에서 발걸음소리가 났다. 쿵쿵 땅을 구르며 서너덧명의 묵직한 구두발이 창문을 울리며 지나가고 있었다. 창밖은 바로 행길이였다. 그 구두발소리가 당장 집앞에서 멎는것 같고 활짝 방문이 열리며 사람들이 방안에 들어서는것만 같았다. 그러나 발걸음소리는 멎지 않고 그냥 멀어져가다가 아주 사라져버렸다. 그러자 그냥 자는지 까딱없이 옆에 누워있던 처가 따뜻한 손으로 가만히 남편의 팔을 어루만졌다. 리선생은 다른 손을 처의 손우에 올려놓았다. 처도 개짖는 소리에 잠이 깨여 자기와 같은 공포를 겪고있은 것이다.

(중략)

8

그날 저녁 7시가 좀 지나서 리선생은 정거장으로 나왔다. 역사나 정차장에서 서성거리다가는 "내무원들의 주목을 받을수 같애 역전광장 한 구석에 서있었다. 기차에 책을 싣는 것을 제 눈으로 보기전에는 마음을 놓을수가 없었던것이다. 날은 벌써 저물었다. 전선대에 달린 접시 같은 등갓을 쓴 가로등이 켜졌다. 그것은 이 광장의 유일한 가로등이였다. 바람이 불기때문에 가로등은 쉴새없이 흔들렸고 나무가지들의 그림자는 춤을 추는것 같았다. 그것은 마치 땅이 흔들리는것 같아 리선생은 현기증을 느꼈다. 그는 광장을 지나 전날 상자를 바친 창고앞으로 건너갔다. 역전은 한적하였다. 8시가 지났는데도 알마아따행 렬차는 들어오지를 않았다. 몹시 마음이 답답했다. 창고옆에 오래 서있다가는 도적놈이 아닌가 의심을 받을것 같아 철로길을 건너 오막살이집들이 들어선 ≪샹하이≫로 갔다. 그 동리어구에서 바라다보니 역사와 정차장이 한눈에 안겨왔다. 이윽고 정차장에 사람들이 나타나기 시작했다. 내무원들과 역원들이 보이더니 승객들인지 마중나온 사람들인지 사민들도 나타났다. 아마 기차가 온다는 기별이 있은 모양이다.

　멀리 기관차의 불빛이 나타났다. 불빛은 점점 커지며 천천히 다가오고 있었다. 리선생은 다시 철도를 건너 정차장과 창고가 잘 내다보이는 곳에 섰다. 오래지 않아 렬차가 땅을 울리 며 리선생옆을 지나 정차장에 들어섰다. 뒤서너사람이 차에서 내리는것 같았다. 순간 리선생은 조선사람은 기차를 탈수 없다는 생각이 나 마음이 언짢았다. 기차를 타고 마음대로 다닐수 있는 이 차의 승객들이 부러웠다.

　그러나 그런 생각도 잠깐이였다. 리선생은 눈을 떼지않고 창고만 바라다보고있었다. 기차가 들어선지 벌써 꽤 시간이 지났는데도 창고문은 닫긴채 열리지를 않았다. 혹시 창고에 사람이 없든가 아니면 잠이들어 차를 놓쳐버리는 것이 아닌가 근심이 되였다. 이렇게 가슴을 앓고있는데 창고문이 열리고 전날의 키꺽다리가 두짝의 상자를 실은 손수레를 밀고 나와 역사쪽으로 끌고갔다. 화물차량은 렬차 대가리쪽에 있는것 같앗다. 키꺽다리는 한 차량앞에서 밀고가던 손수레를세우고·찻간에서 나온 사람과 무슨 말을 하다가 종이장을 넘겨주는것이 보였다. 그리고는 두사람이 상자를 맞들고 차간으로 사라졌다.

요란한 기적소리가 크슬오르다의 밤하늘에 울려퍼졌다. 기차가 천천히 움직이기 시작하였다. 리선생의 책들이 떠나는 것이였다 .

기차는 차차 속력을 가하며 인차 어둠속에 사라져버렸다. 렬차뒤의 빨간 불빛이 아주 없어질 때까지 리선생은 오래동안 기차를 바래주고있었다.

≪귀중한 책들아, 부디 잘 가거라! 무사히 목적지에 당도하여라. 그 어떤 시련도 굳세게 이겨내여 오래오래 사람들의 공대를 받아다오. 다시 만날 날이 꼭 있을게다. 그날까지 부디부디 잘 있거라!≫

책을 보내고난 리선생은 마음이 허전하였다. 그것은 큰일을 치르고난 뒤에 따르는 만족의 허탈감 같은것이였다.

어느새 어데서 생겼는지 한길의 먼지를 하늘 높이 쓸어올리며 유령같은 회오리바람이 다가오고 있었다. 리선생은 고개를 숙이고 지긋이 눈을 감고 돌개바람을 맞받아 걸어갔다.

맺는 말

독자들은 이 책들이 어떻게 되였는가 궁금할 것이다. 이 책들은 무사히 목적지에 도달하였다. 그러나 오래동안 알마아따 도서관의 낡은집 지하실에 방치되여있었기 때문에 썩어 파손된 책도 있지만 대부분의 책들은 구원하였다. 이 책들의 존재는 제2차 세계대전이 끝나갈 무렵에 다시 세상에 알려지게 되였다. 지금 이 책들은 신축된 카사흐공화국 뿌스긴 국립도서관의 특별장서실에 보관되여있다.

그러나 이 책들을 읽으러 오는 사람들이 없다. 그때 조선사범대학이 문을 닫은 후 반세기라는 세월이 흘렀다. 그동안 어린애들에게 조선말을 가르칠 선생들이 없어졌다. 이 책들을 읽을 사람들이 없어진것이다.

그러나 나는 믿는다. 때가 오면 다시 이 도서관을 찾아와 이 책들을 읽을 사람들이 반드시 있으리라는것을 믿고 싶다. 순진한 리선생이 믿은 것 같이 그날은 오고야 말것이다. 리선생에 대한 이 말은 쏘련의 조선사람들속에 널리 알려진 전설 같은 이야기다.

소련지역의 한글문학

인쇄일 초판 1쇄   2002년 12월 20일
         2쇄   2015년 03월 20일
발행일 초판 1쇄   2002년 12월 28일
         2쇄   2015년 03월 25일

지은이 이 명 재
발행인 정 찬 용
발행처 **국학자료원**
등록일 1987.12.21, 제17-270호

서울시 강동구 성내동 447-11 현영빌딩 2층
Tel : 442-4623~4 Fax : 442-4625
www.kookhak.co.kr
E- mail : kookhak2001@hanmail.net
ISBN 978-89-8206-556-9 ＊93810
가 격 18,000원

＊저자와의 협의 하에 인지는 생략합니다.